모
피
방

모피방

전석순 소설집

민음사

차례

모
피
방

너는 다리미판 쪽으로 시선을 틀었다. 반으로 갈라지고 나서도 몇 번의 못질만으로 버텨 온 다리미판이었다. 끄트머리부터 만져 나가던 손길은 움푹 들어간 자리에서 멈칫했다. 오랫동안 다리미가 누르고 지나가던 자리였다. 이쯤에서 아버지 손에 힘이 들어갔을 것이다. 켜켜이 쌓인 열기가 손끝에 닿는 듯했다.

　세탁소를 내놓기 전 아버지는 식은 다리미 같은 목소리를 냈다.

　"사글셋방도 못 구해서 여기서 잤지."

　그러고 보니 다리미판은 싸구려 침대처럼 보였다. 어지간히 고단하지 않고서야 잠을 설칠 수밖에 없을 침대. 몸을 뒤척이는 일마저 여의치 않았을 것이다. 아버지가 누웠을 자리를 가늠해 봤다. 열대야가 이어지던 밤이면 아버지는 다리미를 슬쩍 들었다. 그러면 다리미판에서 뿜어져 나오는 바람이 온몸을 휘감아 아래로 끌어당겼다. 옷을 빨아들여 밀착시켜 주던 바람이었다. 다리미판 밑에는 그 시절 아버지의 몸이 한 줌쯤 남아 있을지도 몰랐다.

이어진 목소리는 요양원에서와는 달리 수선된 바지처럼 멀끔했다.

"그러니까 너는 다리미판 위에서 태어난 셈이지. 그때 반으로 갈라졌어."

이제 다리미가 달궈질 일은 없을 것이었다. 너는 괜히 다리미를 들었다. 모터 돌아가는 소리가 요란하게 울렸다. 세탁소에 맴돌던 희미한 온기마저 빨려 들어가는 듯했다. 금방이라도 얼굴에 스팀이 닿을 것만 같았다.

학교에서 돌아오거나 용돈 좀 달라고 하면 아버지는 네 쪽으로 다리미 스팀을 뿜었다. 짧게 서너 번, 이어서 길게 한 번, 혹은 길게 두 번 뿜고 나서 마침표를 찍듯 짤막하게 한 번. 입영 통지서가 나왔다거나 취직은 글렀으니 세탁소 일이나 배우겠다는 말에도 그저 다리미 스팀만 칙 뿌릴 뿐이었다. 아내가 처음 인사드리러 왔을 때도 다르지 않았다. 너는 스팀이 뿜어져 나가는 방향이나 세기, 얼굴에 닿는 감촉으로 대답을 짐작했다. 돌이켜 보면 무심하고 따뜻하면서도 축축한 대화였다. 앞으로는 어떤 방식으로 아버지와 이야기를 나눠야 할지 알 수 없었다.

비틀거리던 너는 겨우 재봉틀 앞에 앉았다. 자세를 바로잡고 재봉틀을 돌려 봤다. 아버지는 네가 새 옷을 사오면 단추를 죄다 뜯어내고 다시 달아 줬다. 멀쩡해 보여도 잡아당기면 맥없이 풀리고야 마는 단추를 보여 주며 세상은 호락호락하지 않다고 했다. 그때처럼 세탁소와 너 사이에 툴툴거리는 재봉틀 소리가 한 겹씩 쌓였다. 그 소리에 탈수기 소리를 보태 자장가 삼아 잠들던 때가 까마득했다. 아버지가 너를 부르던 목소리도 흐리멍덩해졌다. 바닥에 부려 놓는 것 같은, 가만두면 귀에 닿기도 전에 어딘가로 흘러가 버릴 것 같은 목소리. 목소리는 네 주위를 감돌다가 넌지시 흩어졌다. 오래전 아버지였다면 시침 핀을 꽂는 듯한 날카로운 목소리를 냈을지도 모르겠다. 이제껏 아버지는 네가 재봉틀 앞에 앉지도 다리미를 들지도 못하게 했다. 그저 위험해서라고만 생각했지만 이제 와선 애초부터 세탁소 일에 관심을 두지 못하게 하려던 것일지도 모른다는 생각이 들었다.

밖으로 나와 보니 허름한 간판은 스팀 속에 숨은 것처럼 뿌옜다. 세탁소 이름은 어딜 가나 하나쯤 찾아볼 수 있을 만큼 평범했다. 글자 몇 개가 떨어져 나갔지만 쉽게 떠올릴 수 있는 것도 그 때문이었다. 원래 아버지가 하고 싶었던 건 너의 이름이었다. 그때 어린 네가 고함까지 질러 가며 질색하는 바람에 어쩔 수 없이 포기해야만 했다. 너는 세탁소에 자식 이름을 넣으려는 아버지를 짐작해 봤다. 거의 모든 짐작처럼 뒤늦은 짐작이었다. 곧 간판도 내려야 할 것이었다. 아내가 방을 비우는 동안 너는 아버지가 떠난 세탁소를 비워야 했다. 아내는 숟가락 하나 가져가고 싶지 않은 듯했다.

다리미판에서 태어났다고 했을 때 아내의 얼굴은 납작해진 것처럼 보였다. 콧대가 주저앉았고 입술은 엉성하게 꿰맨 자투리 천 조각 같았다. 다리미가 밀고 간 자리를 보는 기분이었다.

"가로등이 다시 켜질까요?"

뒤에 무슨 말을 더 이을 듯하던 아내는 한숨을 쉬곤 비껴 섰다. 오래된 다리미에서 내보내는 스팀 같은 한숨이었다. 표정은 헐렁하게 묶인 매듭 같았다. 한쪽을 잡아당기면 금방 풀려 버릴 것만 같은 매듭. 돌이켜 보면 아내는 내내 표정 지을 생각이 없는 얼굴을 하고 있었다. 눈은 기계로 대충 박아 덜렁거리는 단추처럼 보였다. 어느 날 툭 떨어진다고 해도 이상할 게 없었다. 누군가 다시 박아 주면서 세상은 호락호락하지 않다고 해 줘야 할 것만 같았다.

아내는 창가에 섰다. 너는 누가 아내를 얼룩처럼 지워 버리기라도 할 듯 뒤에 바짝 붙었다. 힐끔거리다가 아내의 시선을 따라갔다. 창문 너머로 시커먼 짐승이 웅크리고 있는 것 같았다. 그러고 보니 언제부턴가 가로등마저 꺼져 있었다. 지난주까지는 켜져 있었던 것 같지만 확실하진 않았다. 어쩌면 가로등은 오래전부터 꺼져 있었을지도 몰랐다. 가로등이 있던 자리를 짐작해 봤지만 소용없었다. 이제 어디가 길이고 집인지도 분간하기 어려웠다. 얼핏 보면 밤하늘 위에 둥둥 떠 있는 듯한 기분도 들었다. 밤새 어딘가로 휩쓸려 내일쯤 낯선 숲에 닿을 듯했다.

"송두리째 뽑혀 나간 건 아니겠지."

이어지려던 말은 삼켰다. 담이 무너지고 계단이 깨져 나간 것처럼.

자고 일어나면 풍경이 달라졌다. 눈여겨보지 않으면 모를 정도로 조금씩. 처음에는 표정만 슬쩍 바꿀 뿐이었다. 하지만 나중엔 얼굴이 덜어졌다. 이마가 한 움큼 사라졌고 뺨도 도려낸 듯했다. 눈을 반쯤 떼어 가는 날도 있었고 작정한 듯 눈썹을 싹 밀어 버리기도 했다. 조용하기만 했던 밤사이 무슨 일이 일어났는지 짐작할 수 없었다. 창가에 바짝 붙어 눈을 부릅떠 봐도 분명한 건 없었다. 짐승이 웅크린 자세를 바꿨나 싶은 정도였다. 더 어두운 곳과 덜 어두운 곳이 있었지만 그 이상은 도통 알 수 없었다.

이미 많은 사람이 떠났다. 끝까지 버틸 줄 알았던 남자들도, 먼저 떠난 사람들을 가만두지 않겠다던 노파도 어느 순간 보이지 않았다. 절대 무너지지 말자고 외치던 사내들이라고 다를 건 없었다. 갈 곳이 없다고 해서 마지막까지 남을 줄 알았던 여인은 망설이는가 싶더니 한무리의 사람들이 다녀간 후 곧바로 따라나섰다. 아직 남아 있는 줄 알았던 집도 알고 보면 빈집이나 마찬가지였다. 세간은 그대로였지만 둘러보면 변변찮은 것들뿐이었다. 당장 버려도 좋을 너절한 소파나 한쪽이 일그러진 책상, 바퀴가 없는 회전의자, 찢어진 슬리퍼 같은.

철거될 거란 얘기가 돌자 쓰레기나 개를 버리고 가는 사람들이 늘었다. 떼 지어 오줌을 누거나 몰래 숨어 들어 뭔가를 태우다가 아무 데서나 널브러져 선잠을 자는 쪽도 있었다. 그들은 함부로 침을 뱉고 이유 없이 비명을 지르기도 했다. 그사이 고린내가 골목을 꽉 움켜쥐었다. 그 때문에라도 떠나야겠다는 사람도 나왔다. 그러자 누군가 일부러 냄새를 퍼뜨리는 게 아닐까 하는 생각이 들었다. 신고해도 달라지는 건 없었다. 관계자가 나와 골목을 두어 바퀴 도는 게 전부였다. 시선은 한곳에 고정했고 걸음은 전염병이 퍼진 지역을 지나는 것처럼 재빨랐다. 조금이라도 늦추면 잡아먹힐 거라고 생각하는 사람 같았다.

관계자 출입마저 뜸해졌을 무렵 누군가 문을 두드리기 시작했다. 매번 문을 두드리기에 적절하지 않은 시간이었다. 나가 보면 아무도 없었다. 닫으려는 순간 또 쿵쿵거리는 소리가 들리기도 했다. 고개를 들어 보면 옆집 현관문을 두드리는 그림자가 보였다. 어두침침해서 형체만 겨우 알아볼 수 있었다. 아무래도 빈집을 골라내는 모양이었다. 빈집을 골라내서 뭘 어쩌겠다는 건지. 분명한 건 초인종을 누를 생각 따윈 없다는 것뿐이었다.

거기까지 떠올렸을 때 창에 비친 아내의 얼굴이 눈에 들어왔다. 누군가 눈을 파먹고 귀를 갉아 먹은 듯한 얼굴. 다들 비슷한 얼굴을 감추며 걸음을 재촉했을 것이었다.

굳게 다물려 있던 입술이 느리게 벌어졌다.

"당신이 다리미판에서 태어났다면…… 우리 아이는 어디서 태어날까요?"

아내는 이번에야말로 절대 아이를 놓치지 않겠다는 듯 입을 앙다물었다. 그때 또 누군가 문을 두드렸다. 너는 나가 봐야 할지 아니면 못 들은 척해야 할지 망설였다. 최소한 누가 살고 있다고 고함이라도 질러야 할까. 여기는 빈집이 아니라고. 생각과는 달리 입은 벌어지지 않았다. 너는 입이 제대로 붙어 있는지 확인하려는 사람처럼 얼굴을 더듬었다. 예전에 아버지가 얼룩진 무스탕을 쓰다듬었던 것처럼.

어깨 너머로 들여다보니 무스탕 한쪽이 얼룩덜룩했다.

"분명 세탁 기호대로 했는데……."

"그런데도 망가질 리 있어요? 또 잘못 본 거겠죠."

너는 얼마간 망설이다가 한숨을 섞어 나지막한 목소리를 뱉었다.

"그럴, 나이니까요."

아버지는 더러 세탁 기호를 잘못 읽었다. 작은 글씨 탓이었다. 그때마다 옷은 변색되거나 쪼그라들었다. 뒤집어 보니 얼룩은 훨씬 굵고 또렷했다. 아버지는 무스탕을 낚아채 한쪽 끝으로 밀쳐 냈다.

"비싼 거래죠?"

무스탕을 맡긴 여자는 딸애가 첫 월급으로 선물해 준 거라고 했다. 적어도 월급의 절반을, 어쩌면 거의 전부를 치러야 살 수 있는 무스탕이었다. 평생 아껴 입을 거라는 다짐이 이어졌다. 맑고 경쾌한 목소리로 전하는 다짐은 어느새 경고처럼 들렸다. 아버지는 세탁소 앞을 지나는 딸을 몇 번쯤 본 적 있었다. 눈이 마주칠 때마다 인사를 잊지 않던 딸을 떠올리며 다리미를 들었다. 스팀이 영 시원찮았다. "뭐든 단단히 여물 시간이 필요하지. 다그친다고 되는 게 아니야." 예전 아버지 목소리가 떠올랐을 때 다리미는 우렁찬 소리와 함께 옹골진 스팀을 내뿜었다. 리듬을 타며 와이셔츠를 다리자 단정한 주름이 갖춰졌다. 스팀 사이로 아버지 얼굴에 음울한 표정이 퍼졌다. 표정이 울음으로 번지는가 싶을 때쯤 흐릿해졌다. 울음은 스팀의 일부였을지도 몰랐다. 아버지는 늘 그런 식이었다.

"비싼 거라는 말 무턱대고 믿지 말아요. 일단……"

"손님을 안 믿으면 누굴 믿어?"

목소리 끝에 아버지는 다리미를 내려놓고 돌아앉았다. 구석에 들어앉으니 아버지가 절반도 안 보였다. 거기서 더 파고들면 겨우 윤곽만 알아볼 수 있을 것이었다. 천장에 형광등이 달려 있긴 해도 옷에 가려져 있었다. 반소매 셔츠나 체육복 사이로 삐져나온 빛만이 세탁소 안을 채웠다. 그러니 구석구석 빛이 닿지 않았다. 어둠이 뭉친 자리까지 있으니 세탁소는 더 좁아 보였다. 너는 빛이 닿지 않는 자리를 눈여겨봤다.

"그만 쉬시는 게 어때요?"

아버지는 공연히 다리미판 앞에 서서 허공에 스팀을 칙 뿌렸다. 너는 심통이 나서 목소리를 부풀렸다. 그때는 얼마 지나지 않아 문을 닫게 될 줄은 몰랐다. 철거 얘기는 계절마다 밀려드는 오리털 점퍼나 교복처럼 몰려와 세탁소를 가득 채우다가 때가 되면 사라지는 소식일 뿐이었다.

"구겨지지도 않은 옷을 왜 자꾸 다려요?"

아버지의 리듬은 흐트러지지 않았다.

"괜찮아 보여도 다려 보면 알지. 숨겨진 구김이 많다

는 걸. 눈으로만 훑어봐선 몰라."

아버지의 목소리는 두고두고 삶의 어느 틈에, 괜찮다는 말을 들을 때마다 불쑥 떠오르곤 했다.

너는 구겨진 자국을 찾으려는 것처럼 아버지 얼굴을 훑었다. 아버지는 와이셔츠를 행거에 걸고 다시 구석에 들어가 앉았다. 귀퉁이만 보이는 아버지는 슬쩍 네 표정을 살폈다. 눈이 마주치자 돌아앉았다. 낡은 의자에서 삐거덕거리는 소리가 울렸다. 아버지의 표정이 반쯤 드러났다. 웃는 듯하다가 이내 울상으로 변하고 곧 화난 것처럼 보였다. 더 들여다보고 있으니 얼굴은 텅 비었다. 며칠 후 무스탕값을 물어 줘야 했을 때도 꼭 그런 얼굴이었다.

여자는 소비자원을 통해 정당한 보상 절차를 진행하길 바랐다. 소비자원에서 연락이 온 건 얼마 지나지 않아서였다. 아버지는 무스탕값의 10분의 1도 안 되는 돈만 물어 주면 됐다. 여러 번 되물었지만 대답은 달라지지 않았다. 얼핏 비슷해 보여도 재질이나 단추 위치가 교묘하게 다른 모조품이었다. 세탁 기호까지 똑같이 베꼈으니 그대로 다루면 얼룩이 생길 수밖에 없었다.

몇 번 더 따지던 여자는 제자리걸음을 했다. 걸음마다 표정이 일렁였다. 딸이 무스탕을 내밀며 좋은 거 못 해 줘서 미안하다고 했던 게 떠올랐다고 했다. 이어지는 목소리는 울음이 섞여 제대로 알아들을 수 없었다. 아버지는 빈 탈수기를 돌렸다. 거대한 굉음이 세탁소를 집어삼켰다. 그 틈에 여자의 울음소리가 묻혔다. 다리미판 앞에 선 아버지는 스팀을 뿜어 댔다. 여자의 표정마저 지워졌다. 여자는 빛이 닿지 않는 자리에 앉았다. 탈수기가 멈출 때쯤에야 얼굴을 감추고 일어섰다.

"돈은 됐어요. 다만……."

아버지는 다리미를 내려놓았다. 일순 세탁소 안은 물에 잠긴 듯 잠잠해졌다. 여자는 짐작과는 다른 목소리를 냈다.

"딸애한테는 알은체 말아 주세요."

여자가 나가고 나서 아버지는 너를 향해 "거봐라, 내가 잘못 읽은 게 아니라니까."라고 했다. 네가 기억하는 건 다른 이야기였다. 아버지는 여자가 세탁소에서 울었던 사람 중 제일 오랫동안 운 사람이라고 했다. 너는 또 누가 울었느냐고 물었다. 아버지는 천장에 걸린 옷만 들춰 볼 뿐이었다. 옷 사이사이 울음을 숨겨 둔 사람처럼.

옷으로 빼곡했던 세탁소 천장도 어느새 듬성듬성 비어 갔다. 한쪽 구석 빈자리가 유난히 크게 느껴졌다. 얼마 전 한 남자가 돌아가신 어머니 옷을 찾아갔다. 옷을 건네받으면서 빨리 잊으려고 서둘러 모두 태웠다고 했다. 그런데 세탁소에 남아 있을 줄은 몰랐다고. 옷을 끌어안은 남자는 옷을 맡길 때 어머니의 목소리나 표정을 물었지만 대답해 줄 게 마땅찮았다. 남자가 나가고 나서

너는 아버지도 어디선가 자식에게는 모르는 척해 달라고 했던 게 있을지 생각해 봤다. 옷을 절반쯤 내렸는데도 세탁소는 조금도 밝아지지 않았다.

세탁소에 들른 아내가 전하는 말에 너는 옷걸이에 걸린 사람처럼 굳었다. 혀를 잡아 빼듯이 되물었다.

"그러니까 어디로 들어가자고?"

아내는 아까보다 더 느리게 말했다. 숫제 어린아이에게 가르치는 말투였다. 너에게는 다림질한 뒤에 세탁해 달라거나 무릎에 단추를 달아 달라는 말처럼 들렸다. 너는 아내의 말이 세탁할수록 줄어드는 옷이라도 되는 것처럼 또 물었다. 하지만 아내는 물 빠짐이 없고 보풀도 일어나지 않는 옷처럼 끄떡없었다.

너는 옷이 아닌 건 세탁할 수 없다고 하는 심정으로 한 번 더 물었다.

"그런 집이 있어?"

"뭐 하러 없는 말을 지어내겠어요."

아내는 다리미판에 몸을 기댔다. 시선은 네 콧잔등에 걸쳐 있었다. 너는 구석으로 자리를 옮겼다. 그림자에 얼굴이 숨겨졌다. 아버지가 어떻게 세탁할지 몰라 어수선하게 얽혀 드는 표정을 감출 때 쓰던 방식이었다. 아내는 네 대답을 기다리는 눈치였다. 아버지가 있었다면 무슨 말이든 했을 것이었다. 지울 수 없는 얼룩과 지울 수 있는 얼룩에 대해서 말할 때처럼 명쾌하게. 어디까지 지워질 수 있고 어느 정도 시간이 필요한지 말할 때처럼 거침없이. 때론 애매한 얼룩을 마주했을 때처럼 헐거운 목소리로라도.

어딜 가든 지금 사는 방보다야 나을 터였다. 어쨌든 사람 살라고 만들어 놓은 집일 테니. 한편으론 대체 어떤 사람들이 그런 집을 만들고 계약하는지 궁금했다. 너는 아내의 말을 되씹어 봤다. 떠올려 볼수록 집은 멀어졌다. 손에 잡히는가 싶다가도 여지없이 주저앉았다. 아내는 배가 불러오기 전에 옮기고 싶은 듯했다. 거기라면 적어도 다리미판에서 태어나는 것보단 나으려나.

"서둘러야 한다니까요."

너는 다리미판 위에 올려놓은 서류를 봤다. 서류를 손에 쥐며 새삼 다리미판이 누렇다는 걸 깨달았다. 그간 다리미판이 세상에서 가장 희고 반듯하다고 생각했다. 언제부터 이렇게 된 걸까.

"어쩔 수 없잖아요."

너는 겨우 서류 앞장만 훑어봤다. 아내는 기어이 그 괴상한 집으로 들어갈 모양이었다. 여전히 너는 그것을 집이라고 불러야 할지 망설여졌다. 애써 떠올려 보다가도 이내 포기하고 멀찌감치 밀어냈다.

"여기에도 방이 있었네요? 방…… 맞죠?"

그건 네가 아내에게 묻고 싶은 말이었다.

학교에 들어가기 전 너는 곧잘 세탁소에 딸린 골방으로 숨어들었다. 두어 번 뒹굴면 벽에 닿을 정도도 좁은, 창문도 없고 세탁소에서 건너오는 엷은 빛이 전부인 방이었다. 게다가 천장에는 세탁소에 다 걸어 두지 못한 양복, 블라우스, 원피스가 그림자처럼 걸려 있었다. 대개 금방 찾아가지 않을 옷들이었다. 봄에는 교복으로, 환절기면 코트로, 결혼식이 몰릴 때면 한복으로 더 빽빽하게 들어찼다. 그러고 보면 세탁소는 어느 한 시절도 빠짐없이 옷으로 가득했는데 늘 벌이는 시원찮았다. 연초에는 회사 유니폼이, 선거철에는 후보 이름이 박힌 티셔츠가 밀려들었다. 한 사람이 입는 것도 아닐 텐데 크기가 똑같았다. 끝자락에는 어김없이 꼬리표가 달려 있었다. 꼬리표에는 요금, 작업 내용, 맡긴 사람 이름, 날짜 같은 게 적혀 있었다. 너는 눈짓으로 하나하나 읽으면서 옷 주인을 제멋대로 상상해 봤다. 그러다 보면 발끝이 간지러워 주먹을 쥐거나 몸을 잔뜩 옹송그렸다. 그사이 팔다리를 쭉 뻗으면 벽에 닿을 만큼 자랐다.

아버지는 다림질을 하다가 간간이 구부정했던 자세를 바로잡고 맨손체조를 했다. 협소한 세탁소 안에서 옷에 닿지 않으려고 신경 쓰다 보니 얼마간 위축된 동작이었다. 우스꽝스러운 데다가 소심해 보이기까지 한 맨손체조의 마무리는 골방 앞 행거에 걸린 와이셔츠를 한쪽으로 젖히는 것이었다. 그러고 나선 안부를 묻는 것처럼 골방 안에 스팀을 길게 뿜었다. 그럼 너는 잘 놀고 있다는 뜻으로 슬쩍 웃었다. 스팀이 가득 들어차면 구름 위에 누운 듯 네 몸이 뭉근하게 달아올라 웃음도 점점 진해졌다.

요양원으로 들어가기 전 아버지는 골방에 대해 다른 얘기를 했다. 세탁기 앞에서 어떤 버튼을 눌러야 할지 몰라 망설이고 있을 때였다. 너는 집에서 혼자 보내는 시간이 길어질 아버지에게 밥솥이나 전자레인지 사용법은 알려 줬지만 세탁기는 빠뜨렸다. 세탁기보다 훨씬 복잡한 드라이클리닝 기계도 능숙하게 조작하던 아버지였기 때문이다. 아버지는 세탁기에서 한 발자국 떨어져서 나왔다. 세탁 세제에 너무 오래 담가 둬서 삭은 것 같은 표정이었다. 괜한 트집으로 시비 거는 사람이 있으면 "다리미 든 사람한테는 그러는 거 아니요."라고 하던 때가, 비싼 옷이니 똑바로 세탁하라는 사람에게는 "그래 봐야 사람 입는 옷이죠."라고 하던 때가 아득했다.

"내가 골방을 들여다볼 때마다 넌 왜 그렇게 울상이었냐?"

너는 아버지 표정을 떠올리려 애써 봤지만 이내 지워졌다. 매번 빛을 등지고 있었던 탓이다. 그저 아버지 얼굴이 가득 찰 만큼 좁고 어두운 방이었다는 기억만 생생했다. 거기서 더해 봐야 재봉틀이나 탈수기 소리 정도였다.

골방 안에서 아내의 목소리가 울렸다.

"이사 갈 집에 한번 가 봐야 하지 않겠어요?"

일어선 너는 천장에 걸린 옷에 머리가 닿을까 봐 어정쩡한 자세였다. 지나치게 낙낙하거나 꽉 조이는 회사 유니폼을 입은 기분이었다. 그때 아내가 골방을 완전히 빠져나왔다.

"어쨌든 이제 우리가 살게 될 집이잖아요."

집은 표백제를 듬뿍 넣고 밤새 삶은 듯 희기만 했다.

아내에게 들었지만 이렇게까지 깨끗하게 비어 있을 줄은 몰랐다. 문조차 없어 전체가 트여 있었다. 베란다로 나가는 곳에도 문은 없었다. 밖을 내다보면 누가 등을 떠밀 것처럼 어질했다. 5층이라고 했는지 6층이라고 했는지 헷갈렸다. 어쩐지 자꾸 높아지는 것 같았다.

아내는 너를 밀치고 성큼성큼 나섰다. 그러더니 한쪽에 쭈그리고 앉아 줄자로 크기를 쟀다. 세탁소에 왔을 때 "이제 이건 필요 없겠네요?" 하면서 들고 나온 줄자였다. 아내에게서 물러난 너는 잠을 쫓으려 고개를 흔들었다. 해가 지면 집을 제대로 둘러볼 수 없어 아침부터 서둘렀기 때문이다. 아내는 조명도 달려 있지 않다고 했다. 그러면 대체 거기에 뭐가 있는 거냐고 물었다. 대답은 건조했다.

"뭐가 있긴요. 방이 있죠."

조명이 없으니 어두워지면 어디가 어딘지 분간할 수 없을 것이었다. 네게는 한낮도 마찬가지였다. 누가 이 집을 두고 오십 평쯤 된다고 해도 믿지 않을 도리가 없었다.

　어디선가 튀어나온 아내는 너의 등을 스쳐 지나갔다. 그사이 너는 천장을 노려보고 있었다. 조명이 있어야 할 자리엔 전선이 몇 가닥 나와 있을 뿐이었다. 전선이라도 없었으면 천장인 줄도 몰랐을 것이었다. 전선은 길게 내민 혓바닥처럼 보였다. 이럴 줄 몰랐냐며 놀리는 것 같은 혓바닥. 애써 시선을 틀어 봐도 어디부터 바닥이고 어디까지가 벽인지 구분할 수 없었다. 벽이고 바닥이고 아무 무늬가 없었다.

　처음엔 너무 싸게 나온 집이라 수상했다. 은밀한 음모가 똬리를 틀고 있는 게 분명했다. 아내는 함정을 피하려다 속임수에 넘어가는 것일지도 몰랐다. 그동안 너는 비슷한 방식으로 가진 것을 모두 잃고 헤매는 사람들을 봐 왔다. 그것이 너를 신중하게 만들었고 동시에 아이 같은 두려움과 경계심에 휩싸이게 했다. 너는 아내를 향해 아버지에게 그랬던 것처럼 무턱대고 믿지 말고 꼼꼼하게 따져 봐야 한다고 할 작정이었다. 하지만 현관에 들어선 순간 생각이 달라졌다. 집은 충분히 쌀 만했다. 이것저것 계산해 보니 도리어 비싸다는 생각까지 들었다. 손해를 감수하면서까지 내놓은 집이 아니었다. 그런 건 세탁소뿐이었다.

아내가 화장실이라고 일러 준 곳에는 변기도 세면대
도 없었다. 그러니 다른 방들과 다를 바 없었다. 눈여겨
보지 않으면 수도꼭지도 알아볼 수 없었다. 스위치가 있
어야 할 자리도 그저 구멍일 뿐이었다. 문이 없으니 어
느 방에 들어가든 밖이 내다보였다. 내다보이는 것마다
다리미판이나 막 빨아 널은 와이셔츠를 떠올리게 했다.
너는 넓이도 짐작할 수 없는 집을 무슨 색으로 칠하고
채워야 할지 막막했다. 그사이에도 아내는 흔들리지 않
고 부지런히 돌아다녔다. 들여놓고 싶던 가구와 맞아떨
어지는지 가늠해 보는 눈치였다. 집값을 치르고 나면 남
는 돈이 빤한데도 딴청을 피우는 것 같았다. 급한 대로
변기와 싱크대를 맞추고 나면 문이나 달 수 있을까. 문
을 하나만 달 수 있다면 어디여야 할까. 그러고 보니 현
관문도 없었다.

　너는 한곳에 서 있었다. 얼마 돌아다니지 않았는데
도 몹시 피곤했다. 돌아다니는 게 아니라 허우적거리는
기분이었다. 어딜 가나 휑해서 같은 자리를 맴돌았던 것
도 같았다. 가만히 있으니 질감과 양감이 스르륵 무너
졌다. 그래서 멀리 아내를 봤을 땐 둥둥 떠다니는 줄 알
았다. 아내는 슬그머니 벽에 스며들었다. 안방과 작은방
이, 어쩌면 문간방이 서로 뒤엉켰다. 이러다간 너도 하
얗게 지워질 것 같았다.

　그새 냉장고를 놓을 위치와 식탁 방향이 정해졌다.

정말 지금 방에 있는 건 죄다 버리고 올 작정인 듯했다. 아내는 집 꾸미는 일에 무심한 줄 알았는데 아니었던 모양이다. 액자를 걸어 둘 자리만 다섯 군데였다. 그러고 보니 지금 사는 방에는 액자가 하나도 없었다. 너는 여전히 안방인지 화장실인지 헷갈리는 방에서 아내를 멀뚱멀뚱 건너다봤다. 그렇게 큰 냉장고는 살 수 없을 거라고 하려다가 말았다. 냉장고를 줄여서 초인종부터 달아야 하는 건 아닌가 싶은 생각도 접었다. 그래도 계속 가만히 있는 게 무안해서 한마디 거들었다.

"서랍장은 이쯤에 놓으면 되겠다."

"거긴 다용도실인걸요."

아내의 목소리에는 이 집으로 기울어진 마음이 얹혀 있었다. 벽지를 고르는 표정은 활발하고 단단했다. 너는 도배가 되고 가구들이 들어차고 변기가 설치되고 마룻바닥이 깔릴 집이 그려지지 않았다. 아내 말마따나 꾸미기 나름인 집이었다. 너는 그냥 이대로 살아도 좋겠다는 생각이 들었다. 어차피 한동안 많은 것을 채워 넣지 못한 채 살아야 할 것이었다. 살면서 돈을 모아 방충망을 달고, 또 몇 달 동안 모아 타일을 붙이고 욕조를 들여놔야 할 것이었다. 그러라고 나온 집은 아니었지만 너와 아내는, 어쩌면 많은 사람이 비슷한 계산으로 계약할지도 몰랐다.

"어디 있어요?"

먼 곳에서 아내의 목소리가 흐리마리하게 울렸다. 사방을 두리번거려 봐도 어디서 들려오는지 알 수 없었다. 정말이지 어딘가 얼룩이라도 묻혀 표시해 둬야 할 것만 같은 집이었다.

오래전 아버지는 얼룩을 지우고 있었다. 옆에 선 너는 유치원에서 크레파스를 묻혀 와도 지울 수 있냐고, 그럼 피도 지울 수 있냐고 물었다. 그때마다 아버지는 힘차게 고개를 끄덕였다. 너는 신이 나서 또 물었다.

"간장이 묻어도요?"

"지울 수 있지."

너는 설마 이건 어렵겠지 하는 심정으로 물었다.

"오줌은요?"

"그까짓 거 못 지울 것 같으냐?"

너는 아버지가 이 세상을 다 지워 버릴 수 있는 마법사라도 된 듯 몸이 바짝 달아올랐다. 그때 아버지가 네 말을 가로막았다.

"다 지울 수 있다. 커피든 흙탕물이든."

"어떻게요?"

"옷감과 얼룩에 맞는 약품을 묻혀 문지르면 돼. 물에 흘려보내듯 설렁설렁, 때론 빳빳한 솔로 벅벅. 비율과 물 온도만 잘 맞추면 문제없어. 똥이라도 묻혀 와 봐라 내가 못 지우나."

아버지는 커다란 얼룩 같은 표정으로 너를 봤다. 표정만 봐선 사실 너도 지울 수 있다고 할 것만 같았다.

"근데 딱 하나 못 지우는 게 있지."

"뭔데요?"

아버지는 침을 삼켰다. 그러자 얼굴 전체가 출렁였다.

"불에 그슬린 자국. 그건 어찌해 볼 도리가 없어."

끝에 가서 아버지는 혼잣말처럼 덧붙였다. 너는 받아쓰기를 할 때처럼 목소리에 귀 기울였다.

"마음에도…… 뭐가 묻든 다 지울 수 있지만 불에 그슬리면 돌이키지 못하지."

"그럼 지울 수 없는 얼룩이 생겼을 땐 어떻게 해요?"

"글쎄다…… 그러니까……."

아버지는 꾸벅꾸벅 조는 사람처럼 보였다. 그래서 이어지는 대답이 꼭 잠꼬대처럼 들렸다. 그때는 사람들이 옷을 입고 다니는 이상 세탁소가 없어질 일은 영영 없을 줄 알았다.

행거는 뼈대가 드러났다. 조금 떨어져서 보니 확연히 휘어져 있었다. 여태껏 부러지지 않고 끝까지 버텨 낸 게 용했다. 아버지 뼈가 휘어져 있었다는 건 얼마 전에야 알았다. 의사는 통증이 없다면 굳이 손쓸 필요까진 없다고 했다. 이제 와서 행거를 고칠 필요 없는 것처럼. 너는 아버지 뼈에 그동안 얼마나 많은 옷이 걸려 있었는지 떠올려 봤다. 옷에 대한 기록은 두꺼운 장부 몇 권으로 남아 있었다. 장부마다 첫 장에는 네 치수가 적혀 있었다.

그동안 너는 아버지에게 바지를 맡겨 왔다. 세일 가격만 보고 눈대중으로 산 바지나 작년만 해도 맞았는데 이제는 허리나 통이 작거나 커서 난감하던 바지였다. 그때마다 아버지는 너를 쓰윽 훑어보곤 줄자를 들이댔다. 치수는 그때그때 적어 놓은 게 분명했다. 아버지는 네 몸을 정확히 알고 있었다. 기장이 얼만지 통은 어느 정도로 해야 편안한지. 허리가 언제 줄었고 얼마 후 몇 인치나 늘었는지까지. 너는 숫자에도 온기가 있다는 것을 처음 알았다.

너는 아버지 몸이 낯설었다. 아버지는 막연한 짐작보다도 훨씬 작았다. 세탁소 천장에 걸린 옷에 닿지 않을 만큼만 자라고 멈춘 것 같았다. 손목은 옷을 올리고 내리던 장대만큼 가늘었다. 이제는 다리미를 들 수도, 재봉틀을 돌릴 수도 없을 듯했다. 그쯤 아버지 얼굴마저 서서히 지워졌다. 뿌연 스팀 사이로 보는 얼굴처럼.

기억에 오롯이 남은 거라곤 손이 전부였다. 아버지는 번번이 장갑도 끼지 않고 약품에 젖은 옷을 만졌다. 그때마다 네가 잔소리를 섞으면 어깃장을 냈다.

"맨손으로 만져 봐야 제대로 알지."

이제껏 아버지가 네 머리나 등을 쓰다듬었던 것도 그런 뜻일지 몰랐다. 세탁 기호를 읽어 내듯 너를 알고 싶다는. 네가 어떤 섬유인지. 면이 얼마나 들어가 있고 거기에 폴리에스테르가 얼마나 섞였는지. 얼룩이 묻으면 어떤 약품으로 지워야 하고 찬물에 담가 놔도 되는지. 말릴 땐 그늘에서 말려야 하는지 햇볕에 널어놔도 괜찮은지. 자칫 쪼그라들거나 물이 빠지고 퍼져 버릴까 봐 조심스러운 손길로.

너는 아버지의 거칠고 투박한 손이 닿을 때마다 몸서리를 쳤다. 약품 냄새가 들러붙어 배일 것만 같았기 때문이다. 하얗게 일어난 거스러미도 옮겨 와 온몸으로 번질지 몰랐다. 그때 일을 물어도 아버지는 아무 대답이 없었다. 생각나지 않는 건지 애써 모르는 체하는 건지 알 수 없었다. 아버지는 수선 주문이 밀려들 때면 아예 시침 핀을 입에 물고 있었다. 그러면서도 치수나 찾아가야 할 날짜를 정확하게 전했다. 이제는 그만한 틈조차 찾아볼 수 없었다.

아버지에게는 충분한 시간이 있었다. 미뤘던 고백이나 따로 챙겨 두지 않으면 금방 잊을 만큼 소박한 기억을 나눠도 괜찮았다. 그게 아니라면 세탁 기호라도 차근차근 일러 줄 수 있었다. 하지만 아무리 캐물어 봐도 목소리는 나오지 않았다. 철거될 세탁소가 꼭 남의 일인 것처럼 굴었다. 그래서 처분하는 동안 오로지 너의 어림만으로 움직여야 했다. 너는 아버지가 평소 무심코 던졌던 말을 떠올리느라 애썼다. 거기에 힌트가 있을지도 몰랐다. 하지만 명징해지는가 싶던 목소리는 매번 날 선 재봉틀 소리에 끊기고 스팀에 묻혀 뭉툭해졌다.

너는 돌아누운 아버지를 향해 손을 뻗었다. 무수한 마찰로 보풀이 잔뜩 일어난 몸이었다. 손끝에 미열이 잡혔다. 평생 몸에 쌓인 다리미 열기가 여전히 맴돌고 있는지도 몰랐다. 온기 끝에 새삼 아버지에 대해 모르는 게 많다는 생각이 들었다. 오래전 멸종한 동물의 가죽으로 만든 옷처럼 아무리 만져도 세탁 기호 하나 읽어낼 수 없었다. 이제 기계를 들어내고 끝내 찾아가지 않는 옷은 센터에 보내도 괜찮은지조차 알 수 없었다.

요양원에서 나온 너는 세탁소에 들어섰다. 너무 심하게 훼손되어 돌이킬 수 없는 옷이란 걸 빤히 알면서도 혹시 모르니 마지막이라는 심정으로 들어선 손님처럼. 그런 옷은 맡아 봐야 고생만 하고 원망이나 들을 텐데도 이따금 아버지는 두고 가라고 했다.

"고치지도 못할 옷을 뭐 하러 맡아요?"

"자기 손으로 버리고 싶지 않아서 세탁소에 오는 사람도 있어."

아버지는 때때로 옷이 품은 사정까지 꿰뚫어 보곤 했다. 멀리 떠난 이가 남겨 두고 간 청바지나 처음 선물받은 재킷처럼 망가져도 버릴 수 없는. 그 때문인지 손님은 세탁소에 드나들면서도 그 옷을 찾지 않았고 아버지도 입에 올리지 않았다. 그러고 보면 아버지는 자기 손으로 정리하고 싶지 않아 세탁소를 네게 미루기로 한 것일지도 몰랐다.

　바닥은 거무죽죽해서 발조차 보이지 않았다. 깊숙이 파고들자 발밑에서 탈수기 소리가 우럭우럭 부풀어 올랐다. 걸음은 내디딜 때마다 기울어졌다. 너는 탈수기에서 막 빠져나온 사람처럼 어기적거리다가 겨우 다리미판에 기댔다. 다리미판에는 아직 아버지만큼의 온기가 희미하게 남아 있었다. 너는 신발을 벗고 몸을 뉘었다. 다리미를 들어 올리자 너의 몸이 빨려 들어가는 듯했다. 순간 누군가 네 얼굴에 스팀을 뿌렸다. 짧게 한 번, 곧바로 길게 세 번. 무심하지만 따뜻하고 축축한 인사였다. 한쪽에 맴돌던 온기가 번지면서 달아올랐다. 일순 네 몸이 팽팽하게 당겨졌다. 그제야 오랫동안 잔뜩 구겨져 있었다는 것을 깨달았다. 멀쩡해 보여도 다려 보면 알게 되는, 눈으로만 훑어봐선 알 수 없던 주름으로 가득했다. 앞으로 너는 몸에 꼭 맞는 옷을 고르는 법부터 배워야 하는 건지도 몰랐다. 이내 몸을 뒤척일 새도 없이 잠에 빠져들었다.

　간판까지 내리자 세탁소는 그저 건물에 뚫린 구멍처럼 보였다. 내일쯤 탈수기와 재봉틀까지 빠지면 이제 질감과 양감이 모두 무너진 채 크기가 어느 정도인지도 가늠할 수 없는 그런 방이 될 것이다.

"요즘에는 내부 인테리어가 안 들어간 모피방으로 많이들 하시죠."

"그런가요?"

"취향에 맞춰 직접 하는 추세니까요. 여기는 수납공간으로 쓰실 거죠?"

시공업자는 시선을 고정한 채 물었다. 너는 머뭇거리기만 했다. 시공업자가 가리키는 곳에는 단지 하얀 덩어리가 뭉쳐져 있을 뿐이었다. 그 자리에 뭘 놓아야 좋을지 알 수 없었다. 아무거나 놓아도 상관없을 듯했고 동시에 무엇이든 이물질처럼 보일 것 같았다.

"······글쎄요."

여전히 아무것도 짐작할 수 없는 집이었다. 창문이 있어야 할 곳은 뚫려 있었다. 아내는 서둘러 창호를 골랐다. 마음대로 정할 수 있을 때부터 목소리에 부쩍 탄력이 붙었다. 무늬와 재질을 선택할 때도 거침없었다. 세탁소를 비워 내자 보증금과 기곗값이 네 앞으로 떨어졌기 때문이다. 덕분에 빈집에 문도 못 달고 도배도 건너뛴 채로 살지 않아도 됐다. 겨우 변기와 세면대만 놓고, 좀 더 무리해서 싱크대를 맞춰 놓고 차차 채워 가자고 다독이지 않아도 괜찮았다.

철거와 인테리어 공사가 맞물렸다. 세탁소 출입문이 맥없이 뜯겨 나가는 동안 견고한 현관문이 달렸다. 작업에 속력이 붙었지만 이삿날까지 마치려면 빠듯했다. 밤에도 공사를 계속할 수밖에 없었다. 전기가 들어오지 않으니 불안정한 임시 조명까지 끌어다 써야 했다. 다들 비슷한 사정인지 복도는 자정까지 환하고 소란스러웠다. 세탁소가 쪼개지고 잘게 부수어지는 동안 이사 갈 집은 구색을 갖출 것이었다.

한쪽에서 아내가 나타났다. 마치 벽 틈을 비집고 솟아난 것 같았다.

"수납공간 맞고요, 선반은 양쪽에 두 개씩."

"저쪽은 에어컨이죠?"

"그리고 옆에는 공기청정기요."

주고받는 목소리가 탄력 있게 튀어 올랐다. 아내는 종종걸음으로 방마다 어디에 무얼 놓고 설치할지 일러 줬다. 서너 번쯤 들은 얘기인데도 너는 자꾸 잊었다. 여기에 침대를 놓는다고 했던 것도 같았고 반대편에 붙박이장을 짜 넣는다고 했던 것도 같았다. 샤워기나 방문 손잡이도 일일이 보여 줬는데 기억에 남아 있지 않았다. 바닥은 뭐로 한다고 했더라. 강화 마루였나.

"가습기 놓을 자리예요."

아내는 네가 짚고 있는 곳을 가리키며 말했다.

언제부턴가 아버지의 숨은 가습기에서 흘러나오는 증기마저 뚫지 못했다. 간단한 운동도 신중해야 할 때였다. 그나마 거동이 수월했을 땐 까치발을 하고 장대를 들어 올렸다. 평소 자주 하던 동작부터 시작하는 게 좋

을 거라고 했기 때문이다. 아버지는 허공을 쿡쿡 찌르는
것도 같았고 멀리서 보면 춤을 추는 것처럼 보이기도 했
다. 그래 봐야 천장에 걸어 둘 옷도, 손님에게 내줄 옷도
없었다. 그쯤이 요양원에서 아버지가 가장 활달하던 때
였지 싶다. 나중에는 이름표도 제대로 알아보지 못하고
엉뚱한 침대에 걸터앉았다. 너는 침대에 붙은 이름표를
힐끔거렸다. 어느 순간 이름표는 세탁소에 걸린 옷마다
달려 있던 꼬리표처럼 보였다. 그러자 아버지가 세탁소
에 걸린 외투가 되어 버린 기분이었다. 그래서 누군가 때
가 되면 언제라도 장대로 아버지를 바닥에 내려놓을 것
만 같았다.

커튼 사이로 흐릿한 빛이 번졌다. 빛이 어둠에 잠길
때쯤 소리가 울렸다. 처음에는 아버지가 내는 목소리인
것도 몰랐다. 네가 알아차렸을 땐 이미 수많은 이야기가
지나간 다음일 수도 있었다. 너는 눈을 부릅뜨고 아버
지의 입술을 노려봤다. 가습기에서 나오는 증기가 입술
을 지웠다. 손을 휘저어 봐도 사정은 나아지지 않았다.

"……예금이랑 보험은 그 정도니까 꼭 챙겨……"

목소리가 끊어질 때마다 물러났던 증기가 우르르 들
이닥쳤다.

"참, 비밀번호! ……잊지 말고."

아버지는 손님을 대하듯 일러 줬다. 찾으러 올 날짜
와 요금을 전하는 것처럼 또박또박. 집에서 억지로 지우

느라 더 번진 얼룩이나 세탁 기호도 제대로 보지 않고 빨아 줄어든 스웨터를 앞에 둔 것처럼 뾰족한 목소리로. 이어서 처음 보는 얼룩을 마주한 것처럼 얼버무리다가 확신할 수 없어 기어들어 가는 목소리로. 그러다 이건 지울 수 없다고 단정 지은 듯 단호하게. 목소리는 세탁소 안과 다르지 않았다. 너는 그것이 평생 아버지가 말해 온 방식이라는 것을 깨달았다. 이어서 아버지는 빌려준 돈과 그중에 안 받아도 그만인 돈에 대해서도 얘기했다. 세탁소 철거 날짜가 정해진 날이었다.

너는 숨을 몰아쉬었다. 두껍게 쌓여 있던 스팀이 사라지자 잠깐 아버지 얼굴이 또렷해졌다. 그동안 세탁소에서 지워 냈던 얼룩이 전부 쌓이면 저럴까. 예전에 너는 지울 수 없는 얼룩이 생겼을 땐 어떻게 하냐고 물은 적이 있다. 아버지는 "글쎄다…… 그러니까……." 하면서 뜸을 들였다. 어느새 눈까지 반쯤 감았다. 그래서 아버지는 꾸벅꾸벅 조는 사람처럼 보였다. 포기하고 돌아설 때쯤 아버지는 입을 열었다. 꼭 잠꼬대처럼.

"우기는 거지. 얼룩이 있는 게 더 보기 좋다고."

"에이, 그게 뭐예요."

"그럼 이건 어떠냐? 그냥 받아들이는 거야. 세상에 얼룩 있는 옷을 입고 다니는 사람은 수두룩하잖니. 다들 그렇게 사는구나 하면서 입고 다니는 거야."

네가 시큰둥한 표정을 짓자 아버지는 이번엔 괜찮은

생각이라는 듯 헛기침 끝에 굵은 목소리를 냈다.

"아니면 수를 놓거나 천을 덧댈 수도 있지. 최대한 옷과 비슷하게. 눈여겨보지 않으면 티 나지 않도록."

그건 좀 그럴듯한 생각이었다. 그래서 너는 아버지 곁으로 다가섰다. 더 좋은 방법이 나올 것 같았기 때문이다. 할 말이 바닥난 사람처럼 눈을 굴리던 아버지는 굼뜨게 입을 열었다.

"이참에 그냥 갖다 버리고 새로 사는 것도 좋은 방법이지. 세상에 옷이 그거 하나뿐이냐."

대답이 맘에 차지 않던 너는 볼우물을 만들며 째려봤다. 아버지는 키득거리면서 다시 다리미를 들었다. 곧 스팀이 퍼져 아버지가 흐려졌다.

너는 아버지가 했던 말을 되새겼다. 언제부턴가 세탁소는 지울 수 없는 얼룩이 된 것 같았다. 모르는 척할까. 세탁소는 처음부터 없었던 것처럼. 아니면 세상에 사라진 세탁소는 많으니까 그냥 받아들일까. 너는 고개를 뒤로 젖혔다. 세탁소가 있던 자리에 수를 놓고 천을 덧대듯 새로운 시설이 들어서면 나을까. 바싹 마른 입술에 침을 묻혔다. 그냥 갖다 버리고 새로 구하는 건 어떨까. 너는 세탁소나 얼룩 대신에 다른 것들을 넣어 봤다. 이를테면······.

쓴웃음이 퍼진 너는 물끄러미 아버지를 바라봤다. 기장을 줄일 때 매서워지던 눈은 어느새 둥글둥글해졌다.

저런 눈으론 옷감을 잘라 낼 수 없을 것 같았다. 시침 핀 하나 제대로 꼽을 수나 있을지.

증기가 얼굴을 남김없이 뒤덮을 때쯤 아버지가 입을 열었다.

"그럴 거 없다. 다 괜찮아."

이제 너는 알고 있었다. 괜찮아 보여도 다리미로 다려 보면 다르다는 걸. 반쯤 일어서다 말고 아버지를 내려다봤다. 이제는 네가 눈으로만 훑어봐선 모르는 숨겨진 구김을 찾아야 하는 건지도 몰랐다.

오래 앉아 있었던 탓인지 현기증이 일었다. 너는 벽에 기댔다. 아버지 얼굴에는 겨우 빛 몇 점만이 낙엽처럼 툭툭 내려앉았다. 어디선가 증기가 잔뜩 몰려와 네몸을 감쌌다. 가습기를 줄여도 잦아들 줄 몰랐다. 어쩌면 그동안 아버지 몸에 켜켜이 쌓였던 스팀이 빠져나온 것일지도 몰랐다. 너는 허공으로 조금 떠오른 기분이었다. 현기증은 부풀어 오르기만 했다. 그새 아버지는 코를 골았다. 몸속에 남아 있던 탈수기 소리나 재봉틀 소리마저 내보내듯. 여전히 세탁소 안에 있는 건지도 몰랐다. 증기에 가려진 표정이 꼭 그때 같았다. 그것만으로 아버지를 기억해도 좋을 표정이었다.

소리가 나지 않게 커튼을 닫았다. 너는 아버지가 골방을 들여다보며 너와 눈을 마주치던 때가 떠올랐다. 하루에도 몇 번씩 와이셔츠를 젖히고 네 얼굴을 구석구석 살피던 아버지. 앞으로는 네가 커튼을 열고 아버지 얼굴을 들여다볼 차례였다.

네가 안방이나 작은 방에서, 어쩌면 화장실일 수도 있는 방에서 헤매는 사이 아내는 너를 두고 나갔다. 인부가 식탁 둘 자리를 물었을 때였다. 순간 너는 어디가 나가는 곳인지 헷갈렸다. 아내가 사라진 방향마저 짐작하기 어려웠다. 문이 없으니 그냥 뚫린 곳으로 나가면 됐다. 하지만 죄다 하얘서 어디가 뚫려 있는지 알 수 없었다. 저쪽인가 싶어서 가 보면 벽이었다. 벽을 짚어도 허공에 손을 휘젓고 있는 기분이었다.

"당신 어디야?"

"거실이요."

아내의 목소리는 선명했다. 그래도 방향까지 가늠할 순 없었다. 어디로 나가야 할까. 어디 한 군데는 분명 뚫려 있었다. 일단 한쪽으로 계속 밀고 나갔다. 그러다 보면 분명 출구가 나올 것이었다.

"좀 나와 봐요."

아내의 목소리가 가까워졌다가 멀어졌다. 차근차근 아내가 있는 쪽으로 나가고 있다고 생각했지만 모를 일이었다. 다시 찬찬히 벽을 짚어 봤다. 아까보단 나아졌지만 여전히 질감이 불분명했다. 어딘지 모르게 푹신한 듯도 했다. 벽이 아니라 다리미판을 짚고 있는 것 같았다. 그때 바람이 이는가 싶더니 순간 조명이 꺼졌다. 문제가 생긴 모양이었다. 밖에서 서성이던 어둠이 방 안으로 빠르게 침입했다. 어둠이 채워지자 방은 순식간에 좁아졌다. 누군가 표정을 지으면 가득 찰 만큼.

네 근처에서 웅성거리는 소리가 몸집을 키웠다. 그중에서 아내의 것을 찾아내려 애썼지만 도드라지는 목소리는 없었다.

"당신 괜찮아?"

네 목소리에 답하듯 탈수기 소리가 들려왔다. 등 뒤인 것 같았다. 돌아보자 오른쪽 귀퉁이에서 재봉틀 돌리는 소리가 한 겹씩 쌓이고 있었다. 어슴푸레해지는가 싶더니 이내 스팀이 뿌옇게 올라와 시야가 흐려졌다. 천장에는 금방 찾아가지 않을 옷들이 빼곡히 걸려 있었다. 한쪽에는 알록달록한 카디건이나 스팽글이 촘촘하게 달린 원피스가 모여 있었다. 어린 네가 누우면 시선이 닿는 자리였다. 아이를 위한 모빌 하나 사는 일마저 주저해야 했던 시절 아버지의 방식이었다. 네가 세탁소를 비우는 동안 깨닫게 된 것 중 하나였다.

고개를 틀자 멀리 가느다란 빛줄기가 보였다. 그쪽으로 방향을 틀자 촘촘하게 걸린 와이셔츠가 눈에 들어왔다. 나가는 곳은 저기쯤일 것이었다. 그 너머에서 옷깃을 솔로 벅벅 문지르는 소리가 들렸다. 와이셔츠를 커튼처럼 헤집고 나서면 다사로운 스팀이 닿을 것이었다. 탈수기를 돌려놓은 아버지는 오랫동안 몸에 밴 리듬으로 다림질을 하고 있을지도 몰랐다. 몸을 재게 놀렸다. 그럴수록 입구는 가까워지지 않고 도리어 멀어지는 듯했다. 그때 행거에 걸린 와이셔츠가 천천히 젖혀졌다. 그 사이로 누군가 얼굴을 들이밀었다. 빛을 등지고 있어서 제대로 보이지 않았다. 길게 혹은 짧게 여러 번 뿜어지는 스팀이 두툼해졌다. 스팀 사이로 번지는 표정이 보였다. 온몸이 뭉근하게 달아올랐다. 너는 고개를 들고 활짝 웃었다. 이번엔 울상처럼 보이지 않도록.

사
라
지
다

"그래서 넌 돌아가셔서까지 부부여야 한다는 거야?"

언니는 요란하게 찻잔을 내려놨다. 자못 날카로운 소리가 우리 사이를 파고들었다. 일순 삐득삐득 오가던 목소리가 끊겼다. 출렁이던 커피가 잔잔해질 때까지 아무도 입을 열지 않았다.

커피는 밍숭밍숭하고 달기만 했다. 그래도 말하는 사이사이 부지런히 입에 댄 것 같은데 좀처럼 줄어들지 않았다. 커피를 마시려고 찻잔을 들었던 건 아니었다. 딱히 할 말이 없거나 생각할 시간이 필요하면 어김없이 찻잔을 들었다. 그런다고 내려놓을 때쯤 명쾌한 목소리가 나오는 건 아니었다. 다들 찻잔 사정이 비슷했다. 돌이켜 보면 그것만이 유일한 공통점이었다.

다시 찻잔을 입에 댈 때쯤 언니가 말을 이었다. 뜨악한 표정을 감출 생각은 없는 것 같았다. 잠잠해지는가 싶던 식탁 위의 커피가 다시 흔들렸다. 이번에야말로 드잡이라도 할 기세였다.

"다들 알잖아."

언니는 두리번거리다가 입술을 깨물었다. 이어지던 목소리가 얼마간 얄팍해졌다. 숫제 지긋지긋하다는 말투였다.

"아버지 돌아가시고 나서 그 집에서 엄마 혼자 지냈어. 너나 나나 누구도 다 싫고 혼자 살아 보는 게 소원이라고 했었잖아. 그새 잊었어?"

"그거야 아버지가 그리우니까 그랬던 거지. 그래서 아버지랑 살던 집에서 계속 사셨던 거 아니냐고, 내 말은!"

"……엄마가 아버지를, 뭐? 그리워했다고?"

진호는 뭐 그런 당연한 걸 물어보냐는 듯 내 얼굴을 빤히 쳐다봤다. 표정을 살피고 있자니 그 사실을 나만 몰랐던 건가 싶은 생각마저 들었다. 엄마는 정말 아버지를 그리워했을까.

엄마가 아버지와 살던 집에 쭉 살았다는 것에 주목한 진호와 언니는 달랐다. 엄마가 혼자 살고 싶어 했다는 쪽에 초점을 맞췄다. 어느새 둘은 나를 노려봤다. 내 생각을 묻는 것이었다. 나는 찻잔을 한 번 더 기울일 뿐이었다. 내게 남은 건 '누구도 다 싫고'였다.

"왜 빤히 보이는 엄마 맘을 그렇게들 몰라?"

"너야말로 엄마 속내도 모르고. 너 엄마가 좋아하는 게 뭔지도 모르지? 하긴, 그러니까 때마다 사 들고 오는 게 그 모양이지."

"사사건건 가르치려고 들지 좀 마. 그러는 누난 엄마에 대해 얼마나 잘 안다고?"

커피는 찻잔을 들었다 놓지 않아도 요동쳤다. 식탁이 한쪽으로 기우는가 싶더니 반대편에서 힘이 들어와 간신히 균형을 잡았다. 얼마간 버티다가 순간 엉뚱한 방향으로 거침없이 흔들렸다. 나는 팔이 욱신거릴 정도로 식탁 붙잡고 있었다. 가만히 두고 볼 땐 몰랐는데 식탁은 무게를 조금만 실어도 다리가 휘청거리는 듯했다. 그 와중에도 커피는 쏟아지지 않았다. 한창 대거리하던 언니와 진호는 아예 자세까지 틀고 나를 쏘아봤다. 너는 엄마가 뭘 좋아하는지 알고 있었냐고 묻는 듯.

"다들 당뇨 있는 것도 몰랐잖아."

사고가 아니었다면 끝내 모르고 지나쳤을 것들 투성이었다.

세 번째 모인 자리였다. 처음에만 해도 그 자리에서 결정하고 곧바로 엄마를 모실 수 있을 줄 알았다. 그런데 당연하다고 생각하는 것이 조금씩 어긋났다. 타이르는 듯한 목소리는 어느새 호되게 나무라는 것처럼 들렸다. 마뜩잖은 얼굴로 진저리치며 "내 나이가 올해 몇인 줄이나 알아? 얻다 대고 애 취급이야?"를 시작으로 볼썽사나운 다툼으로 번지기 전까지 내가 당연하다고 생각했던 게 무엇이었는지 헷갈렸다. 아버지 옆에 모시는 쪽이었는지 아니면 따로 모시는 쪽이었는지. 목소리가 높아질수록 어리둥절하기만 했다.

이번에는 결정해야만 했다. 시간이 얼마 남지 않았다. 언제까지 엄마를 내버려 둘 순 없었다. 모두 한꺼번에 찻잔에 입을 댔다. 커피에 닿은 입술이 시렸다.

*

누군가 또 나를 찍었다. 이번엔 사람이 드문드문 모인 좌판이었다. 수레를 끌고 다니며 커피를 파는 아줌마를 프레임에 담았을 때 생각은 분명해졌다. 내가 찍을 때마다 나도 찍히고 있었다. 온전한 얼굴이 나온 사진은 없을 것이었다. 대개 카메라로 반쯤 가린, 그나마도 초점을 맞추느라 잔뜩 우그러진 얼굴뿐일 듯했다. 어쩌면 내 피사체만 따라 찍는 것일 수도 있겠다는 추측으로 이어졌을 때 평, 하는 소리가 울렸다. 이번에도 터지는 순간을 낚아채지 못했다. 뻥튀기도 오늘이 마지막일 수 있다고 생각하니 바닥에 떨어진 부스러기가 꽃잎처럼 보였다.

선배는 사라질 것들을 특집으로 싣자고 했다. 며칠 만에 불쑥 나타났던 터라 목소리보다 덥수룩한 머리나 그을린 얼굴이 도드라졌다. 하루에도 몇 번씩 말없이 자리를 비우던 선배였지만 이번엔 길었다. 휴가를 몰아 썼다는 건 나중에야 건너 들었다. 그동안 고향에 내려 가 있었다고 했다. 오랜만에 내려간 고향에서 생경하고 설익은 장면만 보고 온 탓인지 선배는 어느 한쪽 구석이 문드러진 듯 몹시 피로해 보였다. 역전에 있던 다방, 다 방과 마주한 구멍가게, 시내에서 제일 크고 오래된 서점 과 극장도 모두 도려낸 듯 사라졌다고 했다.

"빵집마저 없어질 줄이야. 어릴 땐 우리 동네에 유일 한 빵집이었는데. 한 30년쯤 됐나……."

그 자리를 반으로 쪼개 편의점과 패스트푸드점이 들 어섰다고 덧붙였다. 문득 언젠가 선배 고향에 놀러 갔을 때 찍었던 사진이 떠올라 보여 줬다. 선배의 표정은 미농 지를 덧댄 것처럼 흐려졌다.

선배 말마따나 그동안 내게도 사라진 것들이 많을 텐 데 도통 떠오르는 게 없었다. 눈짓만 주고받는 사이 선 배가 말한 건 오일장이었다. 적당한 그림이긴 한데 좀 싱거웠다. 이어서 간이역이나 분교 같은 장소들이 툭툭 던져졌다. 세탁소까지 나오자 더는 마땅한 장소가 없었 다. 멀지 않은 곳에 오래된 세탁소가 있었지만 비워진 지 오래였다. 차라리 무난하게 오일장으로 시작하는 것도 나쁘지 않겠다는 쪽으로 의견이 모였다. 마침 도심 외곽에 마지막 오일장이 선다는 소식이 있었다.

이튿날 선배는 막 나서려던 나를 막아섰다. 순식간에 카메라를 빼앗더니 나를 향해 셔터를 눌렀다.

"예전의 너도 사라졌고 지금의 너도 사라질 테니까."

움켜쥐려고 해도 금방 흩어질 것 같은 목소리였다. 어찌 보면 뒤늦게 내 어머니 사정을 전해 듣고 하는 말처럼 들리기도 했다. 회의 때 선배가 마지막으로 던진 건 사라져 가는 사람이었다. 그게 누구를 두고 하는 말일까. 혹시 나일까 싶었는데 알고 보니 무인 편의점 얘기였다. 그쯤 사라지는 게 많았을 텐데도 눈치채지 못했던 이유를 짐작할 수 있었다. 사라지는 줄도 몰랐거나 그 순간 내 안에 무언가도 함께 없어졌기 때문일 것이었다.

밖으로 나서는 나를 향해 선배가 손을 흔들었다. 선배는 아까처럼 넋 놓고 있다가 소매치기당하지 말라고 주의를 줬다. 그런 식으론 아무것도 포착할 수 없을 거라면서. 재빨리 카메라를 선배 쪽으로 향했다. 선배는 가만히 서 있었지만 서두르는 바람에 초점이 맞지 않았다.

마지막 장날인데도 한산하다 싶었는데 국수를 파는 쪽으로 가 보니 사람들이 바글바글했다. 앉을 데나 있을까 싶어 두리번거리는데 마침 젓가락을 내려놓은 남자가 일어섰다. 남자가 앉았던 자리에 온기가 남아 있었다. 엉덩이를 들썩이자 금세 온기가 가셨다. 선배는 사진 속에 냄새와 맛, 온도까지 담아낼 줄 알아야 한다고 했지만 내게는 여전히 구멍이 숭숭 뚫린, 허황된 속임수 같았다.

남자는 출입구 근처에서 주춤했다. 계속 들이닥치는 무리에 밀려 나가지 못하는 모양이었다. 뒷모습을 훑어보니 카메라 가방이 보였다. 나를 찍었던 사람일 수도 있겠다 싶었지만 카메라를 들고 있는 사람은 많았다. 기자뿐만 아니라 주민들과 여행자도 뒤섞여 있을 것이었다. 자세를 고쳐 앉아 사진을 확인했다. 노을 질 때쯤 풍경까지 담으면 얼추 쓸 만한 자료가 모일 듯했다.

다음 장소는 불투명했다. 또 사라질 만한 게 뭐가 있을지 따져 봤다. 어느 것 하나 사라지지 않을 거라고 단정 지을 수 없었다. 아이템이 없을 때만큼이나 차고 넘칠 때도 난감하긴 마찬가지였다. 나무젓가락이나 이쑤시개도 언젠간 박물관에서나 보게 될까.

국수를 넘기는 순간 건너편에서 찰칵하는 소리가 들렸다. 부리나케 시선을 옮겼는데 근처에서도 셔터음이 연속으로 울렸다. 나를 찍은 건지 떡볶이를 뒤적거리던 여자나 옹기종기 모여 술잔을 주고받는 사내들을 찍은 건지 알 수 없었다. 국숫값을 치르는 순간에도 울렸다. 이번엔 경고처럼 날카로웠다. 그러고 보니 지갑에서 돈을 꺼낼 때마다 엄마는 목소리에 날을 세웠다.

엄마는 큰돈을 쓸 때마다 '헐어 쓴다'고 했다. 말만 그런 게 아니라 표정과 목소리도 같이 무너졌다. 그러니 자전거나 구두를 사 달라고 할 때 엄마가 "그러면 돈을 헐어야 하잖니."라고 하면 사 줄 수 없는, 그럴싸한 이유가 되는 것 같았다. 그래도 물러서지 않으면 엄마는 뭐든 한 번 허물어지면 사라지는 건 순식간이라고 했다. 목소리는 희미해지다가 나중엔 엷은 울음까지 섞였다. 언니와 나는 진호가 돈을 허물어 줄 때까지 기다리는 수밖에 없었다. 진호에게 라디오를 사 주면 적어도 인형이라도 사 달라고 졸라 볼 수 있었다.

시들했던 진호 표정이 확연히 밝아졌다.

"거봐, 엄마는 절약을 좋아했잖아. 지금도 자리 하나 더 만드느라 허투루 목돈 허무는 거 원치……."

말이 끝나기 전 언니가 나서서 "좋아서 그랬겠니? 그게 다 아버지 때문에 그런 거라니까!"라고 맹렬하게 받아쳤다. 문제가 헐거워질 수 있을까, 해서 꺼낸 얘기였는데 매듭은 되려 더 단단해졌다. 진호는 일어나 식탁 주변을 맴돌았다. 그 바람에 식탁이 맥없이 흐늘거렸다. 커피가 쏟아질까 봐 찻잔을 붙잡았지만 이미 비어 있었다. 우뚝 멈춘 진호는 의기양양하게 언니를 쳐다봤다.

"엄마는 물건 살 때도 이왕이면 하나 더 붙은 걸로 샀어. 그냥 지나치는 법이 없었지."

그게 무슨 상관인가 싶어 진호를 보는데 언니는 고개를 숙이고 있었다. 씨근거리는 숨소리에 이어지는 목소리가 묵직했다.

"……그래서?"

"그만큼 엄마가 둘이 있는 걸 좋아했다는 거지."

언니는 느릿느릿 고개를 들었다. 이내 허리까지 꼿꼿이 세우고 사납게 몰아쳤다.

"그건 싸니까 그랬던 거고."

목소리는 누가 짓밟고 있는 것 같았다. 진호는 상체를 숙이고 눈을 부릅떴다.

"그렇다니까! 엄마가 좀 알뜰했어? 따로 자리 만드느니 같이 해서 아끼는 게 엄마 생각일 거라고."

진호는 나를 보며 달뜬 목소리를 이어갔다. 나는 시선을 비끼며 목소리를 낮췄다.

"따지고 보면 그렇게 싼 것도 아니던데……."

빈 찻잔을 입에 가져가며 슬쩍 언니를 쳐다봤다. 진호도 시선을 틀었다. 언니는 흘러내린 머리칼을 뒤로 넘겼다. 미간 사이에 잡힌 주름이 선명했다. 아무래도 언니 대신 내가 진호에게 한마디 하는 게 나을 듯했다. 순간 언니가 주먹으로 식탁을 내리쳤다. 집 안 전체가 뒤흔들리는 것 같았다.

"그러니까 네 말은 엄마를 아버지 산소에 덤으로 끼

워 넣자는 얘기야 뭐야? 지금 그깟 돈 몇 푼 때문에 이러는 거 같아?"

"아니꼽게만 듣지 말고 좀!"

둘은 동시에 일어나 얼굴을 붉히고 으르렁거렸다. 서로 이기죽거리는 동안 아무 말도 끼워 넣지 못했다. 오가는 말에 보탤 건 보태고 뺄 건 빼고 싶은데 아무 소리도 들리지 않았다. 엄마가 혼자 살 때를 떠올려보면 분위기가 누그러질까.

집에 남겠다는 엄마 고집은 만만찮았다. 누구 하나 엄마를 모실 만한 형편이 되지 않긴 했다. 언니 집엔 남는 방이 없었고 진호는 신혼이라 올케 눈치가 보인다고 했다. 내가 사는 빌라에 모시기에도 적당치 않았다. 누가 봐도 모시는 게 아니라 엄마가 다 큰 딸 뒤치다꺼리해 주는 꼴이었다. 게다가 집주인은 계약할 때 여자 혼자 산다는 조건을 내세웠고 위반 시 계약 해지라고 엄포를 놨다. 이제 와 생각해 보면 엄마 고집과 우리 형편 중 무엇이 먼저였는지 모르겠다.

우리는 돌아가면서 몇 번 더 엄마를 모시겠다고 나섰다. 그때마다 겸연쩍어 눈이 마주치면 슬그머니 시선을 옮겼다. 엄마의 고집이 짜증을 지나 평생 내 맘대로 한 게 뭐가 있었냐는 원망으로 이어지자 못이기는 척 넘어갔다. 대신 자주 찾아뵙겠다는 결심을 덧붙여 불편한 맘을 덜어 냈다. 하지만 자주가 셋으로 쪼개지니 종종이나 가끔이 됐다. 그나마도 나중엔 '시간 날 때마다'쯤으로 변했다. 우리에게 시간은 어느 순간에도 부족하기만 했다.

엄마가 언제 올 거냐고 물으면 아이템이 어그러져 새로 짜야 할 때보다 머릿속이 더 복잡하게 얽혔다. 최근 외출했던 날을 물어서 사실 그날 찾아갔었다며 말끝을 흐리기도 했다. 그 정도로 내 몫은 해내고 있는 줄 알았다.

매번 어물쩍 넘어가던 엄마가 언젠가 성난 목소리를 부풀린 적이 있었다.

"너넨 어쩜 날을 골라도 꼭 집 비운 날만 골라서 한꺼번에 몰려드니?"

그때부턴 한동안 너 나 할 것 없이 자주 드나들었다.

집에 가 보면 엄마는 들여다보고 일일이 간섭하지 않아도 잘 살고 있었다. 냉장고에는 밑반찬이 정갈하게 쌓여 있었고 제철 과일도 떨어지는 법이 없었다. 집 안 곳곳은 오래전부터 이어져 온 단정함을 잃지 않으면서도 다른 방향으로 반들반들 윤이 났다. 화초는 갈 때마다 늘었다. 아버지는 베란다 끝에 있는 화분 두어 개도 벌레가 꼬이고 사람이 누려야 할 햇빛을 막는다며 못마땅해했다. 그러고 보니 엄마는 아버지가 집 안에 냄새 밴다고 싫어하던 자장면도 더러 시켜 먹는 모양이었다. 건강을 해칠 뿐만 아니라 부스러기까지 날린다고 꺼리던 과자도 식탁 한쪽에 쌓여 있었다. 변화에 둔한 진호도 벽에 걸린 액자와 꽃무늬 차렵이불을 눈치챘다. 모두 아버지가 질색하던 것들이었다. 별거 아닌 것 같아도 아버지와 있을 땐 못 해 본 걸 숙제처럼 하나씩 해 보는 듯했다. 혼자가 되어 홀가분해서인지 아버지를 잊으려는 거였는지는 알 수 없었다.

진호와 언니는 엄마가 돌연 달라졌다고 했지만 나는 몰랐던 모습일 뿐 그것도 엄마라는 걸 받아들이려고 애썼다. 그래야 언젠가 또 다른 모습을 마주해도 유연하게 대할 수 있을 것 같았다. 이를테면 동물원에 가는 엄마 같은.

기껏 시간을 쪼개 찾아갔는데 엄마는 고향 친구들이랑 여행을 떠났거나 친목회에 가 있을 때도 잦았다. 외할머니 산소에도 빈번하게 다녀오는 눈치였다. 아버지와 있을 때 엄마는 어디 나서는 걸 어지간히 귀찮아하는 줄 알았는데 그것도 아닌 듯했다.

그날도 집을 비운 엄마를 대수롭지 않게 생각했다. 전화를 받은 건 저녁까지 먹고 들어오려나 보다, 생각할 때쯤이었다. 엄마는 동물원 앞 사거리에서 교통사고를 당했다. 왜 하필 동물원인지 의아했지만 따져 물을 겨를이 없었다. 응급실로 옮겨진 뒤 얼마 지나지 않아 돌아가셨다. 딱히 손써 볼 새도 없었다.

우리는 병원에서 서로 마주 보지도 않았다. 표정은

제멋대로 뒤틀어졌고 제대로 잡아 보려고 힘을 줘도 결국 뭉그러졌다. 엄마를 모실 때쯤에야 목소리가 오갔다. 예상치 못했던 호우가 쏟아지던 날이었다. 노란 우비를 입은 사람 둘이 물 자국을 남기며 지나가자 고개를 돌려 눈을 흘겼다. 시선 끝에 언니가 잡혔다. 눈이 마주친 언니가 헐겁게 엄마를 발음했다. 나는 성큼 물러섰다. 겨우 "저기 이제……"라고 내뱉자 언니가 움찔했다.

"누나 목소리가 왜 그래?"

진호가 누구에게 묻는 건지 알 수 없었다.

장롱까지 들어냈는데도 유서는 나오지 않았다. 언젠가 엄마는 아버지와 달리 미리 유서를 써 놓을 거라고 했는데 그저 말뿐인 모양이었다. 혹시나 해서 싱크대 안까지 샅샅이 살펴봤지만 허사였다. 대신 비교적 최근에 찍어 둔 것 같은 영정사진이 나왔다. 액자를 쓰다듬던 언니는 나를 향해 눈을 치떴다.

"넌 사진 찍는다는 애가 엄마 찍어 둘 생각은 요만큼도 없었니?"

"그런 언닌? 국문과 나왔으면서 엄마한테 편지 한 통 써 봤어?"

진호는 다툼에 끼어들지 않고 괜히 이불 속을 헤집고 있었다. 옷 장사한다고 나섰다가 야금야금 말아먹는 동안에도 엄마한테 티셔츠 한 장 내밀지 않던 진호였다.

목도 안 좋은 자리에 기어이 카페를 차리고 애면글면 자리 잡아 가는 동안에도 다르지 않았다. 커피 한 잔은커녕 급할 때마다 불러들여 설거지나 청소를 맡기곤 했다.

그러니 엄마가 어디에 있고 싶을지는 오로지 우리의 짐작에 달려 있었다. 지금과 같은 상황에 놓일 줄 알았다면 엄마가 서운해하더라도 살아생전 어떻게든 물어보고야 말았을 것이다.

만날 때마다 더 오래 이야기를 나눠야 했다. 언니와 진호는 남은 기운을 모조리 쏟아 버리기로 작정한 듯 보였다. 그럴수록 의견은 한곳에 모이지 않고 뚝뚝 떨어져 나갔다. 나중엔 혹시 엄마가 하나가 아니라 셋인 건 아닌가 싶었다. 모두에게 엄마가 따로 있었던 것일지도 몰랐다. 그중 진짜 엄마가 있으리란 보장도 없었다.

언니 표정이 잔뜩 구겨졌다. 진호를 을러대는 듯했다. 진호가 종알거리는 걸 보면 아직 결정된 게 없는 모양이었다. 목소리는 여전히 귓속으로 들어오지 못하고 뭉개졌다.

그날을 얘기해 보면 어떨까.

언젠가 내 차례가 되어 엄마를 찾아갔을 때였다. 가구 위치가 싹 바뀌어서 다른 집인 줄 알았다. 아버지가 없으니 마음대로 해 보는 거냐고 물었을 때 엄마 얼굴이 붉으락푸르락했다.

"아버지 얘긴 꺼내지도 마."

그러고 보니 아버지가 돌아가신 후 엄마는 한 번도 아버지를 입에 올리지 않았다. 우리들이 얘기해도 가만히 듣고만 있었을 뿐 어떤 목소리도 보태지 않았다. 아버지에게 숨겨 놓은 땅이 있다고 거짓말을 해도 잠자코 있을 것만 같았다. 얘기가 길어지면 아버지를 몰아내듯 미끼처럼 다른 얘기를 던졌다. 김치는 떨어지지 않았니. 적금은 꼬박꼬박 부어야 해. 그때마다 이야기는 엄마가 터놓은 길로 흘러갔다.

혼자 중얼거린 줄 알았는데 둘은 동시에 나를 쳐다보고 있었다. 고개를 기울이던 진호가 입을 열었다. 이제야 목소리에 윤곽이 잡혔다.

"아버지가 그리우니까…… 자꾸 생각날까 봐, 그런 거겠지?"

언니는 한숨을 푹 내쉬었다. 이내 얼굴까지 홧홧하게 달아올랐다.

"아니! 아니지! 싫으니까, 그런 거지. 아버지가 싫으니까!"

둘은 나를 건너다봤다. 다 그럴듯했다. 별수 없이 찻잔을 입에 가져갔다. 빈 찻잔이 어쩐지 무겁게 느껴졌다. 진호는 주저앉아 머리를 부여잡고 고함처럼 내뱉었다.

"아, 정말 엄마한테 물어볼 수도 없고 미치겠네."

*

"더 찍어 둘 게 있을까요?"

내심 부족한 듯했지만 이렇다 할 묘안이 떠오르지 않았다. 전화를 끊을 때쯤에야 다급한 목소리가 튀어나왔다.

"내일, 투표!"

마침 건너편에서 음악 소리가 소란스럽게 울렸다. 그 사이를 뚫고 누군가 격앙된 목소리로 이름을 외쳤다. 음악과 목소리는 서로 겉돌았다. 끊임없이 귓속을 비집고 들어왔지만 제대로 알아들을 수 없었다. 투표하는 장면도 특집으로는 왠지 허술해 보였다.

"이제 투표도 집에서 할까요?"

"그럴 수도 있지."

그렇다고는 해도 너무 먼 일 같았다. 한편으론 사라지는 건 매번 순식간이라는 생각도 들었다.

어느새 선배는 모든 대상을 사라질 것과 남아 있을 것으로 가늠했다. 지난번 청년 주거를 다룰 때는 사람을 전세와 월세로, 재난 특집을 준비하던 기간에는 재난을 겪어 본 사람과 아닌 사람으로 나눴다. 그때마다 나는 내가 어디에 속하는지 따져 봤다. 이따금 아무 데도 속하지 않았고 분명 둘 중 하나인데 헷갈리기도 했다. 선배가 이번에는 나를 어느 쪽으로 구분했을지 궁금했다. 그때 흐리멍덩한 얼굴이 잡혔다. 눈으로 계속 쫓지 않으면 언제라도 흩어져 버릴 듯했다. 아는 얼굴인 것도 같았고 한편으론 이제껏 지나쳤던 모든 얼굴을 한데 뭉쳐 놓은 것도 같았다. 그사이 얼굴이 점점 가까워졌다.

"선배!"

선배는 바람 빠지는 소리는 내며 옆에 앉았다. 아무래도 종일 따라다니며 몰래 나를 찍었던 사람은 선배였던 모양이었다. 나를 사라질 대상으로 생각했거나 내 사진이 못 미더워 뒤에서 따로 찍었을 수도 있었다. 예전에도 맘껏 작업해 보라고 하고선 따라붙은 적이 있었다. 같은 철거 예정 구역에 있었던 게 무색할 만큼 선배 사진이 좋아 입만 비죽거리고 말았다. 그런데 선배에게선 카메라를 찾아볼 수 없었다. 그때 또 찍혔다. 이번엔 선배도 함께일 것이었다. 재빠르게 돌아보자 목소리가 먼저 다가왔다.

"죄송해요. 잘못 눌렀어요."

뭐라 말할 틈도 없이 선배가 별일 아니라는 듯 부드럽게 손짓했다. 어떤 사진일지 떠올려 보는 사이 남자는 서둘러 사진을 지운 듯했다. 선배는 일어나 걸음을 서둘렀다. 유세 현장을 찾는 것 같았다. 이내 따라나서다가 남자에게 혹시 아까도 찍은 거냐고 물어봐야겠다는 생각이 들었다. 걸음을 늦추며 돌아섰지만 남자는 보이지 않았다.

연설이 이어지는 동안 반대편에는 또 다른 후보 홍보 영상이 나왔다. 소리가 겹쳐 여전히 어느 쪽도 알아듣기 힘들었다. 길가엔 같은 티셔츠를 입은 사람들이 일렬로 늘어서 있었다. 멀리서 보면 선을 그어 놓은 것처럼 보였다. 티셔츠는 색깔이나 무늬뿐만 아니라 크기도 같아 보였다. 누군가에게 헐렁한 게 끄트머리에 선 사람에게는 지나치게 작아 보였다. 마지막 사람은 보기만 해도 숨이 막혔다. 반대편에는 손을 흔들면서 틈틈이 늘어진 옷매무새를 바로잡는 사람도 있었다. 선배가 눈짓을 보냈다. 찍어 두라는 신호였다. 정말 카메라를 가져오지 않은 모양이었다.

"투표소도 찍어 둬야겠지?"

선배는 나지막하게 속삭거렸다. 목소리는 우렁찬 연설이나 볼륨을 한껏 키운 음악 소리에도 묻히지 않았다.

적당한 구도를 잡아 가는 사이 선배가 어깨를 두드렸다. 카메라에서 얼굴을 떼어 보니 나이를 가늠하기 어려운 여자가 서 있었다. 눈이 마주치자마자 흰 면장갑을 낀 손을 흔들었다. 그 바람에 허벅지를 반쯤 덮은 티셔츠가 펄럭였다. 보고 있으면 괜히 미안해져서 함께 손을 흔들고 웃어 줘야 할 것만 같은 얼굴이었다. 다시 보니 웃는 게 아니라 찡그리고 있는 것처럼 보였다. 여자는 선거홍보물을 건네줬다. 연설하는 사람의 얼굴이 큼직하게 박혀 있었다. 얼핏 반대편 영상 속 사람을 닮은 것도 같았다.

"재래시장 꼭 살리겠습니다. 소중한 한 표 부탁드립니다."

"저는 여기 사람이 아닌데요."

그러자 여자는 대꾸도 없이 홍보물을 빼앗아 갔다. 순간 한쪽 표정이 무너져 내렸다. 돌아선 여자의 손엔 구형 카메라가 들려 있었다. 거기에 나도 찍혀 있을까. 짐작이 이어지기 전 여자가 돌아서서 성큼성큼 걸어왔다. 잘잘못을 따지러 오는 것처럼 당찬 걸음이었다. 여자는 지나치게 가까이 다가와서야 멈췄다. 숨이 뺨에 닿을 듯했다. 무너진 표정은 여전했다.

"부모님도 여기 사람 아니에요?"

"그게……."

"어디 있어요?"

아무 말 없이 두리번거리자 여자는 확신이 들었는지 다시 홍보물을 건네주었다. 한쪽 끝이 잔뜩 구겨져 있었다.

"꼭 전해 드리세요."

여자는 나중에 확인해 볼 사람처럼 두 번이나 대답을 듣고서야 무리로 돌아갔다. 무리 사이에서 카메라로 연설 중인 후보를 찍었다. 그다음엔 옆에 늘어선 사람들을, 환호성을 지르는 청중을 차례차례 찍었다. 카메라

는 홍보물을 들고 있는 나를 향했다. 그제야 홍보물을
전해 줄 수 없다는 걸 깨달았다. 오늘 찍힌 사진 중 제일
잘 나온 건 여자에게 있을 것이었다.

연설이 끝나자 박수 소리가 울렸다. 사방에서 플래시
가 터졌다. 여기에도 카메라를 든 사람이라면 얼마든지
있었다. 그 사이 선배는 어디로 갔는지 또 보이지 않았
다. 부르려다가 들리기나 할까 싶어 관뒀다.

*

"어때? 이러면 엄마가 왜 동물원에 갔는지도 설명되
잖아."

"어째서?"

"동물원에 있는 동물은 대부분 한 쌍이니까."

언니와 나는 떨떠름한 시선만 주고받을 뿐 입을 열진
않았다. 결연해진 진호는 집 안에 한 쌍으로 있었던 것
을 모조리 늘어놓았다. 숟가락과 젓가락도 정확하게 한
쌍으로 맞춰져 있다고까지 했다. 어이없어서 헛웃음이
나오면서도 한편으론 차라리 진호 말이 맞았으면 좋겠
다는 생각이 들었다. 저번에 만났을 때보다 애기는 더
늘어졌다. 시간이 흘러도 문제는 어느 쪽으로도 기울어
지지 않고 도리어 팽팽해졌다. 더 힘껏 당겨야 어디로든
툭 끊어질 것만 같았다. 엄마를 모시는 일이 계속 늦춰

져선 안 됐다. 어떻게든 마무리 짓고 어서 이 집을 처분하고 유품을 정리하는 문제로 넘어가고 싶었다. 언니도 비슷한 생각인지 아니면 기운이 다 빠졌는지 내내 잠자코 있었다.

진호의 목소리는 주눅 든 듯 조금씩 헐거워졌다. 나는 엄마가 볼펜도 한 쌍으로 가지고 다니던 게 생각나서 그 얘기도 보태 줄까, 싶었다. 나보다 의자를 바짝 당겨 앉은 언니가 먼저 목소리를 냈다.

"넌 엄마가 선보라는 걸 왜 한 번도 안 봤어?"

얘기가 왜 그쪽으로 튀는가 싶은 의문보다 한 번쯤 억지로라도 나가 볼걸, 하는 후회가 앞섰다. 돌이켜 보면 혼자인 자식이 나뿐이었으니 선보라고 재촉하는 건 당연했다. 그래도 만날 때마다 여지없이 사진을 들이미는 건 여간 성가신 일이 아니었다. 차라리 선배라도 불러 만나는 사람 있다고 해 버리고 싶었다. 그러면 선보라는 얘기는 잦아들겠지만 선배를 두고 꼬치꼬치 캐물을 게 빤했다. 그저 사진을 건성으로 훑고 내키지 않는다고 버티는 수밖에 없었다. 엄마는 그때마다 성난 표정을 겨우 숨기는 듯했다. 이어서 무덤덤한 목소리로 다음 남자는 어떠냐고, 대체 뭐가 문제냐고 자분자분 물어 왔다.

"봐, 엄마가 결혼하라고 닦달한 것도 다 쌍으로 된 걸 좋아해서 그런 거라니까. 작은누나 볼 때마다 얼마나 측은하게 생각했어? 그러니까 당연히 아버지 옆에 모셔야지."

진호 얼굴에 돌연 활기가 돌았다. 고개까지 치켜세우며 큰누나 앞에 있는 찻잔도 한 쌍이라고 했다.

"그래, 그런가 보다. 미운 정이라는 것도 있으니까. 아버지 때문에 괴롭기만 했으면 애한테 결혼하란 소리도 안 했겠지."

언니 목소리가 무겁게 가라앉았다. 엄마는 끝내 아버지와 한 쌍으로 남고 싶을까. 언니는 벌써 찻잔을 정리했다. 진호도 경직된 자세를 느슨하게 풀고 숨을 몰아쉬었다. 둘은 내가 아무 말도 하지 않자 동의한 걸로 생각하는 듯했다. 언니가 쟁반을 들고 일어설 때 불쑥 떠오르는 목소리가 있었다.

"엄마가 결혼하라고 성화였던 건 맞아. 그런데……"

언니는 어기적거리며 주방으로 향하다가 멈칫했다. 겹쳐 있던 찻잔이 기우뚱했다. 진호는 비스듬하게 앉은 채 시선만 내 쪽으로 보냈다.

그날도 엄마가 사진을 내보였다. 친목회 있는 날인 걸 알고 과일이나 두고 가려고 왔는데 엄마는 거실에 오도카니 앉아 있었다. 어딘지 모르게 나를 기다리고 있었던 것처럼 보였다. 꼼짝없이 저녁까지 먹고 가야 했다. 그때 엄마가 내민 사진은 다섯 장이었다. 이번만큼은 물러서지 않겠다는 듯 이 중 하나는 무조건 고르라고 윽박질렀다. 나는 쳐다보지도 않고 돌아앉았다. 엄마는 내 얼굴에 대고 사진을 하나씩 보여 줬다. 나는 고개를 비틀고 눈까지 질끈 감았다. 이슥해질 때까지 실랑이가 이어졌다. 둘 다 지쳐 갈 때쯤 사실 좋아하는 사람이 있다고 말했다. 엄마가 묻기도 전에 아무렇게나 되는 대로 지어서 말을 끝맺었다. 나중에 떠올려 보니 선배와 겹치는 구석이 많았다.

다 들은 엄마는 자세를 고쳐 앉았다. 사진을 내밀 때 돌던 생기는 순식간에 사그라졌다. 엄마 얼굴을 구석구석 살폈다. 내가 알던 엄마는 반쯤 사라졌고 거기엔 그림자가 희뿌옇게 번졌다. 거짓말인 걸 눈치챘나 싶을 때쯤 엄마가 목소리를 가다듬었다. 숨을 공들여 고르다가 천천히 입을 벌렸다. 한 글자라도 빗나갈까 봐 사뭇 조심스러운 말투였다.

"그때 엄마가……."

"엄마가 뭐랬는데?"

"아무리 급해도 아버지 같은 사람이랑은 결혼하지 말라고 했어."

찻잔 균형이 깨지는 소리와 진호가 의자를 당기는 소리가 동시에 울렸다.

아버지는 홀연히 사라졌다 어느 날 갑자기 나타나곤 했다. 아침에 있던 아버지가 한 달이 넘도록 들어오지 않던 적도 여러 번 있었다. 며칠씩 들어오지 않는 건 그보다 잦았다. 아버지가 없는 동안에는 머리를 자르거나 새 옷을 입는 것도 주의했다. 아버지가 못 알아볼지도 모른다는 생각 때문이었다. 아버지는 훌쩍 커 버린 나를 봤을 때도 잊지 않고 또박또박 이름을 불러 줬다. 그제야 뻣뻣했던 몸이 물렁해졌다. 나중엔 도리어 내가 아버지를 알아보지 못했다.

그쯤 우리는 하굣길에 아버지가 집에 있을지 없을지를 두고 내기했다. 누구 하나 계속 이긴 적이 없는 내기였던 걸 보면 아무도 아버지를 예상할 수 없었던 것 같다. 대학을 졸업하고 취직할 때까지도 아버지는 그랬다. 막상 아버지가 돌아가셨을 땐 이번에도 며칠쯤, 길어 봐야 한 달 후엔 다시 나타나지 않을까, 하는 생각마저 들었다. 장례를 마치고 계절이 바뀌고 나서야 절대 돌아오지 않는다는 걸 새삼 깨달았다. 늦은 슬픔이었다.

*

오후 5시가 넘어도 선배는 나타나지 않았다. 늦기 전 선배를 찍어 둬야겠다고 다짐했다.

그때 시장 사이에 알전구가 켜졌다. 좌판을 휘감아 오던 어둠이 사이사이 찢겨 나갔다. 야시장이 열릴 모양이었다. 곧 선거 유세를 하던 사람들이 한꺼번에 들이닥쳐 시끌벅적해졌다. 요란한 꽹과리 소리 틈틈이 징 소리가 꽂혔다. 셔터음은 묻힐 법한데 주변 소리가 잦아들면 어김없이 또렷하게 들렸다. 인파에 밀리자 안으로 들어가고 있는 건지 밖으로 빠져나가고 있는 건지 분간할 수 없었다. 사람들이 조밀해지자 몸을 움직이기도 여의치 않았다. 그래서 누가 내 어깨를 짚고 있다는 것도 몰랐다. 어깨에 올린 손에 점점 힘이 들어가고 있었지만 고개를 돌리는 것마저도 힘들 정도로 꼼짝할 수 없었다. 어느새 손은 어깨를 단단하게 움켜쥐었다. 포장마차를 지나서야 얼마간 한산해졌다. 돌아보는 동시에 목소리가 들렸다.

"어디 있었어? 한참 찾았는데."

먼저 묻고 싶었는데 한발 늦었다. 선배에게는 내가 사라졌나 보다.

"근사한 곳을 찾아냈어."

선배는 사람들 사이를 헤쳐 나갔다. 조금이라도 틈이 생기면 놓치지 않고 파고들었다. 얼마 걷지 않아 시장 밖으로 완전히 빠져나왔다. 가까운 데 출구를 두고 근처를 헤맨 모양이었다. 꽹과리 소리는 멀어졌고 해는 완전히 기울었다. 선배 표정마저 알아볼 수 없었다. 목소리만 선명하게 울릴 뿐이었다.

"기차역이 없어질 거래. 근처에 벌써 전동열차가 운행 중이라더군."

"역이요?"

"응. 지난달부터 기차가 안 다닌대. 여기서 가까워. 이

거면 충분하겠지?"

목소리만 두고 보면 선배가 지척에 있는 것 같았다. 더 가까워지려면 어느 쪽으로 다가가야 할지 가늠하는 사이 쿵쿵거리는 소리가 들렸다. 소리에 맞춰 주변도 일순 밝아졌다가 어두워졌다. 잠깐 선배 얼굴이 드러났다가 가뭇없이 사라졌다. 선배는 엉뚱한 쪽을 향해 말하고 있었다. 막 어두워지려는 순간 급히 시선을 트는 게 보였다. 선배도 내가 어디에 있는지 몰랐던 것 같았다. 한 번 더 주변이 밝아졌다. 아까보다 더 큰 굉음이 연거푸 터졌다. 이어서 크고 작은 소리가 여러 겹으로 뒤섞였다. 그때부터 선배 얼굴이 수선스럽게 밝아지다가 어두워질 틈도 없이 환하게 빛났다.

불꽃놀이였다.

모양과 색깔을 기억할 틈도 없이 사라지고 또 새로운 무늬가 퍼지다가 수그러들었다. 주변을 둘러보니 모두 고개를 뒤로 젖히고 있었다. 몇몇은 카메라를 들고 있었다. 타이밍을 놓치면 활짝 핀 불꽃을 놓쳐 버릴 것이었다. 나도 주섬주섬 카메라를 꺼냈다. 힐끔 보니 선배는 벌써 찍고 있었다. 한 손에 잡히는 소형카메라였다. 낯익은 셔터음이 이어졌다. 비슷한 소리가 옆에서도 뒤에서도 났다. 셔터음은 결국 사라질 거라는 신호로도, 끝내 사라지지 말라는 신호로도 들렸다.

*

　언제부턴가 창밖은 어두컴컴했다. 표정을 읽으려면 신경을 곤두세워야만 했다. 한 번 더 모여야 할지도 몰랐다. 그럼 엄마는 더 기다려야 할 것이었다. 그럴 바엔 어떤 쪽으로든 매듭짓는 게 나았다. 아까 했던 말은 꺼내지 않는 편이 좋았을 수도 있었다.

　"아무리 생각해도 같이 계시는 게……."

　진호가 물컹한 목소리를 냈다. 아버지가 오랫동안 사라진 후 나타났을 때 냈던 목소리와 비슷했다. 그동안 무슨 일이 있었는지 목소리만으로도 다 알 수 있었다. 진호는 아버지가 자주 사라지는 바람에 엄마와 지냈던 시간이 적었다는 얘기까지 꺼냈다. 함께한 시간보다 기다리는 시간이 더 길었을 거라고.

　"누가 누굴 기다려? 돌아가셔서라도 떼어 놓고 자유롭게 해 드리는 게 맞아."

　언니가 목소리는 잠꼬대처럼 들렸다. 이번엔 내가 무슨 말이라도 꺼내려는데 언니가 내 쪽으로 몸을 기울였다. 한쪽이 우묵해진 듯한 얼굴에는 석연찮은 기색이 역력했다.

　"넌 왜 쓸데없는 얘길 해서……."

　딱히 힘을 주는 목소리가 아닌데도 단어 하나하나가 두드러졌다. 엄마에게 선배 얘기를 꺼냈던 그날처럼 아무 말도 떠오르지 않았다.

내가 아무 말 없자 엄마는 앨범을 꺼내 한 장씩 넘겼다. 앨범 사이에도 선볼 남자 사진이 끼워져 있는 게 아닐까 싶어 조마조마했다. 불쑥 "그럼 이 남자는 어떠니?"라고 할 것 같은 밤이었다. 예전 아버지 사진이 나왔을 때 따지듯 물었다. 그럼 엄마는 왜 아버지 같은 사람이랑 결혼했냐고. 자식이 부부 사정까지 속속들이 다 알 순 없지만 그래도 남들은 별 탈 없이 살아온 줄 알았다. 아무리 아버지가 싫어도 자식에게까지 그렇게 말할 건 또 뭔가 싶었다.

"그래도 결국엔 다 살아지더라."

기껏 나온 말이 그랬다. 성글고 미지근하기만 했던, 삶을 견딜 수 있는 주문 같았던 목소리. 마흔쯤 찍은 사진을 보면서도 비슷한 말을 했다. 끼니 걱정만으로도 분주하던 시절이라 사진이 드물었다. 엄마는 몇 안 되는 사진을 아껴가면서 봤다. 한 번 넘겨 버리면 다신 펼쳐 볼 수 없다고 생각하는 사람처럼.

"지금 보니 아가씨였는데 그땐 왜 벌써 늙어 버렸나 싶어 어찌나 서러웠던지…… 다 살아지는데."

단칸방에 살 때 주인집이 카메라를 샀다며 기념으로 찍어 준 사진을 보고서도, 결혼하고 처음 친정에 갔을 때나 계곡에 놀러 갔을 때 사진을 보고서도 돌아보면 다 살아진다고 웅얼거렸다. 그게 어찌 됐든 결국엔

다 살게 된다는 뜻인 줄 알았다. 하지만 엄마가 사진 속에서 생을 등진 사람을 가리켰던 걸 떠올려 보면 모호한 구석이 있었다. 혹시 결국 '살아지는' 게 아니라 '사라지는' 것이었을까. 그러자 선배가 카메라를 빼앗아 나를 찍으면서 했던 말도 다르게 다가왔다. 지금의 너도 사라질, 어쩌면 살아질 테니까. 그러고 보면 살아지는 건 사라지는 것의 연속일지도 몰랐다.

진호 쪽에서 덜그럭거리는 소리가 났다.

"그럼 누나는 매형 죽으면 옆에 안 묻히고 딴 데 묻힐 거야?"

"멀쩡히 살아 있는 매형 얘기가 왜 나와?"

"말이 그렇잖아. 그렇게 부부로 엮이는 게 싫으면서 왜 만났어?"

밖은 빈틈없이 어두워졌다. 언니와 진호는 넌덜머리가 난다는 듯 대답 없이 질문만 퍼붓고 있었다. 목소리는 쇠꼬챙이를 꽂아 넣은 듯 다시 강경해졌다. 이제는 사이사이 나를 보지도 않았다. 그때 주방 창가 근처에 세워진 가로등이 켜졌다. 처연한 빛에 가장자리만 희끄무레해졌을 뿐 실내는 여전히 어둑했다. 어둠이 목소리를 더 부풀리고 있는 것 같았다. 엄마가 결국엔 다 살아진다고, 어쩌면 사라진다고 말했던 걸 얘기하면 문제가 나아질까. 괜히 매듭만 한 번 더 묶는 꼴이 될지도 몰랐다. 그럼 이 얘기는 어떨까.

앨범을 넘기다 외할머니와 찍은 사진이 나왔을 때, 엄마는 "그래도 엄마랑 있을 때가 제일 좋았는데."라고 했다. 엄마는 아내나 엄마가 아니라 딸로 남고 싶었던 것일지도 몰랐다. 이어서 혼자 살 때 외할머니 산소에 자주 다녀왔다는 것도 떠올랐다. 그 자리를 염두에 두신 걸까. 이 짐작이 질질 끌어 왔던 문제를 말끔히 해결해 줄 수도 있었다. 일단 형광등부터 켜야 했다. 벽을 더듬거리는 사이에도 목소리는 내내 앙칼졌다. 겨우 스위치를 찾았는데 베란다 불이 켜졌다. 남은 스위치는 하나뿐이었다. 그때 낯선 목소리가 어둠을 비집고 번졌다.

"그럼 아버지는 엄마 옆에 있는 걸 좋아할까? 생전에 집 밖으로 돌았던 걸 보면⋯⋯."

순식간에 집 안이 훤히 드러났다. 어질해져서 눈을 찌푸리고 벽에 기댔다. 서서히 언니의 옆얼굴과 진호의 뒤통수가 눈에 들어왔다. 둘은 목소리를 끊어내고 내쪽을 향해 씀벅댔다. 파리한 몰골이 고스란히 드러났다. 시선이 마주치자 눈이 시큰거렸다. 이제껏 깜깜해서 몰랐는데 모두 눈이 붉었다. 지금도 살아지는 동시에 사라지고 있다는 생각이 들었다. 카메라를 찾아 두리번거렸다. 그새 언니와 진호는 바닥에 퍼졌다.

우리가 짐작한 엄마는 얼마나 들어맞았을까.

슬픔은 이번에도 늦었다.

*

"가족사진도 찍어 둬. 가족도 사라질지 몰라."

선배 목소리는 터널 안에서 제멋대로 퍼졌다. 뒤에서 들리는가 싶더니 옆에서 튀어나왔다. 어느 순간 머리 위에서 물방울처럼 떨어졌다.

"너무 늦었어요."

대답은 어둠에 파묻혔다.

터널은 끝날 기미가 보이지 않았다. 보이는 게 시원찮아 얼마나 들어왔는지도 알 수 없었다. 출구는 손에 잡힐 듯한데 아무리 걸어도 가까워지지 않았다. 선배를 따라가고 있는 건지 아니면 뒤에서 선배가 따라오는지도 알 수 없었다. 분명한 건 울퉁불퉁한 벽과 뺨에 닿는 서늘함뿐이었다. 사라질 것을 얘기하는 선배 목소리마저 어딘가로 계속 흡수됐다. 그때마다 억지로라도 고개를 끄덕였다. 선배가 알아볼 수 없으리란 걸 모르지 않았다.

"이러다간 내가 먼저 사라지겠어요."

선배의 호탕한 웃음소리가 크게 울렸다. 여기저기 번지던 웃음소리가 겹쳐졌다. 선배와 나 말고 다른 누군가 함께 걷고 있을지도 몰랐다. 순간 섬뜩해져 선배 옆에 바짝 붙고 싶었다. 하지만 여전히 선배가 어딨는지 알 수 없었다. 그래서 걸음을 서둘러야 할지 늦춰야 할지 몰라 미적거리기만 했다.

"어디예요?"

"여기야, 여기!"

목소리가 이어질수록 함정에 빠지는 듯한 기분이었다.

막차도 끊겼고 택시도 잡히지 않아 역까지 걷던 길이었다. 지름길로 가면 금방이라고 했다. 선배가 말한 지름길은 사라질 철도를 따라 걷는 것이었다. 새로 들어선 철도와 멀지 않은 길이었다. 걷다 보니 결국 다 사라질 테니 아무거나 찍어도 자료가 되겠다, 싶은 생각이 들었다. 그래서인지 도리어 제대로 된 자료를 놓치고 있다는 꺼림칙한 느낌이 따라붙었다. 처음부터 앞으로 사라질 것은 특집으로 다루기에 적합하지 않을지도 몰랐다. 모든 것이 사라질 거라면 그건 조금도 특별하지 않다는 의미일 수도 있으니까.

터널 안이 차츰 환해졌다. 출구는 여전히 멀었다. 그때 선배가, 아니면 다른 누군가가 플래시를 터뜨렸다. 내 모습이 드러났다가 금방 어둠에 숨었다. 그때부터 터널 안 어둠이 묽어졌다. 빛은 더디게 입을 벌렸다. 뭉쳐져 있던 그림자가 서둘러 길어졌다. 누구 그림자인지 가늠할 수 없었다. 멀리, 하지만 가까워지고 있는 게 분명한 기차 소리만 선명했다. 아무 데나 대고 선배를 불렀다. 대답이 없었다. 기차 소리에 섞여 못 들은 것일 수도 있었다.

무작정 앞으로 뛰었다. 숨이 거칠어졌다. 기차 소리는 점점 다가왔다. 숨소리와 기차 소리 사이 틈이 생길 때마다 셔터음이 뒤섞였다. 내게 누군가가 사라졌듯 누군가에겐 내가 사라졌을지도 몰랐다. 그제야 미처 찍지 못한 장면이 무엇인지 알 수 있었다. 다음에 모이면 엄마를 어디에 모실지 결정할 수 있을지 모르겠다. 이제 아버지 생각도 따져 봐야 했다. 외할머니 산소 옆에 모시는 건 어떻게들 생각할까. 그사이 줄기차게 부푸는 기차 소리 사이에 한 번 더 셔터음이 꽂혔다.

때
아
닌
꽃

여자의 시선은 거울에 고정되어 있었다. 그사이 거울 앞으로 바짝 붙어 섰다가 성큼 물러나길 반복했다. 남자는 거울 뒤에 서서 여자를 힐끔거렸다. 여자는 내내 일정한 속도를 유지했다.

"이 정도면 괜찮지 않아? 이젠 알아보지도 못하시는 것 같던데……."

여자는 남자와 멀어지면서 물었다. 표정이 절반쯤 숨었다.

호텔에 머물면서 집에 검은색 옷이 많다는 걸 깨달았다. 무난하고 어디에나 어울린다는 생각에 무심코 산 게 대부분이었다. 검은색이 아닌 옷이라고 해 봐야 짙은 초록색이나 갈색 정도였다. 어두운 데서 보면 검은색이나 다름없었다. 여태 그나마 밝은 걸 골라 입는 것으로 버텨 왔지만 이제 거의 바닥났다. 여자는 단호한 목소리로 지난주에 입었던 터틀넥 스웨터를 또 입고 갈 순 없다고 했다. 남자는 거기에 자신의 체면을 세워 주려는 생각도 조금은 들어가 있길 기대했다. 일 년에 두세 번, 명절이나 결혼식 때나 잠깐씩 마주치던 형 내외를 하루걸러 한 번씩 만나고 있었다.

남자는 블라우스를 골라 여자에게 내밀었다. 여자는 손사래를 쳤다.

"입었던 거야."

언제 입었는지 떠올리려 애써 봤지만 소용없었다. 이건 아닐 거라는 확신으로 스웨트 셔츠를 골라 줬을 때도 반응은 다르지 않았다. 다시 옷장을 뒤지던 남자는 형수가 재킷 몇 개를 번갈아 가며 입고 오는 것 같단 얘기를 흘렸다. 여자는 한숨을 섞어 "그러게 말이야. 어쩜 그럴 수 있지?"라고 되물었다. 뒤에 혼잣말로, 하지만 분명하게 "한 번씩 다 입기 전엔 끝날 줄 알았는데……."라고 덧붙였다. 남자는 뭐가 어떤 방식으로 끝난다는 말인지 알 수 없었지만 묻진 않았다.

여자가 고른 건 회색 원피스였다. 얼핏 보면 검은색인 듯했지만 자세히 보면 아니었다. 검은색과 나란히 놓고 보면 확연히 달랐다.

"겨우 정신이 들었다가 또 놀라시면 어째."

남자는 여자가 거울 가까이 올 때를 맞춰 목소리를 키웠다. 뒷걸음질 치던 여자는 침대와 침대 사이에서 멈췄다. 두 침대는 지나치게 가까웠지만 불을 끄면 아득하기만 했다.

"밝은 데서 보면 그럭저럭 괜찮지 않아?"

그사이 남자는 조도 스위치를 만지작거렸다. 객실 조명 밝기는 열두 단계로 조절할 수 있었다. 남자는 세 번째 단계에 맞췄다. 딱 맞아떨어지진 않았지만 그나마 병실과 가장 비슷했다. 여자는 네 번째라고 우겼지만 남자는 아무리 봐도 세 번째에 가까웠다. 남자는 여자 옆으로 가 나란히 섰다. 방 안에는 창밖에서 밀려온 희미한 빛만 떠돌았다. 얼굴마다 그림자가 내려앉아 자못 기괴해 보였다. 그래도 누워 있는 어머니만큼은 아니었다. 그림자는 어머니 콧등이나 볼을 제멋대로 헤집어 놓았다.

"이러니까 아예 까만 옷처럼 보여."

여자는 입을 비죽 내밀었다.

"너도."

남자는 검은색이 아니라고 해 주고 싶었지만 원래 무슨 색이었는지 떠오르지 않았다.

둘은 예전에 입었던 옷 중 그나마 덜 더러운 것을 입기로 했다. 여자는 어지러운 무늬의 스판덱스 셔츠를 입었다. 어지간한 얼룩은 무늬 사이에 숨겨졌다. 야유회나 나들이를 떠올리며 샀던 게 병원 갈 때 제일 만만한 옷이 될 줄은 몰랐다.

호텔에 머문 지 20여 일이 지났다. 짐작했던 결혼 생활과는 거리가 멀었다. 이미 호텔에 오기 전부터, 어쩌면 더 오래전에 어긋났을지도 몰랐다. 그에 대해 터놓고 이야기하려 하면 번번이 여자가 가로막았다.

"일단 어머님만 생각하기로 해."

남자는 여자가 외투를 챙겨 입기도 전 문부터 열었다. 여자가 싫어하는 습관 중 하나였다. 남자가 엘리베이터 버튼을 눌렀을 때 전화가 울렸다. 양손에 가방을 든 남자가 눈짓을 보내자 허둥지둥 뒤따라 나온 여자가 대신 받았다. 필요한 게 있으니 사 오라거나 일찍 올 수 없냐는 전화일 것이었다. 통화하는 사이 엘리베이터가 도착했다. 안으로 들어서면서 여자 쪽으로 시선을 틀던 남자는 멈칫했다. 얼룩덜룩 내려앉았던 그림자가 여전했다.

"빨리 오래. 위독…… 하시다는데……."

목소리는 점점 낮아졌다. 긴가민가한 모양이었다. 그럴 만도 했다. 엇비슷한 얘기는 이것으로 네 번째였다. 보고 싶어 하는 사람이 있으면 보시게 하라거나 오늘 밤이 고비가 될 거라는 말들.

처음에는 자다가 전화를 받았다. 형은 의사가 따로 불러 은밀하게 전했던 말을 또박또박 옮겼다. 아무래도 가족 모두 모여 있는 게 좋겠다고. 남자와 여자는 겨우 겉옷만 걸치고 서둘러 나섰다. 도착해 보니 형은 돌아가라고 했다. 남자는 그 말이 이미 돌아가셨다는 뜻인 줄 알고 주저앉았다. 뒤에 이어지던 말은 "위험한 순간은 넘겼대."였다. 그때 간호사가 주사를 놓고 있었다. 주삿바늘이 들어갈 때 찡그려지는 어머니의 미간을 보니 비로소 살아 있다는 확신이 들었다. 그제야 슬리퍼만 꿰어 신고 나온 발이 시렸다. 뒤에 선 형은 남자 어깨 위에 손을 얹었다.

"이따 교대하려면 어서 들어가서 쉬어."

남자는 호텔에 들어갔다가 나오는 게 나을지 그냥 있어야 할지 망설였다. 그사이 형은 "여기 있을 거면 밥 좀 먹고 올게." 하고 핸드폰과 지갑을 챙겨 나섰다. 남자가 대답할 틈도 없었다. 형도 딱히 대답을 기다리는 눈치는 아니었다. 아무래도 불러 세워야겠다고 결심했을 때 형이 먼저 돌아섰다.

"근데 아무리 새벽이래도 어떻게 이렇게 빨리 왔어?"

남자는 호텔에 머물고 있다는 사실을 숨겼다. 병원에서 가까우면 금세 들통날 테니 근처 신도시에 자리한 호텔을 잡았다. 호텔에서 병원으로 진입하기에도 틈틈이 집에 들렀다 오기에도 수월했다. 형이 안다면 달가워하지 않을 것이었다. 어쩌면 그럴 여유가 있으면 병원비에 보태라고 할지도 몰랐다. 남자는 병실에서 하루에 들어가는 돈과 트윈룸 숙박비를 저울질해 봤다. 그러고 보니 꼭 한 번 어머니와 호텔에서 하룻밤을 보낸 적이 있다.

입영 전날이었다. 아버지가 돌아가신 지 얼마 되지 않아 떠밀리듯 결정한 입대였다. 어머니는 취업 준비생이던 형을 친척 집에 맡기고 남자가 군대에 있는 동안 어떻게든 자리를 잡겠다고 장담했다. 남자는 군말 없이 따랐다. 어머니는 못내 미안했던지 입영을 앞둔 장병들로 가득한 모텔 대신 택시를 타고 호텔로 이끌었다. 호기롭게 이끈 것과는 달리 어머니는 프런트에서 트윈룸과 더블룸 사이를 머뭇거렸다. 층수와 전망도 달라 가격 차이가 제법 났다. 침을 몇 번 삼키고 나서야 겨우 트윈룸으로 결정했다. 건너편 침대에서 어머니가 돌아누울 때마다 그 떨림이 고스란히 남자에게 닿던 방이었다. 남자가 거의 잠들 때쯤 어머니는 잠꼬대처럼 말했다.

"네 형에게는 비밀이다."

남자는 알았다는 듯 누운 자세를 고쳤다.

남자는 슬리퍼에 새겨진 호텔 이름이 떠올랐다. 다리를 꼬며 주춤하는 사이 형은 대답도 듣지 않고 돌아섰다. 꼼짝없이 병실에 머무는 수밖에 없었다. 여자는 형과 어머니와 남자를 차례차례 쳐다봤다. 그때마다 다른 표정이 없었다가 이내 가라앉았다.

두 번째까지는 조식 뷔페를 먹다가도 부랴부랴 올라갔다. 세 번째부터는 얼마간 느긋해졌다. 여전히 서두르긴 했지만 옷을 제대로 못 입을 정도는 아니었다. 생수를 넉넉히 채워 달라는 메모도 잊지 않았다. 로비를 나서면서 침구류 세탁에 신경 좀 써 달라고도 했다. 그리고 이제 네 번째 연락이었다. 남자는 확실하냐고 묻고 싶었지만 이번엔 진짜라고 할까 봐 다리가 후들거렸다. 남자를 본 여자는 엘리베이터에 들어서려다 멈췄다.

"상복…… 챙겨 가야 하나?"

남자는 어머니가 위험한 순간을 넘긴 다음 날 챙겨 온 상복이 떠올랐다. 그때만 해도 얼마 지나지 않아 입게 될 줄 알았다. 당장 돌아가신다면 호텔까지 오갈 시간이 없을지도 몰랐다. 그런데 이번에도 고비를 넘기면 상복까지 알뜰하게 챙긴 게 모종의 불효를 저지르는 것만 같았다. 여자도 비슷한 생각인지 남자만 빤히 쳐다보고 있었다.

"그냥 가자. 요즘엔 다 빌려준다며."

"찝찝하게 남이 입던 걸? 빌리면 다 돈이잖아. 상복이 없는 것도 아니고."

여자 목소리는 예전과 달랐다. 얼마 전까지만 해도 상복을 챙기려 드는 남자를 두고 그런 일 없을 거라고 선을 그었다. 만에 하나 일이 생겨도 장례식장에서 빌리면 된다고도 덧붙였다. 그러니 그냥 가자고.

여자는 기어이 상복을 챙겨 나왔다. 무슨 얘기를 들었는지 몰라도 이번엔 진짜 위독한지도 몰랐다. 로비를 나오자마자 남자는 주차장 쪽으로 느릿느릿 걸어갔다. 호텔 밖으로 나오니 온몸에 끈끈한 열기가 들러붙었다. 선선해지는가 싶더니 며칠 사이 막바지 더위가 드세게 몰려들었다. 챙겨 입은 얄팍한 사파리가 온몸을 짓누르는 것 같았다. 요즘 새벽 공기는 순식간에 표정을 바꾸기도 했으니 거기에 기대를 걸고 버텨 보기로 했다. 그때 여자가 남자의 손목을 잡았다. 손바닥은 벌써 땀으로 흥건했다.

"운전하지 말고 기차 타고 가자."

남자는 여자의 표정을 살폈다. 퇴근 시간이 한참 지났을 때라 도로 사정이 나쁠 리 없었다. 지금 역으로 가면 겨우 막차를 탈 듯했다. 남자는 여자가 숨기는 게 있을지도 모른다고 생각했다.

*

어머니는 입원한 지 이틀 만에 눈을 떴다. 옹얼거리거나 숨이 거칠어질 때는 있었지만 눈을 뜬 건 처음이었다. 먼저 알아본 건 형수였다. 어머니 손을 닦고 잔머리를 정리할 때쯤이었다. 형수는 누구에게 알릴 새도 없이 "어머니이이임!" 하고 소리쳤다. 고함에 가까울 정도로 우렁찬 목소리였다. 그사이 어머니는 형수를 보자마자 기겁하면서 몸을 비틀었다. 그래도 그땐 혼자서 몸을 뒤척일 정도는 됐다.

간이침대에서 선잠을 자던 형이 일어났을 때 어머니는 눈을 꾹 감고 있었다. 형은 형수 말이 거짓말이 아니라는 걸 알 수 있었다. 어머니가 눈에 힘을 주고 있었기 때문이다. 형이 서너 번쯤 불렀을 때야 어머니는 슬금슬금 눈을 떴다. 망설이는가 싶던 눈꺼풀은 형을 보자마자 활짝 열렸다. 그제야 미소 비스름한 것이 얼굴에 드러났다. 밤새 악몽에 시달리다 깨어난 아침 형을 향하던 표정과 겹쳤다.

어머니는 가끔 꿈에 시커먼 게 나온다고 했다. 형수가 물으면 집채만 한 어둠이 등을 떠민다거나 검은 개가 아가리를 벌리면서 달려든다고 했다. 꿈을 꾼 날이면 어머니는 종일 생기를 잃고 시르죽었다. 오죽하면 비싸게 주고 맞춘 자개장롱을 검다는 이유로 바꿔 달라고 하셨을까. 처음엔 나이가 드니 가구도 때깔 고운 걸 찾는가 싶었다. 하지만 꿈 얘기와 이어 보면 생각은 다른 방향으로 틀어졌다. 여유가 생기면 새로 짜 드린다고 했지만 몇 년째 그대로였다. 아무리 쥐어짜도 여유가 없었던 형편과 그래도 장롱은 바꿔 드릴 수 있지 않았나 싶은 생각이 뒤섞였다. 형 내외는 장롱이 관처럼 보인다거나 밤마다 누가 나오는 것 같단 어머니 말을 꺼내지 않았다. 꼭 장남이 바꿔 줘야 하냐는 거친 목소리도 묻었다.

"그러니까 형수 카디건이 문제였네요."

보풀이 일어나지 않은 부분을 찾기 어려운 검은색 카디건이었다. 물이 빠지긴 했어도 검은색이 아니라고 할 순 없었다. 어머니는 검은색만 보면 눈을 뜨지 않았다. 게슴츠레 뜨다가도 도로 감아 버렸다. 그때부터 병원에 올 땐 되도록 밝은색 옷을 입고 오기로 했다. 문병 오겠다는 사람들에게도 미리 사정을 전했고 예고 없이 찾아오면 인사보다 옷차림부터 훑어봤다. 남자와 여자는 화려한 꽃무늬 셔츠를 입고 왔다. 호텔 근처에서 헐값에 팔던 셔츠였다. 호텔 주변을 어슬렁거리다 보면 같은 셔츠를 입은 관광객을 쉽게 찾아볼 수 있었다. 호텔을 나설 때만큼은 남자와 여자를 관광객들과 구분하기 어려운 것도 그 때문이었다. 하지만 병원 방향은 관광지와 정반대였다. 위에서 내려다보면 군락지에서 꽃잎 두 장이 떨어져 나와 맥없이 바람에 휘날리는 것처럼 보였다.

얼마 지나지 않아 일교차가 크게 벌어졌다. 새벽에는 바람이 제법 사납게 들고 일어섰다. 며칠 사이 퇴원하실 거란 예상은 빗나갔다. 번거롭더라도 겉옷까지 챙겨야 했다. 밝은 걸로 준비할 필요는 없었다. 병실 안은 내내 온도가 일정해서 겉옷 없이 견딜 만했다. 그러니 안에 입는 것만 밝고 화사하면 됐다. 그쯤 병실에 들어서면 의식처럼 우중충한 외투부터 벗어 던졌다. 그러면 안에 입고 있던 샛노란 스웨터나 연두색 셔츠가 드러났다. 야자수가 그려진 티셔츠 혹은 기하학적인 무늬가 들어간 원피스일 때도 있었다. 그러다 교대할 때면 누가 볼세라 외투를 찾아 단단히 입고 나섰다.

검은 옷을 입은 사람이 없자 어머니도 눈을 감지 않았다. 그맘때쯤 어머니는 어떻게든 웃으려고 애쓰는 사람 같았다. 조금이라도 우스운 일이 생기면 쥐어 짜내듯 웃었다. 물병을 들고 걸음이 꼬여 휘청거릴 때도 일터에서 사정을 봐주기로 했다는 소리에도. 마음대로 할 수 있는 거라곤 겨우 웃음뿐인 사람 같았다. 내친김에 목소리를 내기도 했다. 다들 시간이 흐르면 더 정확한 발음으로 긴 문장을 구사할 수도 있을 거라고 확신했다.

어머니가 처음 한 말을 "무, 물 조…… 줘."였다. 알아듣기까지 오랜 시간이 걸렸다. 쇳소리가 잔뜩 끼어 있었고 받침이 있는 발음은 뭉개졌기 때문이다. 익숙해지고 나서도 겨우 '줘'만 알아들었다. 한나절이 지나서야 온전히 알아들을 수 있었다. 하지만 끝내 못 알아듣는 척해야만 했다. 어머니는 금식이었다. 물조차 마시면 안 됐다. 신장이 문제였지만 폐에도 물이 찼다고 했다. 물을 잘못 넘겼다간 당장 큰일을 치를지도 몰랐다. 물을 주더라도 숟가락으로 조금씩 흘려 줘야 했다. 더 달라고 하면 "냉장고 열어 볼게요."나 "지금 떠 오는 길이에요." 하는 식으로 버텼다. 어느새 어머니 목소리는 잦아들었다. 듣고도 못 들은 척하는 일은 괴로웠지만 조금씩 자연스러워지고 익숙해졌다. 그쯤 셔츠의 꽃무늬도 바랬다. 몇 번 입지도 않고 내내 옷장 안에만 뒀는데도 그랬다.

그래도 언젠가 의사 몰래 물을 한 대접 퍼 주고 싶었던 적이 있었다. 어머니가 눈을 감은 채 "물 좀, 무울 줘…… 엄마." 할 때였다. 남자는 어머니 입에서 나오던 '엄마'가 낯설었다. 그렇게 부를 수 있는 건 세상에 남자 한 사람뿐인 것처럼, 오로지 혼자만의 단어인 것처럼.

*

남자는 창밖으로 시선을 뒀다. 잠은 온몸을 덮치는가 싶다가도 겨우 발끝만 적시고 물러났다. 완전히 밀려나니 여기가 어딘가 싶어 어리둥절해졌다. 창밖으로 전봇대가, 이어서 불을 밝힌 비닐하우스가 줄줄이 지나갔다. 터널로 들어서자 창에 남자 얼굴이 물처럼 끼얹어졌다. 남자는 엉덩이를 들썩이며 자세를 고쳐 앉았다. 그사이 얼굴을 반대 방향으로 트는 여자가 비쳤다. 남자는 자기 얼굴을 하나하나 뜯어봤다. 얼굴이 선명해지는 동안 어머니가 위독해서 떠나는 길이라는 생각이 서서히 떠올랐다.

언제부턴가 실내조명의 조도가 낮아졌다. 창밖엔 이제 아무것도 보이지 않았다. 그저 어두웠고 그보다 더 어둡거나 덜 어두울 뿐이었다. 어둠을 뚫고 여자가 규칙적으로 내는 숨소리만 또렷했다. 기차가 덜컹거리는 소음 속에서도 집요하게 귓속을 파고드는 소리였다. 숨소리는 이내 옆구리까지 쿡쿡 찔러 댔다. 어느새 여자는 코까지 골았다. 남자는 깊이 잠든 여자에게 괜한 서운함을 느꼈다. 지배인이 트윈룸밖에 남아 있지 않다고 할 때도 그랬다. 남자는 난처한 표정을 지었고 지배인은 남자의 표정을 흡수하듯 얼굴을 일그러뜨렸다. 아직 성수기니까 그럴 만도 했다. 그사이 여자는 "상관없어요." 하며 카드 키를 낚아챘다. 경쾌한 목소리만큼 날쌘 동작이었다.

남자와 여자가 방을 따로 쓴 지 오래였다. 서로 떨어져 시간을 갖자고 말했을 때부터였다. 그 시간이 길어지더니 나중에는 이럴 거면 헤어지잔 얘기도 서슴없이 튀어나왔다. 처음에는 사소한 말다툼 중 홧김에, 나중에는 제법 진중하게. 어머니가 아니었다면 얼마나 더 견고해졌을지 모를 얘기였다. 그래도 남자는 호텔에서까지 따로 잘 줄은 몰랐다. 발랄한 걸음을 보니 여자는 처음부터 트윈룸을 염두에 두었나 싶은 생각마저 들었다. 침대 간격이 가까운 걸 봤을 때 여자는 왠지 실망한 기색이었다. 창가에 섰을 때도 표정은 달라지지 않았다. 시티 뷰라고 했지만 도심의 야경은 멀리 한쪽 귀퉁이에서만 반짝일 뿐이었다. 남자는 그래도 시티 뷰이긴 하다며 넘어가려 했지만 여자는 냉담하게 받아쳤다.

"겨우 이 정도라면 아니라고 봐야지."

남자는 어쩐지 여자가 둘의 관계를 두고 하는 얘기처럼 들렸다.

잠시 후 지배인이 성수기가 지나면 방을 옮겨 드리겠다고 했다. 여자는 무리하실 필욘 없다고 딱 잘라 말했다. 남자의 표정은 금세 묽어졌다. 남자는 한 침대에 누워 여자와 다시 얘기해 볼 생각이었다. 어쩌면 이번 기회에 예전처럼 관계가 유해질 수도 있었다.

병원을 나서면서 여자가 오래 할 일은 못 된다고 할 때도 남자의 심정은 비뚤어졌다. 그때마다 장인 장모가 한꺼번에 돌아가셨다는 것과 당시 간병인을 두긴 했지만 밤에는 둘이 번갈아 가며 들여다보느라 노곤했던 일상이 오래전 일이 아니었음을 떠올리려 애썼다. 처음에는 집에서 오가다가 간병하는 동안 호텔에 머물기로 한 것도 그 때문이었다. 왕복 서너 시간은 짐작보다 훨씬 고단했고 형네 집에서 머무는 건 내키지 않았다.

형에게는 알아서 하겠다고 둘러댔다. 형은 꼬치꼬치 캐묻지 않았다. 남자가 차를 바꾸거나 이사를 해도 딱히 뭘 묻지 않았다. 월세인지 전세인지, 자가라면 대출은 얼마나 받았는지 물어볼 만도 했지만 고작 무뚝뚝하게 "그러냐?"라고 한 게 전부였다. 별거 얘기가 오간다고 해도 다르지 않을 것이었다. 형에게는 동생에 대한 배려였지만 그 때문에 남자는 형에게 말을 아꼈고 형은 형대로 내심 서운했다.

여자가 잠결에 남자에게 기댔다가 자세를 바로잡았다. 형수보다 먼저 나서서 병원에서 신을 슬리퍼나 담요 같은 걸 살뜰하게 챙기던 여자였다. 형수는 "역시 해 본 사람이라 똑소리 나……." 하다가 고개를 돌렸다. 여자는 유순하게 "어머니가 평소 베시던 베개 좀 가져오세요." 했을 뿐이었다. 그쯤 남자는 누구에게랄 것도 없이 포악해져 있었다. 병문안 온 선배가 어머니를 두고 좋은 분이셨다고 했을 때도 지나간 일처럼 말하는 게 거슬렸다. 병실 밖에서 들려오는 간호사들의 웃음소리에도 날이 섰다. 간밤에 영안실로 내려간 환자가 쓰던 침구를 정리하면서 주고받는 시답잖은 농담에도 화가 치밀어 올랐다.

얼마간 누그러든 것은 어머니가 입원한 지 보름쯤 되던 날 호텔로 향하는 길에서였다. 객실에 들어가면 그대로 잠들어 버릴 게 빤했다. 아침은 근처에서 때우고 가는 편이 나았다. 며칠 더 지나서야 샤워도 하고 아침 드라마까지 챙겨 본 후 잠자리에 들었다. 가끔 조식을 챙겨 먹고 돌아가면서 반신욕을 하기도 했다. 그러자 호텔과 병원을 오가는 일상이 여행과 비슷하게 느껴졌다. 잠깐은 괜찮아도 평생 하고자 들면 오롯이 피곤하기만 한. 같은 층에 묵던 관광객이 "오늘은 어디 돌아볼 계획이세요?"라고 물었을 때, 체크아웃을 더 늦추고 싶다고 하자 지배인이 "여행이 길어지시나 보네요." 했을 때는 정말 매일 여행을 떠난다는 착각에 빠져들었다.

병원 앞 식당 안에는 별다른 소리가 나지 않았다. 이따금 뜨거운 국물을 무람없이 넘기는 소리만 오갈 뿐이었다. 둘은 얼굴을 보지 않고 밥만 먹었다. 여자는 남자의 눈곱이나 입에서 풍기는 군내를 모르는 척했다. 남자도 여자의 헝클어진 머리나 부쩍 푸석해진 얼굴에 눈길을 주지 않았다. 침대에 붉은 글씨로 붙어 있는 '금식'도 차츰 신경 쓰이지 않을 때였다. 처음에는 온몸을 휘어잡는 것 같았는데 나중엔 그저 쓰레기를 버리지 말라는 정도의 가벼운 경고문처럼 느껴졌다. 그쯤 코를 찔러 대는 냄새에도 심장 박동수나 산소 포화도를 나타내는 모니터에도 무심해졌다. 서둘러 그릇을 비운 남자는 신문이라도 볼까 싶어 두리번거렸다. 그러다 물을 숟가락으로 떠먹는 여자를 봤다. 왜 그러나 싶어 물어보기도 전 여자가 먼저 혼잣말로 "어머! 나 좀 봐." 했다. 어머니께 물을 떠먹이던 게 몸에 밴 모양이었다. 남자는 한동안 여자에게서 시선을 떼지 않았다.

며칠 후 어머니의 숟가락은 티스푼으로 바뀌었다. 지난주부터는 물을 약간 넘기는 것도 위험하다고 했다. 물을 찾으면 적신 손수건을 입 안에 넣어 주는 수밖에 없었다. 간호사의 말을 전하던 형수가 가리키는 쪽에 손수건이 있었다. 한쪽 끝이 누렇게 번져 있었다.

남자는 손수건에 생수를 묻혔다. 한참 머뭇거리다가

숨을 몰아쉬며 어머니 입술을 닦더니 조금씩 안쪽으로 손가락을 밀어 넣었다. 처음에는 어머니가 입을 벌리지 않아 애를 먹었다. 입술에 말라붙은 딱지가 떨어지는 바람에 피가 나기도 했다. 몇 번 반복하고 나서야 어머니는 알아서 입을 벌렸다. 그때마다 부리나케 입 안 구석구석 물을 묻혔다.

얼마간 유연해지자 여자도 손가락을 넣어 보겠다고 했다. 남자는 여자가 손수건에 생수를 적시는 것까지 보고 간이침대에 누웠다. 처음에는 여기서 어떻게 잠을 자나 싶었다. 형은 잠이 오지 않는다면 자리가 불편해서가 아니라 그만큼 덜 피곤하기 때문이라고 했다. 목소리는 마치 간병을 제대로 하지 않는다고 따지는 듯했다. 돌이켜 보면 형이 복도가 환해서 밤새 못 잤다고 했을 때 남자도 비슷한 얘기를 했다. 형은 남자를 노려봤지만 별다른 말을 잇진 않았다. 간병만큼 동생을 꾸짖는 일도 어쩐지 남의 일인 것만 같았다. 잠이 오지 않더라도 틈날 때마다 누워 있는 게 나았다. 운이 좋으면 삼십 분쯤 잠들 수도 있었다.

얼마나 누워 있었을까. 여자의 비명이 들렸다. 남자는 누가 밀어낸 것처럼 벌떡 일어났다. 어머니가 손가락을 깨문 모양이었다. 다행히 금방 놔줬지만 여자의 표정은 손에 남은 잇자국만큼이나 쉽게 가라앉지 않았다. 남자가 여자 대신 입 안을 휘저었다. 거칠고 투박한 손길이었지만 입은 내내 열려 있었다. 남자는 미안해서 그랬을 거라고 얼버무렸다. 무심결에 그랬을지도 모르고. 여자는 고개를 내밀어 어머니 얼굴을 띄엄띄엄 건너봤다.

"누구 손가락인지 아시는 걸까."

손가락은 어금니를 막 지나고 있었다.

여자 옆에 앉은 남자는 손가락이 들어갔을 때 어머니가 짓는 표정을 얘기했다. 그러면 여자도 손을 잡아드렸을 땐 슬쩍 힘을 주셨다는 얘기를 보태곤 했다. 마치 오늘 점심에 뭘 먹었는지, 마트에 갈 때 빠뜨리지 않고 사 와야 하는 것을 일러 주는 듯한 말투였다. 어지간해선 대화가 길게 이어지지 않았다. 남자는 여자와 함께 있는 시간이 길수록 속마음을 전할 기회가 많을 거라 생각했지만 오히려 막막하기만 했다. 그럴 때면 교대할 시간이 영원히 오지 않을 것처럼 멀게 느껴졌다.

처음 며칠간은 교대하고 나서도 바로 자리를 뜨지 않았다. 잠깐이나마 머물며 얘기를 나눴다. 어머니에 대해 딱히 할 말이 없으면 옆방 환자나 간호사에 대해서라도. 그나마도 얼마 전부턴 짧게 끊어졌다. "별일 없었죠?" 하는 인사 정도면 충분했다. 대답까지 이어지지도 않았다. 피곤한 얼굴을 새빨갛거나 연보랏빛인 옷과 함께 숨기며 나서기 바빴다.

하지만 며칠 전에는 제법 긴 대화를 나눴다. 의사를

만나고 온 형이 대뜸 자신의 종교 방식으로 장례를 치르자고 나섰기 때문이다. 그때 의사에게 어머니 상태가 위중하다는 얘기를 들었던 것일지도 몰랐다. 시선만 오갈 뿐 대화가 이어지지 않았다. 가족 중 형을 빼곤 딱히 종교가 있는 사람은 없었다. 남자는 형이 예전처럼 자기가 원하는 대로 은근슬쩍 밀어붙이려는 것 같았다. 올바른 선택도 많았지만 무턱대고 따랐다가 후회했던 순간도 적지 않았다. 병실을 정할 때도 남자는 트윈룸과 더블룸 사이를 머뭇거리던 어머니처럼 2인실과 6인실 사이에서 신중하게 침을 삼켰다. 하지만 형의 결정은 거침없었다. 형은 그게 자기에게 주어진 역할이라고 여기는 듯했다. 형수와 여자는 끝까지 별다른 의견을 내놓지 않았다. 낯선 국가의 방식대로 하자고 해도 그러자고 할 것 같은 표정이었다. 둘은 음식을 어떻게 맞춰야 할지 몇 명이나 오실지에 대해 속닥거릴 뿐이었다. 여자는 아랫사람이라 다행이었고 형수는 동서가 경험이 있는 사람이라 부담을 덜었다.

남자라도 쏘아붙이려는데 불쑥 어릴 때 어머니가 했던 말이 떠올랐다. 이 세상엔 너희 둘뿐이니 형제끼리 싸우지 말고 사이좋게 지내라. 어느 집 부모라도 했을 법한 말인데 왜 갑자기 떠오르는 건지 알 수 없었다. 형은 다른 목소리가 떠올랐다. 장남이 아니면 누가 내 속을 알아주겠니. 언제 들었던 말인지 감감했다.

남자가 겨우 입을 열었다.

"무슨 소리야? 어머니 얘기는 들어 보지도 않고."

"어머니가 어떻게……."

형은 말끝을 흐렸다. 남자는 형이 뱉은 말보다 장례
절차를 의논한다는 게 섬찟했다. 그때 침대에서 거친 숨
소리 사이로 어눌한 발음이 들려왔다. 예전 같았으면
누구랄 것도 없이 일어나 침대를 둘러쌌겠지만 이젠 그
러지 않았다. 발음은 점점 굵직하게 울렸다. 남자와 형
은 어머니가 누굴 부르는지 알 것 같았다.

*

"어디쯤이야?"

목소리는 날카로웠다가 끝에 가서는 뭉툭해지더니
툭툭 잘려 나갔다. 형은 얼마나 걸릴지, 뭘 타고 오는지
차례차례 물었다. 묻는 동안 감정이 계속 뒤바뀌는 듯
했다. 기차를 탔다고 하니 잘했다는 대답이 흘러나와
공연히 꺼림칙했다. 남자는 시계를 힐끔거리곤 삼십 분
남짓 남았다고 대답했다. 그새 별일이야 있겠냐 싶다가
도 다른 생각으로 기울어져 고개를 흔들었다.

"아직 아무도 안 왔어."

형의 대답에 생각은 단단해졌다.

남자는 형이 혼자 어머니의 마지막을 지켜보게 될까

봐 두려워한다고 짐작했다. 비슷한 이유로 형은 간병인 부르는 일도 꺼렸다. 어머니 몸에 낯선 사람의 손이 닿는 것도 싫었지만 무엇보다 간병인 얼굴이 어머니가 보는 마지막 얼굴이 될 수도 있겠다는 염려 때문이었다. 게다가 동생 내외는 직접 간병하겠다고 나서는데 형이랍시고 따로 간병인을 두자고 하는 것도 보기 좋은 모양새는 아니었다. 반대할 줄 알았던 형수는 별말 없었다. 결혼 전 형이 요양원에 모시던 친정아버지 뒤를 봐주던 게 떠올랐기 때문이다. 여자도 장인 장모 때 둘이 차곡차곡 모으던 적금을 깰 수밖에 없었던 일이 생각나 잠자코 있었다.

여자는 남자 목소리에 잠이 깼다. 코까지 골았지만 찌뿌듯하다고 투덜댔다. 간병하는 동안에도 잠을 잤다고 순순히 받아들이는 사람이 없었다. 따지고 들어 봐야 단지 눈만 감고 있었던 거라고 우겼다. 거기에 숨소리가 거칠어졌을 뿐이라고. 하나같이 자신만 빼고 다들 잘만 잔다고 불평이었다.

하품을 뱉은 여자는 남자의 옆얼굴을 바라봤다. 얼마간 끊어졌던 형의 목소리가 이어졌다.

"서두르지 말고 천천히, 조심해서…… 와."

빨리 오라고 다그친 적은 있어도 천천히 오란 적은 처음이었다. 목소리는 어느새 나긋나긋하기까지 했다. 여자에게 형의 말을 전했다. 여자는 시선을 틀었다. 얼굴

위에는 아무것도 드러나지 않았다. 기차에서 내리자마자 서둘러야 할지도 몰랐다. 아무래도 미리 준비하는 게 나을 것이었다.

"……갈아입고 가야 하나."

여자는 아무 말 없이 가방 안을 뒤적였다. 남자가 호텔에서 체크아웃해야 하는 거 아니냐고 해도 그러자고 할 것만 같았다. 여자가 들은 말이 분명해졌다. 이번이야말로 진짜였다. 그러니 연두색이나 꽃무늬 셔츠를 입고 나타나는 건 괴상망측해 보일 것이었다.

남자가 옷을 갈아입고 돌아왔을 때 여자는 없었다. 하의를 입을 때 한쪽 다리를 드는 순간 균형 잡기가 힘드니 조심하라고 하려던 참이었다. 나중에는 흔들리는 게 기차인지 남자인지 알 수 없었다. 자리에 앉자 멀리 여자가 보였다. 아까는 몰랐는데 얼굴이 유난히 하얬다. 얼굴만 둥둥 뜬 것처럼 보일 정도였다. 두리번거리면서 가까워지는 모습이 어딘지 모르게 섬득했다. 여자와 가까워졌을 때 남자는 어머니가 왜 검은 옷을 입은 사람을 무서워하는지 이해할 것도 같았다. 여자는 남자를 지나쳤다. 가느다란 바람 한 줄기가 예리하게 뺨을 그었다. 남자가 두 번이나 부를 때까지 여자는 걸음을 늦추지 않았다. 몇몇 자리에 독서등이 켜졌다. 그제야 여자가 돌아봤다. 남자는 손을 번쩍 들어 흔들었다.

"어두워서 그런가. 거기가 거기 같아."

목소리를 한껏 낮췄다. 여자가 앉자 독서등도 하나둘 꺼졌다. 다시 진득한 어둠이 고였다. 이내 규칙적인 숨소리가 퍼졌다. 여자는 남자에게 시선을 뒀다. 남자는 제 얼굴도 섬뜩해 보일지 모른다는 생각이 들었다. 창으로 간간이 가로등이나 어느 집 창문에서 흘러나온 불빛이 스며들었다. 여자 얼굴도 잠깐씩 드러났다. 어떤 표정인지는 가늠할 수 없었다. 남자는 눈을 감았다. 계속 감고 있으면 언젠가는 잠들 것 같았지만 자리가 불편해서 그런지 금방 눈이 떠졌다. 그때까지도 여자는 남자를 보고 있었다. 왜 그러는가 싶어 몸을 틀었다. 자세히 보니 여자는 창밖을 보고 있었다. 가는 길이 답답한 모양이었다. 남자는 자리를 바꿔 주려 일어났다. 그때 여자의 목소리가 우렁우렁 번졌다.

"비 와. 누가 우는 것처럼."

어머니는 장례식장에서 우는 소리가 듣기 싫다고 했다. 이어서 웃으며 즐겁게 갈 순 없는 거냐고도 물었다. 명절 때였는지 친척 중 누군가 돌아가셨을 때인지는 헷갈렸지만 그 말을 했던 것만은 분명했다. 형수가 맞장구를 쳤다. 형마저 기억이 날 듯하다고 하니 명백한 사실이 되었다. 가물가물한 여자는 어머니에게 관심 없는 사람이 되었다. 여자는 어머니가 장례식장에 하얀 국화 말고 빨갛고 노란 꽃들이 가득했으면 좋겠다고 한 말이 떠올랐다. 그건 이미 남자가 말해 버렸다. 여자는 어머니에 대한 새로운 기억을 꺼내 보려 안간힘을 썼다.

의사가 수술도 소용없다고 했던 날이었다. 형은 그래도 해 보는 데까진 해 보는 게 낫지 않겠냐고 물었다. 의사는 나무라듯 환자가 버틸 수 있을지 의문이라고 했다. 그제야 차라리 일반 병실에 계속 모시면서 얼굴이라도 자주 뵙잔 얘기로 나아갔다. 그날 저녁 옹기종기 모여 간호사에게 가래를 뽑는 법을 배웠다. 뭐든 배워 두면 쓸 일이 있다는 간호사 말에 더 가까이 붙어 섰다. 정작 가래를 뽑아야 할 땐 아무도 선뜻 나서지 않았다. 아무래도 순번을 정해야 할 것 같았다.

몇 번쯤 가래를 뽑아내야 퇴원할지 가늠하다 보니 여자의 명랑한 목소리가 튀어나왔다.

"언젠가 친한 친구분이 몇이나 되느냐고 여쭤보니 깜짝 놀라시더라고요."

"왜?"

"누가 물어볼 때마다 자꾸 줄어서……."

형수가 고개를 끄덕였다. 여자는 딱딱했던 표정을 풀었다. 얘기는 계속 이어졌다. 쏜살같이 흩어지다가 어느 순간 한참 머물기도 했다. 돌이켜 보면 죄다 시시콜콜한 여담뿐이었다. 그러다 어느 틈에 찜찜하거나 맘에 걸리는 것까지 터놓았다.

"눈이 푸지게 내리니까 외국에 온 것 같다고 하시는 거야. 그래서 외국 나가 본 적도 없으시면서 했거든. 금

세 표정이 침울해지시더라고. 내년쯤 제주도라도 보내
드린다고 하려는데 대뜸 그러시더라고. 못 가 본 데가
외국만 있는 건 아니라고."

"국내도 많다는 얘기였겠지."

"어머니가 여행을 좋아했어?"

"여행 싫어하는 사람도 있나? 보내 주면 다 가지. 어
머니라고 다를까."

해가 기울자 표정도 몸도 숨겨졌다. 어지간한 색은 다
검게 보였다. 심박수를 알려 주는 모니터만 환했다. 모
니터를 중심으로 둘러앉았다. 그제야 윤곽 정도는 알
아볼 수 있었다. 경보음이 울릴 때마다 한꺼번에 어깨를
들썩였지만 그뿐이었다. 잠깐 울리는 경보음에는 무심
해졌다. 겨우 어기적거리다가도 주저앉기 일쑤였다. 모
니터를 보고 있자니 잠이 쏟아졌다. 여자는 더 켕기는
거 없는지 묻는 듯 형수를 쳐다봤다. 눈이 마주친 형수
는 한숨을 섞었다.

"저번 추석 때 용돈을 드리니까……."

형과 남자의 시선이 형수에게 닿았다.

"여비에 보태겠다고 하셨어. 그땐 어딜 놀러 가시려나
싶었는데."

그때 어머니가 뭐라 하는 소리가 들렸다. 짐승 울음
소리 같았다. 다들 입을 앙다물고 앉아 있었다. 목소리
가 길어지고 말의 형태를 갖춰 나가자 동시에 일어섰다.

불을 켠 형수가 말씀해 보시라고 재촉하는 사이 여자는
자꾸 그러면 힘들어하신다고 면박을 줬다. 돌아선 여자
는 남자와 형에게 나가 있으라고 했다. 남자가 눈짓으로
묻자 아무래도 아랫도리를 봐야 할 것 같다고 했다. 그
러고 보니 소변만 가득할 뿐 병원에 오고 나서 제대로
된 대변은 보지 못했다. 밖으로 나가기도 전 어머니는
목소리를 길게 뽑아냈다. 목소리는 끊어질 듯하면서 계
속 이어졌다.

"잘못……해으니까, 이, 이제 무, 물…… 물, 좀……
주세요……."

아무도 움직이지 않았다.

*

비는 세차게 쏟아졌다. 간간이 보이던 풍경은 완전히
으깨졌다. 핸드폰을 보던 여자는 지난 장마로 끊겼던 길
이 폭우로 다시 망가질 위기에 처했다고 했다. 병원이
있는 곳과 멀지 않았다. 남자는 잠수함을 타고 가는 듯
한 기분이 들었다. 잠수함이라고 생각하니 알 수 없는
세계로 떠나는 것만 같았다. 어디쯤일지 가늠하는 사이
여자 목소리가 들렸다. 빗소리 때문인지 한껏 높인 목소
리였다. 남자는 다시 독서등이 켜지는 게 아닐까 마음
을 졸이며 여자 쪽으로 기울어졌다. 투덕거리는 빗소리

가 일순 잦아들었다.

"어머니가 부르던 사람 누구냐니까."

"얘기 안 했나? 우리 누나."

"누나가 있었어?"

"오래전 죽었어. 처음엔 긴가민가했는데 형이랑 눈 마주치는 순간 알겠더라고."

여자는 마지막으로 교대할 때 형수가 했던 얘기가 떠올랐다. 아까 우리 이름을 하나씩 부르시더라고. 여자는 어디까지가 우리인지 헛갈렸다. 죽은 딸까지 알뜰하게 챙겨 불렀다면 부를 만한 사람은 빼놓지 않고 다 부른 것이었다. 그날 남자가 본 어머니는 짐을 내려놓은 듯 오랜만에 고른 숨소리를 냈다. 그건 의사가 경직된 표정으로 "아무래도 마음의 준비를 하셔야 할 것 같습니다."라고 하는 것보다 더 구체적이고 분명한 신호였다.

그때 간호사가 들어왔다. 누구에게랄 것도 없이 일회용 주사기를 흔들어 보였다. 채혈을 하러 온 모양이었다. 검사 때문에 일정한 간격으로 계속 피를 뽑다 보니 어머니 팔뚝은 꽃이 핀 것처럼 울긋불긋했다. 간호사는 그나마 멀쩡한 자리를 찾는 눈치였다. "따끔해요."라는 말소리와 함께 주삿바늘이 들어갔다. 하루 중 유일하게 어머니 표정이 달라지는 때였다. 하지만 표정은 단단하게 굳어 있었다. 미세하게 비틀어진 것도 같았지만 너무 희미했다. 간호사는 "오늘은 잘 참으시네요." 했다. 마치 상태가 나아졌단 소리처럼 들렸다. 더는 찡그리지 않는 얼굴이 남자를 불안하게 했다.

그럴수록 웃으면서 즐겁게 가고 싶다던 어머니 말이 떠올라 우스갯소리를 나눴다. 여자만 어머니에게 몰래 용돈을 받은 줄 알았는데 사실 형수도 받았다고 얘기할 땐 소리까지 내며 웃었다. 그때 남자는 어쩌면 형도 어머니와 호텔에서 하룻밤쯤 잤던 게 아닐까 하는 생각이 들었다. 남자에게는 비밀이라고 하면서. 남자도 막 따라 웃으려던 순간 산소 호흡기에 가려진 어머니 숨소리가 떨리는 듯했다. 같이 웃고 있을지도 몰랐다. 어떻게든 웃으려고 애쓰던 그때처럼. 팔뚝에 꽂이 늘어 가도, 하루에 두 번은 비워야 했던 소변 통이 종일 채워지지 않아도 더 진한 우스갯소리를 풀어냈다. 그러다 보면 어머니 숨소리도 우스갯소리가 될 것만 같았다.

나중엔 기적을 얘기했다. 인터넷에 올라온 것부터 누군가에게 들었던 것까지 끄집어냈다. 일주일 동안 산속에서 구조를 기다리며 버틴 남자나 죽을 날만 기다리고 있었는데 뚜렷한 이유 없이 병세가 나아진 아줌마에 관한 이야기들. 기네스북까지 들먹거리다 보면 세상엔 기적이라고 불릴 만한 일이 많았다. 하지만 어느새 이야기는 어머니 옷이랑 물건은 한꺼번에 태우자는 데에 닿았다. 그쯤 남자는 보호자용 침대에 누웠다. 시선은 침대 아래로 떨어졌다. 병원에 실려 올 때 어머니가 신고 있던 슬리퍼가 제멋대로 흩어져 있었다.

"저건 누구 신발이야?"

남자의 시선을 따라가던 여자는 형수를 쳐다봤다. 형수는 그새 졸고 있었다. 형은 누군가에게 전화를 걸며 두리번거리기만 했다. 순간 어머니가 조금 뒤척이는 듯했다. 입영 전날 머물렀던 호텔 트윈룸에서처럼 어렴풋한 떨림이 남자에게 닿았다. 어느 때보다 침대와 침대 사이가 멀어 보였다. 발만 살짝 내딛어도 빨려 들어갈 것만 같았다. 승강장 앞에서 빗물이 고인 웅덩이를 마주했을 때도 비슷한 기분이었다.

병원에 가려면 승강장 반대편에서 택시를 타야 했다. 빈 택시는 죄다 역전으로 몰렸다. 그중 남자 쪽으로 유턴해 오는 택시는 없었다. 잦아드는가 싶던 비는 다시 굵어졌다. 우산만으로 버티긴 힘들었다. 상복은 흠뻑 젖어 갔다. 역에서 나설 때만 해도 빗물이 좀 튄 정도였지만 이제는 손바닥으로 찍은 듯한 빗자국이 어지러웠다. 택시가 남자와 여자를 알아볼 수나 있을지 걱정이었다. 급히 산 우산마저 짙은 감색이었다.

이 와중에 여자는 가방 안에 손을 넣고 휘젓고 있었다. 뭔데 지금 찾느냐고 물을 때쯤 여자가 무언가 내밀었다. 우비였다. 호텔 로비에서 지배인에게 부탁하니 챙겨 줬다고 했다. 남자는 여자가 날씨도 미리 알고 있었나 싶었다. 슬리퍼나 담요가 필요했던 것처럼. 어쩌면 병원에 도착해서 마주칠 장면도.

우비를 입은 지 얼마 되지 않아 뒤에서 택시가 클랙슨을 울렸다. 택시에 오르자마자 기사는 때아닌 폭우에 대해 요란하게 떠들었다.

"시외버스도 죄다 끊길 거랍디다."

남자는 기사 목소리를 뚫고 빨리 병원으로 가자고 했다. 그다음부터 기사는 아무 말도 하지 않았다. 폭우가 몰아치는 밤 서둘러 병원에 가는 사람들에 대해 잘 안다는 듯이. 비옷에서 흘러내린 빗물이 시트에 스며들고 있었다. 택시가 정지 신호에 멈췄을 때 형에게 전화가 왔다. 남자는 택시를 탔으니 곧 도착할 거라고 했다. 형은 되도록 서두르라고 했다. 아깐 천천히 오라더니. 남자는 혹시 무슨 일이 생겼는지 물으려다 말았다. 기사는 룸미러로 남자를 힐끗거렸다.

병원 로비에 들어서면서부터 둘은 뛰었다. 텔레비전 앞에 모여 있던 사람들과 졸고 있던 간호사가 사이를 두고 눈을 흘겼다. 병실 문 앞에서야 걸음을 멈추고 숨을 골랐다. 여자는 남자와 눈이 마주쳤다. 시야는 흐리멍덩했다. 시야를 가리는 게 땀인지 빗물인지 헷갈렸다. 여자는 머리를 매만지고 빗물을 털어 냈다. 거울을 꺼내 보려다가 우비부터 벗어야겠다는 생각이 들었다. 막 첫번째 단추를 풀려고 할 때 남자는 문부터 열었다. 여전히 여자가 싫어하는 남자의 습관 중 하나였다. 여자는 우비를 입고 안으로 들어설 수밖에 없었다.

형과 형수가 문 쪽으로 시선을 돌렸다. 옆에는 모르는 얼굴들이 있었다. 시야가 나아지지 않아 제대로 알아볼 수 없었다. 겨우 표정이 읽히자 걸음이 뒤틀렸다. 더 들어서자 다들 알록달록한 옷을 입었다는 걸 알 수 있었다. 빨갛고 파란 빛이 오렌지빛과 버무려지더니 서로 번졌다. 사이사이 형광색 조끼도 끼어 있었다. 그 위로 줄무늬가 얹혔다. 검은 옷이라곤 찾아볼 수 없었다. 가운데만 새하얬다. 어머니는 꽃밭에 누워 있는 듯했다. 지금이라도 눈을 뜬다면 다시 감지 않을 것이었다.

깊숙이 들어서던 남자는 주춤했다. 벌써 상복을 챙겨 입고 온 게 떠올랐다. 걸음을 멈추고 여자를 향해 돌아섰을 때 눈앞에 샛노란 빛이 그득했다. 내려다보니 남자도 노랬다. 안에 무슨 색을 입었는지 잊을 정도로 환했다. 여자는 첫 번째 단추를 다시 잠갔다. 우비에 묻은 물기는 벌써 절반쯤 말랐다. 다시 안으로 걸음을 옮겼다. 둘러선 사람들이 길을 내줬다. 아무도 남자와 여자에게 말을 걸지 않았다. 서서히 어머니 얼굴이 보였다. 온전한 얼굴이었다. 산소 호흡기는 없었다. 이제 기계 장치 없이 스스로 호흡이 가능해진 것일 수도 있었다. 더 가까이 들여다봤다. 평소보다 훨씬 생기가 도는 얼굴인 것 같았다. 웃으려고 애쓰던 얼굴과 주삿바늘에 찡그리던 얼굴이 겹치면서 하나로 이어졌다. 살짝 벌어진 입술

사이가 조금 더 벌어졌다. 안에서 혀가 이파리처럼 흔들렸다. 표정이 넘실거렸다. 무슨 말이라도 하려는 것 같았다. 더 부를 사람이 남았을지도 몰랐다. 순간 어머니 팔뚝에 핀 꽃 모양 멍 자국이 일렁였다. 남자는 내일 체크아웃해야 할 것 같다고 생각했다. 이제 막 성수기가 끝나 가던 참이었다.

달
걀

"목을 졸랐어요."

담임 선생이 "놀라지 마시고요."라고 거듭 말하던 끝에 나중엔 차라리 놀라는 편이 낫겠다 싶을 때까지 뜸을 들이다가 꺼낸 말이었다. 띄엄띄엄 오가던 목소리는 완전히 끊겼다. 얼마나 지났을까. 건너편에서 "어머님?" 하는 목소리가 가느다랗게 들렸다. 여러 번 불렀던 것을 이제야 들은 건지도 몰랐다. 그만큼 얼마간 신경질적인 목소리였다. 담임 선생은 숨을 고르며 무슨 말이든 해 주길 기다리는 눈치였다. 일단 듣고 있다는 의미로 숨소리를 섞어 "아……" 하고 내뱉었다. 끝이 떨렸다.

다시 한번 찬찬히 되새겨 봤다. 졸랐다는 목소리만 유난히 도드라졌다. 그래서 아이가 간식이라도 더 달라고 졸랐나 싶었다. 생각만 한 게 아니라 목소리도 냈는지 담임 선생은 "목이요!"라고 꼬집어 전했다. 그것만으로는 모자랐는지 뒤에 "목!"이라고 연거푸 말했다. 목소리가 몸에 도장을 찍듯 콕콕 박혔다. 그때 남편의 받은 기침 소리가 매섭게 울렸다. 통화 내내 간신히 참고 있었던 기침일지도 몰랐다. 전화를 끊으라거나 무슨 얘기인지 알려 달라는 신호일 수도 있었다. 계속 듣고 있으니 누군가에게 목이 졸렸을 때 낼 법한 소리처럼 들렸다. 들을 때마다 떠오르는 장면이 달랐다. 주파수를 잡지 못하던 낡은 라디오를 쥐고 잡음 사이 목소리를 찾아 헤매던 밤이나 자갈 위로 묵직한 자루를 끌고 가는 사내 같은. 그중 끝내 선명하게 남는 건 하나뿐이었다.

담임 선생은 다시 캐물었다. 덩어리로 뭉쳐지는가 싶던 대답은 이내 흐트러졌다. 맞은편 거울 속 내 얼굴이 느릿느릿 일그러졌다. 기침 때문인지 담임 선생 때문인지 헷갈렸다. 겨우 "제 아이한테…… 누가요? 대체 왜요?"라고 따지듯 물었다. 담임 선생은 공들여 숨을 고르다가 "그게 아니라요. 아드님이 다른 아이를요."라고 했다. 매끄럽게 흘러나온 대답과 달리 알아들을 수 있는 건 여전히 허술했다. 틈틈이 남편의 기침 소리가 끼어들었기 때문일지도 몰랐다. 확실히 요즘 부쩍 더 심해졌다. 같은 얘기가 몇 번 더 오가자 담임 선생은 "아니, 그게 아니라요!"라고 쏘아붙였다. 남편이 다쳤다는 전화를 받고 깁스까지 해야 할 정도냐고 물었을 때도 비슷했다. 담임 선생은 결심한 듯 단호한 목소리를 이었다. 그 바람에 사방으로 퍼지던 생각이 끊어졌다.

"자꾸 말을 돌리신다고 해결될 건 없어요."

흘러가는가 싶던 대화는 한곳에 가만히 고였다. 한동안 숨소리만 주고받았다. 그사이 대화를 보채는 듯한 기침 소리는 줄기차게 이어졌다. 망설이거나 참아 보려는 기색이라곤 찾아볼 수 없었다. 오해겠지. 뭔가 단단히 잘못 아는 게 분명했다. 우리 애가 그랬을 리 없었다. 목을 조를 수 있는 아이가 아니었다. 어릴 땐 인형이 추울까 봐 이불까지 덮어 주던 아이였다. 야단맞거나 내키지 않는 일 앞에서도 생떼를 쓰지 않고 고작 뾰로통하게 토라지는 게 전부였다. 이제껏 어디에서도 폭력의 기미를 눈치챌 수 없었다. 책상 위에 펼쳐진 학습지 사이에서도 한쪽으로 밀어 놓은 이불자락에서도 아무 데나 벗어 놓은 양말에서도. 이유가 있었겠지. 아니, 이유가 있어도 그럴 아이가 아니지. 그럼 남편에게는 사고를 당할 만한 이유가 있었을까. 평소와 확연히 다른 날이었는데, 수많은 힌트와 암시가 사방에 널렸는데 둔해서 몰랐던 것일까. 돌이켜 보니 그때도 물었다. 우리 그이한테…… 누가요? 대체 왜요?

며칠 전 아이가 물어 왔다. 조심스러웠지만 망설이는 눈치는 아니었다. 그만큼 오래 품어 온 질문 같았다. 아빠는 왜 그래? 그때만큼은 남편이 무슨 말이라도 해 주려는 듯했다. 평소보다 입도 크게 벌렸다. 얼굴부터 목까지 시뻘게졌는데도 나오는 목소리는 볼품없었다. 어떻게 보면 그저 거친 숨을 몰아쉰 것에 불과했다. 아이의 의문은 더 단단해진 듯했다. 그때 남편이 사실대로 털어놓으려고 했는지 아니면 다른 얘기를 지어내려고 했는지 알 수 없었다. 꼭 해야 할 얘기였다면 종이에라도 썼을 것이었다.

"혹시 집에 무슨 일이라도……."

"그런 거 없어요."

먼저 남편부터 달래야 했다. 전화기를 든 채 방에 들어섰다. 안에 고여 있던 끈적끈적한 공기가 얼굴을 뒤덮었다. 남편은 손으로 벽을 짚은 채 누워 있었다. 눈꺼풀은 반쯤 열려 있었다. 시선을 어디에 두고 있는지 알 수 없었다. 남은 시간을 저 표정 하나만으로 살 작정인 것 같았다.

"잘못 거신 거 아니에요?"

예전과 다르지 않은 목소리였다. 대답처럼 남편의 기침 소리가 여러 겹으로 울렸다. 소리와 기억은 동시에 윤곽을 잡아 가며 짙어졌다.

"그러지 말고 일단 학교로 나오시는 게……."

학교에 가려면 약속을 취소해야 했다. 남편을 등지고 돌아서니 구석에 웅크리고 있는 가방이 보였다. 여자에게 가방만이라도 갖다줘야겠다. 벽시계로 시선을 옮겼다. 여자에게 들렀다가 학교로 가려면 시간이 빠듯했다.

여자의 가게는 지하상가 끄트머리에 있었다. 계단 바로 옆이었다. 계단을 오르면 포장이 덜 된 도로와 문을 열어 둬도 안쪽이 어두워서 닫은 것처럼 보이는 철물점, 전화나 인터넷 주문만으로 판매하는 돌침대 전시장이 보였다. 얼마 전에는 테이블 없이 배달만 하는 중국집이 들어섰다. 시내와 멀찌감치 떨어진 자리였고 그 때문에 지하상가 끝까지 오는 사람은 드물었다.

중앙난방을 해도 가게에는 따로 전기난로를 둬야 했다. 계단에선 묵직한 바람이 수시로 드나들었다. 그래서 월세 없이 관리비만 내고 들어올 수 있었다. 화장실과 붙어 있어서 그런지 남은 가게 중에서도 관리비가 싼 축에 속했다. 몇 달째 빈 가게가 줄어들지 않아 관리 사무소에서도 떠넘기듯 내놓았다. 작긴 해도 구석에 딸린 옹색한 방이 여자의 결정을 거들었다. 화장실 옆, 찬 바람, 적은 유동 인구를 얘기할 때마다 관리 사무소에서 꼬박꼬박 "그래도 방 하나 있으면 얼마나 편한데요." 하던 그 방이었다. 여자는 대꾸하는 대신 벽을 짚어 가며 계단을 올랐다. 눈을 감고도 밖으로 나갈 수 있을 것 같았다. 뒤따르던 관리 사무소 직원은 황량한 풍경을 애써 수식했다. 여자와 눈이 마주쳤을 땐 결국 신축 건물이 줄줄이 들어설 수밖에 없을 거라고 거들먹거렸다.

"곧 다시 예전처럼 사람들이 바글바글할 거요. 상가 번영회도 힘쓰고 있어요."

말이 끝나자마자 여자는 계약하겠다고 했다. 여자의 상황에서 돈을 벌려면 선택의 여지가 없었다. 노란 선 바깥이라는 것까지 좋게 보려고 애썼다. 방화 셔터가 내려오는 곳을 표시해 둔 선이었다. 지하상가가 생긴 지 얼마 안 되었을 때만 해도 사람들로 북적여 표시는 금세 지워졌다. 대개 지저분한 흔적만 남아 글씨도 제대로 알아볼 수 없었다. 여자의 가게 앞에 있는 표시는 여전히 생생했다. 여자는 가게에 드나들 때마다 노란 선을 집요하게 바라봤다. 이제 여자는 방화 셔터에 비상구가 있다는 걸 알고 있다.

여자가 들어오고 나서도 옆으로 늘어선 가게들은 계속 비어 있었다. 유리에 붙은 '임대 문의'는 가느다란 바람에도 떨어질 듯 위태로워 보였다. 건너편 사정도 다르지 않았다. 고등학생들은 빈 가게에 숨어 들어가 담배를 피웠다. 관리 사무소에서 환풍기를 가동하고 주기적으로 순찰을 돈다고 했지만 상황은 좀처럼 나아지지 않았다. 여자는 냄새와 연기가 안쪽 방까지 파고들까 봐 신경을 곤두세웠다. 환풍기는 소리만 요란할 뿐 시원찮았고 순찰 중인 관리자는 보이지 않았다. 열한 번째나 열두 번째부터 가게가 시작되는 줄 알고 그쪽까지만 도는

지도 몰랐다. 누군가는 거기까지, 혹은 거기부터를 지하상가라고 부르기도 했다.

그나마 화장실이라도 있어 몇몇은 가게 근처까지 왔다. 볼일을 보고 나온 이들은 휴지나 초콜릿 바를 사 들고 강을 건너듯 멀어졌다. 첫 손님은 수연이었다. 수연은 자기를 나열 8호라고 짤막하게 소개했다. 둘러볼 것도 없는 가게 안을 천천히 훑더니 수더분한 말투를 이었다.

"그동안 우리가 마지막 가게였는데 이제 여기네요."

그날 이후 가끔 멀리서 반짝거리는 가게들을 건너다 봤다. 복작이는 듯해도 자세히 보면 오가는 사람들은 고작 열 명 남짓이었다. 사람들 근처를 "언니 싸게 줄게." 나 "구경은 공짜예요." 같은 목소리가 어슬렁거렸다. 나중에는 악을 쓰는 듯 거칠어졌다. 어떤 날은 두꺼운 안개를 사이에 둔 듯 흐리멍덩하게 보이기도 했다. 미처 빠져나가지 못하고 차곡차곡 쌓인 담배 연기 때문일지도 몰랐다.

음료수를 더 들여놓을지 아니면 컵라면이나 빵은 어떨지 고민하느라 가게가 구색을 갖추기 전에도 수연은 자주 들렀다. "건전지 있어요?" 할 때는 건전지를, "그럼 칫솔은요?" 할 때는 칫솔을 들여놔야겠다고 다짐했다. 만약 "맥주랑 땅콩은요?" 했어도 다르지 않았을 것이었다. 다짐이 이어지던 날 "혹시 달걀은 없어요?" 했을 땐 멈칫했다. 수연은 잘 팔릴 거라고 장담했다. 장난스러운 목소리와는 달리 굳은 표정이라 농담인지 아닌지 분간하기 어려웠다. 그동안 수연이 다 맞았던 건 아니었다. 바나나우유는 예상대로 잘 나갔지만 건전지에는 먼지만 쌓였고 두루마리 화장지보다는 여행용 티슈가 훨씬 잘 팔렸다. 수연이 돌아선 사이 방에 불이 꺼졌다. 여자가 말을 붙이려는데 다시 불이 켜졌다. 한동안 캄캄한 시간이 길어졌는데 최근 다시 짧아지고 있었다. 그럴수록 짓무르던 소리는 단단해졌다. 온전히 불을 끄고 밤을 보내기는 앞으로도 영 어려울 것 같았다.

안을 휘둘러보던 수연은 구석에 옹송그리고 있던 여자를 지나치자마자 대뜸 소리부터 내질렀다.

"어머! 여긴 창고도 있네?"

손님을 잡아끌 때처럼 발랄한 목소리였다. 비명도 저럴까. 여자는 비명이 가득한 지하상가를 떠올려 봤다. 그때까지 방에선 아무 소리도 흘러나오지 않았다. 수연은 방문이 열린 틈을 무심히 바라보다가 이내 시선을 거뒀다.

아이를 보면 무슨 말부터 꺼내야 할까. 괜찮은지부터 물어야겠다. 그보다 목이 졸린 아이를 살피는 게 먼저일까. 그저 가벼운 장난을 친 거겠지. 투박한 생각이 뒤엉켰다.

그사이 담임 선생은 뻣뻣한 목소리로 지금 당장 학교

로 나오시라고 했다. 좀처럼 학교 위치가 떠오르지 않아 지도를 확인했다. 분명 입학식 때도, 그 이후로도 몇 번쯤 가 봤는데 아무리 들여다봐도 낯설기만 했다. 소방서에서 오른쪽으로 꺾으면 공원이 아니라 터미널이 보이고 근처에 학교가 있지 않았나. 매일 나도 잘 모르는 곳으로 아이를 혼자 내몰았다는 죄책감에 휩싸였다. 일단 서둘러 가겠다고 했다. 쉰 목소리가 튀어나와 제대로 된 발음이 만들어지지 않았다. 그 때문인지 담임 선생은 다소 누그러졌다.

"걱정하지 마세요, 어머님. 목이 졸렸을 뿐 다행히 멀쩡해요."

남편이 사고를 당했을 때도 그런 식이었다. 일단은 멀쩡해 보이니까 안심하세요. 그땐 나도 다른 사람들에게 그 말을 그대로 옮겼다. 사고 현장에서 남편을 보고서도 그저 다행이라는 생각뿐이었다.

담임 선생 목소리가 이어졌다.

"……비명이 잦아들자 놔줬다는군요."

내가 떠올릴 수 있는 비명은 하나뿐이었다. 그날의 비명은 사이렌 소리와 뒤섞여 구별할 수 없었다. 그 속에서 누군가의 이름을 부르는 소리가 뭔가 부서지는 것처럼 귓속을 파고들었다. 불러도 알아듣기나 할까 싶었지만 뾰족한 수가 없었다. 매캐한 연기가 잔뜩 퍼져 시야도 시원찮았다. 답답해서 올려다보면 그쪽도 그저 검고 검을 뿐이었다. 조금만 숨을 몰아쉬어도 두꺼운 기침이 얼굴을 뚫고 쏟아졌다. 입을 제대로 벌릴 수조차 없었다. 겨우 목소리를 냈지만 내 귀에조차 들리지 않았다.

얼마나 헤매고 다녔는지 모를 때쯤 남편을 찾아냈다. 몇 번이나 지나친 자리였는데 한편으론 내내 놓치고 있던 자리 같기도 했다. 남편은 연석 위에 앉아 몸을 둥글게 말고 있었다. 온몸이 새카맣게 그을린 채 눈만 희번덕거렸다. 무심코 보면 안이 반쯤 차 있는 검은 비닐봉지처럼 보였다. 그대로 가만히 두면 사방에서 솟아오르는 검은 연기에 휩싸여 허공으로 떠오를 것만 같았다. 남편에게 또 한 겹의 검은 연기가 들이닥쳤다. 손부터 붙잡았다. 처음에는 재처럼 바스러질 것 같아서 살짝, 이내 어딘가로 사라질까 봐 단단히 움켜쥐었다. 그제야 남편의 몸이 파들거리고 있다는 걸 알았다. 이어서 쌕쌕거리는 숨소리도 귀에 들어왔다.

"여보, 정신 좀 차려 봐. 이제 괜찮아."

쓰러진 사람부터 나르느라 남편을 살피는 사람은 없었다. 지나가는 소방대원을 붙잡고 싶었지만 온몸이 그을려 시꺼먼 사람들뿐이라 누가 누군지 알 수 없었다. 그사이 겨우 엿보이는 주황색 소매를 낚아채듯 잡았다. 헬멧을 쓴 사람은 눈을 껌뻑이는 남편을 보곤 대수롭지 않게 지나쳐 갔다. 여기저기 의식을 잃고 널브러져 있는 사람이 많았다. 그사이 남편은 아무 말도 하지 않았다.

나중엔 눈도 마주치지 않았다. 남편의 얼굴은 물에 젖은 휴지처럼 흐물흐물 풀어졌다. 대충 닦아 내자 아무도 풀지 못한 암호 같은 표정이 얹혀 있었다. 아무리 들여다봐도 단어 하나 떠오르지 않았다. 어찌 보면 지금 그 자리에서 막 태어난 사람 같았다. 그땐 당황해서 말을 못 잇는 것뿐이라고 생각했다. 기도에 화상을 입어 숨도 제대로 쉬지 못하고 있었다는 건 나중에 알았다.

우선 어수선한 현장을 벗어나야 했다. 가만히 있으면 사나운 연기가 우리를 집어삼킬 것만 같았다. 남편은 부축을 받으면 걸을 수 있어 앰뷸런스에 타지 못했다. 누군가 울면서 내린 택시를 어정어정 기어가 겨우 잡았다. 택시 기사는 잔돈 받아 가라고 소리쳤지만 승객은 금세 연기 속에 파묻혔다. 한층 더 농밀해진 연기는 잦아들 줄 모르고 부풀어만 갔다. 그 안에 갇혔었다고 생각하니 남편이 무슨 짓을 해도 이상할 게 없었다. 그래도 숨은 쉬어야 했다. 남편은 자꾸 숨을 참았다. 이제 맘놓고 쉬어도 되는데 참고 참다가 얼굴이 붉어질 때쯤 겨우 뱉어 내길 반복했다. 현장을 벗어났어도 유독 가스가 들어올까 봐 경계하는 것이라고 했다. 며칠쯤 지나서야 겨우 숨을 참지 않게 되었다. 그동안 남편은 시커먼 덩어리를 뱉어 냈다. 어디에 쌓여 있었을까 싶을 정도로 끊임없이 쏟아졌다. 남편 몸집만큼 나온 것 같았지만 그래도 더 남은 모양이었다. 그때마다 남편은 팔을 휘저었다. 몸에 손이라도 닿으면 맹수 같은 울음소리를 내며 발버둥 쳤다. 그동안 어디에 저런 광포한 목소리와 괴력이 잠복해 있었는지 알 수 없었다. 힘껏 끌어안고 있다 보면 어느새 울음이 잦아들고 남편은 침대 난간을 잡았다. 한 번에 잡지 않고 서너 번쯤 건드린 후에야 꽉 쥐었다. 뜨거운지 아닌지 알아보려는 것이었다.

퇴원 후에도 남편은 물이 끓는 것 같은 소리만 냈다. 처음엔 팔팔 끓던 것이 곧 물속에서 내지르는 듯한 비명으로 변했다. 그쯤 손이 닿는 자리에 종이와 펜을 뒀다. 남편이 처음에 쓴 건 누구를 향한 것인지 갈피를 잡을 수 없었다.

아무한테도 알리지 마.

예전과 다른 삐뚤빼뚤한 글씨보다 명령조로 표현하는 사람이었나 싶어 얼굴을 들여다봤다. 현장에서 마지막으로 봤던 표정에서 조금도 어긋나지 않았다. 가면처럼 벗어 낼 줄 알았던 표정은 오랫동안 얼굴에 들러붙었다. 아이에게마저 숨길 수 있을 만큼 숨길 생각인 듯했다. 곧 회사에 복귀할 테니 사고자라는 걸 알리는 게 큰 의미 없는 듯도 싶었다. 그때까지만 해도 얼마 지나지 않아 출근할 줄만 알았다.

정기 검진을 위해선 주기적으로 병원에 가야 했다. 하지만 돈은 거의 남아 있지 않았다. 보상 대책 위원회에서는 보상이 이미 끝났다는 말만 되풀이했다. 연일 소식을 전하던 뉴스도 후속 조치가 마무리되어 대부분 일상으로 복귀했다는 보도가 마지막이었다. 나는 여전히 그날 이후 시간이 싹둑 잘려 나간 것 같았다.

게슴츠레 눈을 떴다. 익숙한 건물이 보이자 학교에 가는 길이라는 게 떠올랐다. 학교에 가려면 아직 몇 정거장 더 남았다. 중간에 여자에게 들러 가방을 주고 가도 될지 알 수 없었다. 생각에 빠져들 만하면 어김없이 버스 문이 열렸다. 그때마다 찬 바람이 몰려와 종아리 쪽에서 요동치듯 맴돌았다. 냉기는 문이 닫히고 나서야 느리게 가라앉았다. 종아리가 시려 움직일 때마다 허벅지 위에 올려 둔 가방이 들썩였다. 가방을 가슴 쪽으로 끌어당겨 느슨하게 안았다.

다음 정류장에 도착했을 때 멀리서 종종걸음으로 오는 여자아이가 보였다. 얼굴까지 찡그리며 힘껏 뛰었지만 결국 타지는 못했다. 앞에 다다랐을 땐 뭘 끼워 넣을 틈도 없이 문이 닫혔다. 여자아이는 고집스럽게 다문 문을 탕탕 두드렸다. 그 소리에 모두 그쪽을 쳐다봤다. 여자아이의 숨이 창에 닿아 뿌옇게 흐려졌다. 창에 들러붙은 숨이 사라지자 버스는 더디게 움직였다. 그때부터 여자아이는 노골적으로 나를 노려봤다. 단지 안을 들여다보는 건가 싶었지만 시선은 분명 나를 향하고 있었다. 내가 아니꼽게 보이는지 아니면 비웃는 것으로 생각했는지 눈매가 사뭇 날카로웠다. 멀어질 때까지 고개를 틀

면서 계속 나를 주시했다. 시선을 피하고 싶었지만 마음
대로 되지 않았다.

남편이 봤다던 시선도 비슷했을까.

사방이 연기로 가득 차서 보이는 게 없었을 텐데도
남편은 눈빛을 정확히 기억하고 있었다. 잘못 본 거라고
하면 할수록 기억은 세밀하게 돋아났다. 틈이 보이면 금
세 메우고 무성하게 자라나기만 했다. 아이가 재킷을 잡
아당기던 느낌에까지 닿으면 남편은 어디로 휩쓸려 갈
것처럼 몸서리를 쳤다. 내가 붙잡으면 남편은 뿌리치려
고 더 뒤흔들었다. 아이만 남편에게서 떨어져 나가도 훨
씬 나을 것 같았다. 남편이 종이에 그 아이는 살아 있느
냐고 적을 때마다 난감했다. 죽었다고도 할 수 없었고
살아 있다고 하면 당장 데려오라고 난리 칠 게 빤했다.
뿌리치고 온 아이에게만 미안하고 나한테는 아무렇지
도 않은지 묻고 싶은 걸 매번 꾹 눌러 삼켰다. 지하상가
여자라면 서슴없이 따져 물었을지도 몰랐다.

지하상가는 신속하게 수리를 끝냈다. 분수대까지 들
어서자 이젠 안에서 무슨 일이 있었는지 짐작할 수 없을
정도로 휘황찬란해졌다. 몇몇은 이참에 낡은 상가를 새
단장하게 되어 잘됐다고 수군거렸다. 누군가 그 목소리
를 찾아 눈을 흘겼지만 그뿐이었다. 이제 사고를 입에 올
리는 사람은 없었다. 끝내 사고를 잊지 못한 사람들은 떠

났고 남은 이들은 새로 시작할 생각에 들뜬 표정을 여과 없이 내보였다. 다들 그만한 시간이 흘렀다고 생각했다.

떠난 자리는 뜨내기들이 채웠다. 그들은 종일 활달한 표정으로 오가는 사람들을 부지런히 쳐다봤다. 그러다 누구 하나라도 소리를 지르면 갑자기 사방에서 폭죽처럼 목소리가 팡팡 터졌다. 목소리는 오가는 사람이 별로 없어도 치솟았다. 목소리로라도 상가를 채우려는 것처럼. 수연도 그런 무리 중 하나였다.

"거봐, 잘 팔릴 거라고 했지?"

달걀을 든 수연의 목소리는 여전히 또랑또랑했다. 수연은 장사한 지 오래되지 않아 목소리를 높여야 할 때와 아낄 때를 구분하지 못했다. 사람이 지나갈 때마다 무작정 소리부터 질렀다. 가끔 목소리가 겹쳐 합창처럼 들리기도 했다. 여러 겹의 목소리는 매일매일 여자에게 닿았다. 여자는 그 소리가 비명처럼 울려 방 안까지 스며들까 봐 맘을 졸였다. 그렇다고 문을 완전히 닫아 놓을 수도 없었다.

수연의 말대로 달걀은 잘 팔렸다. 삶은 달걀이야 간식 삼아 사 간다고 해도 날달걀도 잘 팔릴 줄은 몰랐다. 문을 열기 전 사 가는 사람도 있었고 버티다가 도저히 안 되겠다 싶어 갈라진 목소리를 품고 오는 사람도 있었다. 나중엔 하루에 두 번씩 사러 오는 사람도 생겼다. 이제 한 판으로는 부족할 것 같았다.

속이 텅 비어 있는 것 같은데도 쪽쪽거리는 소리가 멈추지 않았다. 그게 대답을 재촉하는 것처럼 들렸다. 수연은 달걀을 하나 더 달라고 했다. 여자의 손길은 머뭇거렸다. 달걀을 고를 때마다 더러 헷갈렸기 때문이다. 그래서 가끔 날달걀 대신 삶은 달걀을 잘못 건네기도 했다. 그때마다 잘 구분해 둬야겠다고 생각했지만 돌아서면 잊었다. 달걀을 건네면서도 여자는 마땅한 대답이 떠오르지 않았다. 그래도 가게에 나와 있는데 창고에 불은 왜 켜 두느냐고 물었을 때보단 나았다. 그때도 수연은 대답을 듣지 않고 날달걀만 먹고 있었다.

수연에게 건넨 건 또 삶은 달걀이었다. 수연은 눈을 흡뜨고 다른 달걀을 집어 한쪽에 두었다.

"벌써 봄이야?"

여자는 공연히 수연의 샛노란 카디건을 보며 물었다. 수연은 달걀 껍데기를 까면서 입고 있는 카디건을 힐끔거렸다.

"언니, 봄 돼서 봄옷 팔면 늦어. 봄 되면 여름옷 팔아야지."

지하상가 끝은 계절을 짐작할 수 없었다. 그래도 여자는 슬그머니 봄이 오는가 싶었다. 완연한 봄이 오면 밖에 나가 보지 않아도, 수연이 여름옷을 팔고 있지 않아도 알 것 같았다. 은근슬쩍 무탈하게 넘어갈 수 있을까. 그때 안에서 부스럭거리는 소리가 흘러나왔다. 고개를 돌리던 여자는 수연의 표정부터 살폈다. 수연이 물으면 텔레비전에서 나는 소리라고 하면 그뿐이라 생각했다. 수연은 반쯤 남은 껍데기를 벗기느라 눈치채지 못한 것 같았다.

오랜만에 모인 자리에서 부상자 가족들과 유가족들 표정은 한꺼번에 일렁였다. 딱히 오가는 말은 없었다. 힐끗거리다 눈이 마주쳐도 딴청을 피울 뿐이었다. 얼마 전부터 뭉쳐 있는 것보다 따로 떨어져 있는 게 나을지도 모른다는 말이 공공연하게 나돌았다. 언니가 입을 뗀 다음부터였다.

"같이 있어 봐야 그때 생각만 나는 거지, 뭐……."

딸애가 살아 있었으면 지금쯤 결혼했을 거란 얘기가 이어졌지만 못 들은 척했다. 배 속에 아이를 품었을지도 모른다며 언니가 두툼한 손을 얼굴에 가져가는 것까지 보곤 아예 반대편으로 돌아앉았다. 계속 보고 있으면 언니는 나를 보며 또 "어떻게든 살아만 있어도……." 라고 할 게 분명했다. 목소리는 부러움을 지나 책망으로 이어지는 듯했다. 지금 어디서 뭘 하며 사느냐고 물어서 답했을 때도 언니는 그랬다.

"거기서 뭘 한다고? 제정신이야? ……아니다. 그래, 살아만 있으면 뭔들……."

생존자들은 거의 다 누군가를 뿌리치거나 밟고 빠져

나온 사람들이었다. 허리띠 잡은 손을 내치고, 그래도 안 되면 허리띠를 풀고서라도 탈출했다. 누군가의 머리를 밟고 쓰러진 사람들을 타고 넘었을 것이다. 그렇게 나와 처음에는 검게 그을린 몸을 닦고 안에 쌓인 불순물을 긁어내는 데만 몰두했다. 그러다 시간이 흐를수록 골몰하게 되는 건 그날 밟은 게 무릎일까 아니면 머리일까 하는 것이었다. 질문은 뿌리친 사람의 생사로 이어졌다. 우리도 누군가에게 밟혔고 내쳐졌다고, 어쩔 수 없었다고 해도 무너지지 않는 질문이었다. 끝까지 답을 구할 수 없을 테지만 그래서 떨쳐 버리기 힘들었다. 언니도 나도 모르지 않았다.

언젠가 종일 이름 모를 아이에게 얽매여 있던 남편에게 말해 줬다. 언니가 도움이 될 거라며 해 주라던 얘기였다. 아이가 있었다고 해도 그건 당신이 아니라 불을 낸 사람의 잘못이라고. 그리고 그 사람은 죗값을 치르고 있다고 또박또박. 혹시라도 비명처럼 들릴까 봐 중간중간 목소리를 낮추는 것도 잊지 않았다. 남편 표정엔 바람 한 점 불지 않았다. 쉬어 빠진 목소리조차 내지 않았다. 그때 어렴풋이 짐작했다. 남편은 불낸 사람한테 화난 게 아닐지도 몰랐다.

"전달 사항이 있으니 이동하지 마세요."

대표의 목소리에도 사람들은 마주 보지 않았다. 누구한테 이런 얘기를 하나 싶어 억지로라도 마주 앉은 적도 있었다. 남편은 대책 위원회를 들락거리면서 부상자 가족들과 어울리는 걸 꺼리는 눈치였다. 주변에 들킬까 봐 걱정하는 것도 같았다. 비슷한 걱정을 하는 사람이 많은지 언제부턴가 밖에서 마주쳐도 서로 아는 척하지 않았다. 모임에서도 꼭 얘기를 나눠야 할 때면 속삭이듯 말했다. 어느새 목소리는 남편과 닮아 갔다.

남편은 노동력 일부를 상실했다는 판정을 받았다. 나는 노동력이 아니라 표정이나 목소리, 감정, 시간 같은 걸 그보다 더 큰 수치로 상실했다고 생각했다. 그래도 끝내 회복할 거라고 생각했다. 한동안 괜찮아지던 때도 있었다. 그땐 이제 불을 끄고 문을 닫아 둬도 괜찮지 않을까 하는 기대마저 들었다. 둘 중 하나만이라도. 하지만 엘리베이터 안에서 어깨에 손이라도 올리면 남편은 그 자리에 주저앉았다. 생선을 구울 때 나는 연기에 얼굴이 뻘겋게 달아오르기도 했다. 멀어지는가 싶다가도 매번 다시 가까워지고 있었다. 그래도 시간이 더 지나면 정말 그런 일이 있었나 싶을 정도로 멀어질 줄 알았다. 하지만 그건 수리가 말끔히 끝난 사고 현장뿐이었다.

아이에게 이런 아빠가 있다는 걸 얘기하면 상황이 달라지려나. 아이는 이해받을지도 몰랐다. 나도 고개를 덜 숙여도 괜찮지 않을까. 머리를 흔들고 허리를 꼿꼿이 세웠다. 불리한 순간에 꺼내려고 하는 게 남편 사고라니. 처음에는 누구에게라도 우리 집은 사고와 관계없다고 잡아뗐다. 그러다 결국 그건 우리 잘못이 아니라며 울먹였다. 보험료에 문제가 생겼을 때는 울음을 감추고 따졌다. 일부러 사고를 당한 것도 아닌데 왜요? 대체 뭐가 문젠데요? 남편도 내게 몇 번이고 따졌다. 그건 내 짐작일 뿐 정확히는 따지는 듯한 신음을 냈다. 그때마다 대꾸해 주지 않으면 꺼칠꺼칠한 바닥과 마찰하는 목소리가 멈추지 않았다. 더 크게 내지르고 싶어 하는 것 같았지만 점점 희미해져 나중엔 억지로 쥐어 짜낸 목소리뿐이었다. 사고 당시 아무것도 보이지 않는 데다가 소리를 질러도 대답하는 사람이 없었을 거라고 했다. 그러니 부를 때마다 대답이 없으면 겨우 덮어 두었던 불안이 터지는 것이었다. 언니 얘기를 되새겨 봐도 나아지는 건 없었다. 누군가를 찾는 목소리만 있고 정작 대답하는 사람은 없었던 지하. 어쩐지 그건 수리가 끝난 지금도 마찬가지인 듯했다.

대표가 돌아왔다. 사람들은 술렁이기만 할 뿐 한자리에 모이진 않았다. 다들 그저 이 자리를 어서 벗어나고 싶은 것처럼 보였다. 대표는 칠판에 시간과 장소를 적었다. 첫 추모 행사인데도 여전히 시선은 흐트러져 있었다. 이번에 새로운 대책이 나왔다는 말에서야 슬금슬금 자리를 옮겨 앉았다.

"이제 그럴 때가 되었다고 생각하는 것 같아요."

대표가 각자 준비해야 할 물품을 일러 주는 동안에

도 아무도 먼저 입을 열지 않았다. 몇몇은 이 대책이 좋은지 아닌지 분간할 수 없는 눈치였다. 뉴스나 지역 신문에서 대책을 다뤄 줄 테니 사건을 한 번 더 환기할 기회일지도 몰랐다. 이참에 그사이 일부 불합리한 방식으로 처리된 과정이나 봉합되지 않은 상처가 수면 위로 드러날 수도 있었다. 그런 면에서 기꺼이 찬성해야 할 것 같았지만 한편으론 꼭 막아 내야만 할 일처럼 보였다. '그럴 때'를 둘러싼 입장이 제각각이었다. 누군가에게는 충분한 시간이 한쪽에선 여전히 부족하게만 느껴졌다.

시간이 제법 흘렀다고 생각했지만 고작 두 정거장을 지났을 뿐이었다. 이제 승객은 나 혼자뿐이었다. 늦기 전에 도착할 수 있을까. 시계를 보니 아슬아슬했다. 밖은 이미 어둑해지고 있었다. 군데군데 가로등이 켜졌다. 멀리 유난히 번쩍이는 자리가 눈에 들어왔다. 저기 어디쯤일 것이었다. 여자는 벌써 도착했을지도 몰랐다.

지하상가를 오가는 사람들은 늘어날 기미가 보이지 않았다. 경품 이벤트와 무료 주차를 내세웠지만 발길을 끌어모으진 못했다. 목소리를 높여 구경이나 하고 가라고 외치고 싶어도 이젠 부를 사람이 거의 없었다. 한번은 수연이 지나가는 사람도 없는데 괜히 "언니, 이것 좀 보고 가."라고 외쳐 봤다. 그러자 여기저기서 메아리처럼 언니를 부르는 소리가 울렸다. 수연은 멀리 지구 반대편까지 언니를 부르는 소리가 이어진 것 같다고 덧붙였다. 대답하는 사람은 아무도 없었다. 여자는 짐작을 이어 나가다 인상을 구겼다.

덩달아 날달걀을 사 가는 사람도 줄었다. 여자는 남은 달걀을 삶아서 내놓았다. 그마저도 팔리지 않아 또 남았다. 그런 건 안쪽 방에 슬그머니 밀어 넣었다. 일순 쇳소리가 흘러나오면 여자는 돌아섰다. 종종 삶은 걸 넣었는지 날달걀을 넣었는지 헷갈렸다.

얼마 되지 않아 관리비 내는 것도 만만찮아졌다. 그쯤 가게 안으로 대여섯 명의 학생들이 무리 지어 들어섰다. 기어이 모두 들어올 셈인지 꾸역꾸역 밀고 들어왔다. 여자는 주춤거리면서 조금씩 물러섰다. 그러면 다른 학생들이 빈자리를 메웠다. 덩치 큰 학생이 앞을 막고 선 바람에 제대로 보이는 게 없었다. 우유라도 하나씩 살 줄 알았는데 한쪽 끝에 있던 학생이 겨우 껌 한 통을 내밀 뿐이었다. 수연이 입이 심심할 땐 껌이 최고라고 해서 들여놓았지만 두 번째 팔리는 것이었다.

거스름돈을 내주자 밖으로 나가는 일이 문제였다. 왁자지껄한 가운데 누군가 발이 밟혔는지 날카로운 비명이 들렸다. 얼굴을 확인하려는 사이 비명은 가게를 쪼갤 듯이 이어졌다. 소란은 좀처럼 가라앉지 않았다. 여자가 날 선 시선을 보내자 겨우 느럭느럭 움직였다. 반쯤 나갔을 때 안에서 글그렁거리는 소리가 튀어나왔다. 학생들은 서로 눈짓을 주고받다가 안쪽에 딸린 방으로 시선을 모았다. 그때 더 거칠어진 소리가 제법 굵직하게 울렸다. 소리는 몸을 우그러뜨릴 듯 사나워졌다. 그제야 학생들은 서둘러 버르적거리며 가게를 빠져나갔다. 담배 몇 갑이 없어졌다는 건 저녁쯤에야 알아챘다.

학생들이 사라지고 나서야 숨을 고른 여자는 봄이 멀지 않았다는 걸 알 수 있었다.

날짜에 대한 감각은 무뎌질 줄 알았다. 처음에는 시간까지 정확하던 기억이 차츰 3월의 어느 날이었던 걸로 희미해지고, 다시 그 위에 한 겹이 더 얹혀 아직 쌀쌀하던 아침으로 닳고 닳을 줄 알았다. 그러다 이내 그게 언제였더라, 오래전 일이었지 정도가 되리라는 것을 의심하지 않았다. 기억은 모난 구석 없이 둥글어지다가 결국 녹아내릴 것이었다. 한동안 그런 식으로 차근차근 멀어지고 있었다. 내년에는 더 멀어질 것이고 이대로라면 아이가 대학에 갈 때쯤엔 완전히 사라질 수도 있었다. 떠올리기 어렵거나 떠올려도 무덤덤해질 때까지 내버려두는 것 말곤 기대할 게 없었다. 하지만 무뎌지던 기억은 느닷없이 날카롭게 벼려졌다. 오랫동안 닳았던 기억은 한순간에 날이 섰다. 아예 잘라내 버리려고 발버둥 쳤지만 그럴수록 온전한 형태를 갖추고 벌떡 일어났다. 다들 그런지 묻고 싶었지만 꾹 눌러 삼켰다. 입 밖으로 내뱉는 순간 끝내 멀어지지 않을 것만 같았다.

3월에 들어서자 남편의 몸이 먼저 말을 걸었다. 퉁퉁 부은 얼굴과 벌겋게 달아오른 목덜미가 차례차례 물었다. 오늘이 며칠이냐고. 기침 소리도 굵어졌고 한동안 잠깐씩 불을 끄던 것도 아예 종일 켜 두어야만 했다. 얼마 전부턴 유난히 더 들끓었다. 아무래도 이번에 나온 대책 때문인 것 같았다. 뉴스에서 전하는 얘기를 남편이 모를 리 없었다. 얼마 전 발생한 추돌 사고와 최근 밝혀진 비리에 밀려 끄트머리에 잠깐 언급되고 말았지만 놓치지 않았을 것이었다. 남편은 다시 숨을 참았다. 대책대로 진행된다면 잊을 방법은 없었다. 남편은 우리 아이보다 얼굴도 모르는 다른 아이를 더 오랫동안 끝까지 기억하며 살아야 할 것이었다.

다음 날 수연은 소문을 전해 줬다. 여자가 방에서 몰래 개를 키운다는 소문이었다. 여자는 억지로 입가를 쌜룩거렸다. 수연의 표정은 흔들리지 않았다. 쇳소리 정체가 밝혀지면 상가에서 쫓겨날지도 몰랐다. 수연이 안쪽 방을 들여다보려는지 고개를 뺐다. 여자는 방 쪽으로 몸을 옮겼다.

"창고에 불이랑 텔레비전까지 켜 둬서 그런가 봐."

그제야 수연은 물러진 표정으로 달걀을 집어 들었다. 여자는 삶은 건지 아닌지 가늠해 봤다. 날달걀인 것을 확인하고는 시선이 헐거워졌다. 그러고 보니 수연의 옷

차림이 전보다 부쩍 가벼웠다.

수연이 나가고 얼마 지나지 않았을 때였다. 앳된 얼굴에 땅딸막한데 덩치만 큰 남자가 가게를 기웃거렸다. 눈인사를 건네자 안으로 들어선 덩치는 방 쪽으로 한 발자국 다가섰다. 가게 안이 꽉 찬 것 같았다. 여자는 슬쩍 방 앞을 가로막았다. 또 무슨 소리라도 새어 나올까 봐 조마조마했다. 덩치의 시선이 어깨를 넘기 전 물었다.

"뭐 필요해요?"

뒤늦게 격앙된 목소리가 공격적으로 들릴 수도 있다는 생각이 일었다. 덩치가 천천히 입을 열었다. 뭘 얘기하든 무조건 없다고 할 작정이었다.

"여기도 요즘 장사 안 되지?"

여자는 덩치의 얼굴을 뜯어보았다. 어디선가 본 듯도 했는데 다시 보니 아예 모르는 얼굴이었다. 여자보다 어려 보인다는 것 말곤 딱히 더 볼 만한 구석이 없었다. 여자는 "그냥, 뭐……." 하면서 말끝을 흐렸다. 반말을 해야 할지 존댓말을 해야 할지 망설여졌다. 관리 사무소 얘기와는 달리 손님은 줄기만 했다. 여자는 흐려져 가는 뒷말을 잡아채 상황이 심각하다고 야무지게 끝을 맺었다. 그 말을 기다렸던 것처럼 덩치는 종이를 내밀었다. 들어올 땐 빈손이었던 것 같은데 갑자기 어디서 튀어나왔는지 알 수 없었다. 여자는 덩치와 종이를 번갈아 가며 쳐다봤다. 덩치가 눈짓을 하자 종이에 쓰인 문장을 들여다봤다. 한 장에 많은 내용을 넣으려다 보니 글씨가 너무 작았다.

"이게 다 그 대책 때문이라니까. 가뜩이나 손님이 없는데 그런 게 있으면 나 같아도 여기 얼씬도 안 하겠네. 의미는 좋다 이거야. 그런데 왜 하필 여기냔 말이지."

덩치는 손가락으로 서명하는 쪽을 가리켰다. 수많은 이름이 서로 다른 필체로 적혀 있었다.

"그러니까 아줌마도 동참해. 한 명이라도 더 있어야 먹히니까. 이런 게 상가 번영회에서 하는 일 아니겠어?"

여자는 덩치가 말하는 그런 게 뭔지 찾으려고 종이를 더 가까이 들여다봤다. 굵게 쓰거나 밑줄 친 단어가 없어 처음부터 읽어야만 했다. 개를 키운다는 소문이 퍼졌는지도 몰랐다. 안쪽 방을 두고 하는 얘기일 수도 있다는 생각에 여자는 깊이 고개를 숙였다. 덩치는 그 모습을 동참한다는 뜻으로 읽은 것 같았다.

"회비는 계좌로 입금하면 돼. 아줌마는 다른 걸로 대신해도 괜찮고."

"다른 거면…… 어떤……?"

여자는 몇 문장 읽지도 못하고 덩치를 쳐다봤다. 덩치는 두리번거리다가 여자에게 다가섰다. 여자는 다시 고개를 숙였다. 그림자 때문에 글씨는 더 보이지 않았다. 그래도 중간에 있는 나열 8호는 알아볼 수 있었다. 그 자리엔 수연이 아닌 다른 이름의 서명이 있었다.

"달걀이 필요해. 효과가 직방이거든."

덩치의 목소리는 착 가라앉았다. 여자는 덩치가 목소리를 높일 때와 낮출 때를 구분할 줄 안다고 생각했다. 가만히 있자 덩치는 동의하는 걸로 알아들은 모양이었다.

"찜찜하면 아무 이름이나 써도 돼. 가만히 놔두면 지하상가는 진짜 끝장이야. 관리비 밀린 상가가 태반이라고."

덩치가 자세를 바꿨을 때 여자는 그런 게 뭔지 찾아냈다. 개나 방에 대한 소문은 아니었다.

담임 선생 목소리가 또렷하게 떠올랐다. 소리를 낼수록 목을 더 졸랐다고 하더라고요. 듣기 싫다면서요. 비명이 잦아들자 놔줬다는군요. 그동안 아이에게 잘 숨겨 왔다는 건 순전히 착각이었을까. 서둘러 여자에게 가봐야 했다. 문제를 끝맺지 않고선 아이를 만나 봐야 소용없었다. 떠밀리듯 정류장에 내렸다. 그쪽은 생각보다 훨씬 환했다. 무심코 보면 축제라도 벌이는 줄 알 것 같았다. 시간은 여전히 촉박했다. 가방만 건네주고 서둘러 빠져나와야 했다.

근처에 다다르니 둔중한 북소리가 들렸다. 그 뒤로 다른 악기들이 저마다 소리를 내고 있었지만 뒤죽박죽이었다. 꽹과리나 태평소 같았다. 그사이 북소리만이 박자를 맞췄다. 북소리와 가까워질수록 가방을 쥔 손에 힘이 들어갔다. 흐트러지지 않으려 애쓰는 바람에 걸음이 더 됐다. 손을 바꿀 때마다 엉거주춤하게 섰다가 겨우 다시 움직였다. 그때마다 인파에 휩쓸리지 않도록 주의를 기울여야 했다. 사람들 사이를 비집고 들어가니 양쪽으로 아는 얼굴이 보였다. 누군가 말을 걸어왔지만 학교에 남아 있는 아이를 떠올리며 걸음을 늦추지 않았다. 여자부터 찾아야 했다. 여기 어딘가에 있을 것이었다.

몇 걸음 내딛지 않아 멈춰 섰다. 추모비는 짐작보다 작고 낮았다. 건장한 남자보다 약간 큰 정도였다. 고작 이런 비석으로 기억을 묶어 둘 수 있다는 게 억울하기까지 했다. 비석에 새겨진 문장을 보려고 까치발을 하는 순간 뒤에서 울퉁불퉁한 목소리가 꽂혔다. 이걸 굳이 시내 한복판에 세워야 하는 거야? 사고 현장에 세워야 의미가 있다나 봐. 그럼 우리 같은 사람들은 먹고살 수가 있나. 둘 중 하나는 여자 목소리인 것 같았다. 돌아봤지만 얼굴은 보이지 않았다. 추모비 근처에서 웃고 떠들며 음식을 먹고 쇼핑을 즐길 사람은 없을 것이었다. 그렇지만 결코 잊어선 안 되는……

우왕좌왕하는 사이 사람들과 제멋대로 뒤섞였다. 겨우 자세를 바로잡다가도 이내 흐트러지기 일쑤였다. 한쪽 어깨가 눌리고 발을 밟혔다. 발을 빼내자 이번엔 노파가 등을 치며 지나갔다. 그 틈에 누군가 부르짖는 목소리가 솟구쳤다. 목소리는 서로 부딪혀 깨졌다. 사고 현장처럼 온전한 소리는 없었다. 어떤 소리도 소음으로 느껴질 듯했다. 그때 멀리 들려오던 쇳소리가 부쩍 억세졌다. 불을 끄거나 대꾸하지 않으면 남편이 안쪽 방에서 내던 소리였다. 듣기 싫어서 방문을 닫아 버리거나 사람들이 꾸역꾸역 밀려들 때면 더 거칠어지던 소리.

여자에게 가방만 넘기면 어서 떠나고 싶었다.

한참을 지척거리다 겨우 메가폰을 든 덩치를 만났다. 덩치는 바로 옆에 있는데도 메가폰에 대고 말했다. 목소리가 자꾸 뭉개져 알아듣기 어려웠다. 그 틈으로 북소리까지 끼어들었다. 사이사이 질척이는 환호도 빠지지 않았다. 뒤에 하는 말만 겨우 들렸다.

"……왜 이렇게 늦었냐니까."

우물쭈물하는 사이 덩치는 다짜고짜 가방을 빼앗았다. 그러더니 반대편에 대고 뭐라고 외쳤다. 곧 상가 사람들이 우르르 몰려와 가방 안에 손을 넣었다. 한꺼번에 두 개를 집어 들고 하나는 송곳니로 깨서 빨아 먹는 사람도 여럿이었다. 뒤늦게 수연도 끼어들었다.

"협의가 끝나지도 않았는데 여기 떡하니 세워 두면 어쩌자는 거야."

수연은 누구에게랄 것도 없이 쫑알거리다 돌아섰다. 그 말을 들으니 장사가 잘되어야 아이 학원도 보내고 남편 병원비도 댈 텐데 싶은 생각이 들었다. 월세 없이 관리비만 내면 되는데 그마저도 결국 밀렸다. 정기 검진을 받을 날도 얼마 안 남았는데⋯⋯. 지금 있는 돈으로 얼마나 더 버틸 수 있을지 알 수 없었다. 잘해 봐야 서너 달 혹은 반년. 생각은 그쯤에서 끊어졌다. 돌아선 수연은 내 얼굴을 쩨려보고 있었다.

"오늘 애 학교 가 봐야 해서 못 나온다고 하지 않았어?"

아이는 아직 학교에 있을까. 치료비를 물어 줘야 하려나. 멀쩡하다면 무슨 치료비를. 아니지. 겉으론 멀쩡해도⋯⋯. 아, 글쎄 적어도 내 아이는 절대 그럴 애가 아니라니까. 어쩌면 아빠에 대해 얼마나 알고 있냐고 물어봐야 할지도 몰랐다. 이제 가 봐야 했다. 달걀을 가져온 걸로 내 역할은 충분했다. 생각과는 달리 사람들에게 뒤채이면서 제자리에 서 있었다. 수연은 반대쪽을 눈짓으로 가리켰다. 그쪽으로 가라는 건지 거기에도 나눠주라는 건지 알 수 없었다.

"언닌 여기 있을 거야? 저쪽으로 가야 하는 거 아냐?"

가리키는 쪽을 바라보다가 시선을 비틀었다. 수연은 안쪽 방에 숨어 있던 사람이 누군지 알고 있었을까. 그래서 상가 번영회가 아니라 반대쪽에 있는 보상 대책 위원회나 부상자 가족 모임을 가리킨 것일지도 몰랐다.

나는 어느 쪽에 서야 할까. 여자는 어디에 있을까.

"수연, 잠깐만!"

무리 속에 파고든 수연은, 어쩌면 수연이 아닌 누군

가는 돌아보지 않았다. 북소리에 묻혔는지 아니면 내가 잘못 부른 건지 알 수 없었다.

어느새 가방 안에서 비린내가 올라왔다. 달걀 몇 개가 깨진 모양이었다. 오는 길에 부딪혔을지도 몰랐다. 깨진 걸 골라내려고 가방 안에 손을 넣는데 그 사이로 불쑥 두툼한 손이 끼어들었다. 올려다보니 조명을 등지고 있어 표정을 읽기 힘들었다. 그래도 언니라는 건 어렵지 않게 알 수 있었다. 언니는 왜 달걀을 집는지 묻고 싶었다. 그때 가방 안을 휘젓던 손끝에 날카로운 껍데기 조각이 만져졌다.

"추모비 같은 거 있어 봐야 생각만 더 나는 거지, 뭐. 이제 겨우 잊어 가는데…… 안 그래?"

언니가 물크러진 목소리로 말을 더 이었지만 쇳소리와 북소리가 동시에 울리는 바람에 못 들었다. 언니 뒤로 모임에서 봤던 사람들이 눈인사를 건네고 가방에 손을 넣었다. 나도 달걀을 집어 들어야 하는지 아닌지 망설여졌다. 빠져나가려 해도 비집고 나갈 틈이 보이지 않았다. 사람들에게 밀리는 바람에 다시 중앙을 향해 설 수밖에 없었다. 몇 겹의 함성이 울려 퍼지고 그 위로 애잔한 울음소리가 번졌다. 좀 전까지만 해도 쇳소리가 두드러졌지만 이젠 모두의 목소리가 비슷해졌다. 날달걀로도 어쩔 수 없는 목소리였다.

어느 순간 목소리가 뚝 끊겼다. 맨 앞에서 누군가 혼

자 고함을 쳤다. 귀 기울여 봐도 으깨진 발음만 들렸다. 이내 주변에 있던 사람들이 달걀을 던졌다. 퍽퍽 깨지는 소리가 불규칙하게 울리고 웅얼대는 소리가 그 위에 얹어졌다. 그제야 메가폰에서 나오는 소리가 분명하게 들렸다.

"투척, 투척!"

언니도 나를 힐끔 쳐다본 후 달걀을 던졌다. 어디선가 여자도 하나 던졌을까. 금세 비린내가 돌고 달걀 껍데기가 얼굴에 튀었다. 사람들 사이로 얼룩덜룩해진 추모비가 보였다. 나도 얼떨결에 달걀을 던졌다. 왜 던지는지 달걀이 손을 떠난 다음부터 따져 봤다. 먹고살려면 장사가 잘되어야 하고. 남편도 하루빨리 기억에서 벗어나야 하니까. 그래도 다 잊고 없던 일처럼 여기면서 아무렇지 않게 살 순 없었다.

생각을 늦추기 전 달걀은 추모비에 닿았다. 내가 던진 달걀은 완전히 깨지지 않고 바닥으로 툭 떨어졌다. 바닥을 보니 그런 달걀이 꽤 있었다. 균열만 잔뜩 생기고 정작 둥근 모양은 그대로인. 그 사이로 흰자가 환하게 빛났다. 날달걀 사이 삶아 놓은 것이 제법 섞여 있었던 모양이다. 언니도 봤는지 갑자기 웃음을 터뜨렸다. 나도 옆에서 바람 빠지는 소리를 냈다. 상가 번영회 쪽에서도 비슷한 소리가 들렸다. 그러고 나니 나를 둘러싼 사람들이 모두 맹렬하게 웃고 있는 것처럼 들렸다. 거기

에 웃음을 보태다 보니 알 것 같았다. 여자가 어디에 있
는지.

수
납
의 기
초

아버지는 같은 자세로 누워 있었다. 마치 낯선 나라에서 기념일마다 즐겨 추는 춤을 추다 잠든 것 같았다. 비껴 보면 하늘을 날아오르려고 몸부림치는 듯했다. 한쪽 팔은 이불을 끌어안고 나머지 팔은 어정쩡하게 흐트러져 있었다. 왼쪽 다리는 곧게 뻗었다. 반대쪽은 고집스럽게 직각을 유지했다. 때에 따라 조금 벌어지거나 좁아졌지만 이내 직각으로 돌아왔다. 어떻게 봐도 잠을 자기엔 부적절해 보이는 자세였다.

다리 사이로 머리통 하나쯤 드나들 만한 공간이 있었다. 손이라도 넣으면 아버지는 순식간에 두 다리를 포갤 듯싶었다. 그러자 아버지는 덫을 놓고 먹이를 기다리는 곤충처럼 보였다. 다리 사이에 죽부인을 넣어 본 것은 그 때문이었다. 죽부인을 빼내려고 할 때쯤 아버지는 다리를 오므려 밀착시켰다. 아버지는 여름 내내 죽부인을 끼고 달게 잤다. 어느새 죽부인 한가운데가 잘록하게 들어갔다. 괜히 목덜미나 허리를 더듬었다. 뒤척이던 아버지가 여차하면 어디든 조를지도 몰랐다.

잠자리에 들 때부터 그 자세인 건 아니었다. 불을 끄기 전 아버지는 반대편으로 돌아누워 있거나 천장을 멀뚱멀뚱 보고 있었다. 스위치 앞에 서면 아버지는 내 쪽으로 느릿느릿 고개를 돌렸다. 눈이 마주치면 그게 신호라도 된 것처럼 불을 껐다. 나는 더듬거리면서 아버지 옆으로 기어갔다. 그동안 아버지는 조금도 움직이지 않았다. 자리에 누우면 겹치지 않는 숨소리만 가득했다. 그럼 정해진 서랍 안에 알맞게 수납된 연필 두 자루가 된 기분이었다. 버리려고 할 때마다 언제가 필요할지도 모른다는 생각 덕분에 남을 수 있었던 연필. 숨소리 끝에 아버지가 했던 말이 떠올랐다. 불이 꺼지면 가만히 있는 게 제일 안전하단다.

아버지 자세가 딱히 불편한 건 아니었다. 좁은 방에서도 좀처럼 몸이 닿지 않는 건 자세 덕분이었다. 그래서 한번은 혹시 옆에 누운 사람과 닿지 않는 자세일지도 모른다는 생각이 들었다. 그러자 그간 아버지와 나 사이에 보이지 않는 칸막이가 있었던 것 같았다. 그때 아버지처럼 자는 연습을 해야겠다고 다짐했다. 칸막이를 넘어 허벅지나 팔꿈치가 부딪혔던 건 매번 나 때문이었다. 자세는 생각보다 훨씬 불편해 벌을 받는 기분이었다. 이내 온몸이 경직돼 잠이 달아났다. 이런 불편을 참아 가면서까지 나와 닿고 싶지 않았던 걸까.

엄마는 "결국 너도 별수 없이 아버지랑 똑 닮아 가는구나."라고 했다. 자세를 두고 한 얘기겠지만 내게는 둘 다 돈을 벌어 오지 않는 것을 두고 에둘러 한탄한 것처럼 들렸다. 순간 수납의 첫 번째 기준이 떠올랐다.

같은 물건은 한곳에 보관할 것.

눈을 낮추면 금세 취직이 될 줄 알았지만 계속 서류 전형에서 떨어졌다. 얼마나 낮춰야 하는지 가늠하면서 일단 계약직이라도 들어가는 게 나을지 따져 봤다. 그때 엄마는 누구에게랄 것도 없이 "확 갖다 버릴 수도 없고!"라고 외쳤다. 앞으로 사용하지 않을 거라는 확신에도 버릴 수 없는 물건이 있다고 했다. 이를테면 기념할 만한 가치가 충분하다고 여기는 손목시계나 추억이 서려 있는 저금통 같은. 비싸게 주고 샀다거나 아직 완전히 망가지진 않았다는 것도 그럴듯한 이유였다. 나는 어느 쪽에 속할지 따져 보면서 아버지를 봤다. 눈이 마주친 아버지는 시선을 틀었다. 엄마 앞에는 전기밥솥이 있었다. 밥은 엉망이었지만 못 먹을 정도는 아니었다. 그래서 여전히 남아 있었다.

기지개를 켜는 아버지에게 물었다. 아버지는 종일 덫

을 놓고 기다렸지만 아무것도 잡지 못한 표정이었다.

"왜 그렇게 주무세요?"

"뭐가?"

"그러니까…… 다리 사이에 뭔가 낀 것처럼…… 동그랗게…… 사이는 요만큼 벌어진."

"내가?"

그사이 아버지는 자세를 잡아 갔다. 이내 표정이 환해졌다.

"학 자세 말이구나."

"학이요?"

"예전에 말해 준 적 있는데."

"언제요?"

"높은 곳에 올라가면 안 무섭냐고 물어봤을 때."

아버지는 제대로 서서 자세를 고쳐 잡았다. 어딘지 모르게 허리 디스크 환자를 위한 요가 동작인 듯했고 한편으론 상한 것을 먹어 속이 불편한 사람 같았다. 일반적인 규격을 벗어나 수납하기 곤란한 잡화처럼 보였다. 흐물흐물하던 자세는 이내 견고해졌다. 다리 사이 공간이 확연히 좁아졌다. 아버지는 흔들리지 않고 한참을 서 있었다. 누가 떠밀어도 깨지지 않을, 버리려고 달려들어도 절대 버려지지 않을 균형이었다.

학 자세만 제대로 할 줄 알면 높은 곳에서 떨어질 일은 없다고 했다. 한쪽 다리는 가로로 누운 파이프를 딛고 나머지 다리로 세로로 선 파이프를 감으면 안전하다는 것이었다. 나는 학 자세가 이력서를 넣었을 때도 떨어지지 않게 해 주면 좋겠다고 생각했다. 생각은 정글짐이나 철봉에서 균형을 잃었을 때 학 자세 덕분에 떨어지지 않았던 기억으로 미끄러졌다. 예전에는 높은 곳에서 떨어지지 않으려고 그랬다지만 지금은 왜 학 자세를 하는지 알 수 없었다. 아버지는 내가 중얼거리던 목소리를 낚아채듯 대답했다.

"습관이지, 뭐."

목소리 끝에 허공에 떠 있는 아버지가 어렴풋이 떠올렸다. 우렁찬 기계 소리와 반쯤 허물어진 벽은 선명했지만 얼굴은 희미하기만 했다. 아버지는 입김만 불어도 날아갈 것 같았다.

건물을 올려다보고 있으니 햇빛이 몸을 뚫고 지나가는 듯했다. 시선을 낮추고 손으로 차양을 만들었다. 그제야 얼룩진 작업복과 여기저기 뭉쳐 있던 소음과 바퀴가 내 몸집보다 큰 트럭이 지워지고 아버지만 도드라졌다. 4층이나 5층, 어쩌면 그보다 더 높이 있던 아버지는 아무것도 의지하지 않고 혼자 꼿꼿하게 서 있었다. 얼마나 높이 있는 건지 다시 한번 층수를 헤아려 봤지만 헛수고였다. 철거 중인 건물은 형체를 분간하기 어려웠다. 층과 층 사이의 경계는 뭉개져 있었다. 그때 아버지가 나를 알아보고 손을 흔들다가 이내 통통거리며 아래로 내려왔다. 이제껏 그때의 아버지처럼 가볍고 발랄한 몸짓을 본 적이 없었다.

옆에 바짝 붙어 있던 아버지를 여전히 삼사 층 높이에서 보듯 건너다봤다. 아버지는 철거되기 전 모습을 잊지 않으려고 애써도 소용없다고 했다. 모텔이든 연립이든 철거에 들어가 균열이 생기면 다 비슷해졌다.

"나중엔 다 거기서 거기야. 세상에 낡지 않는 건물은 없으니까."

그 말이 비밀이나 암시처럼 들렸다.

아버지가 처음부터 높은 곳에 올라갔던 건 아니었다. 지금보다 훨씬 젊었던, 그래도 해 놓은 것 하나 없이 나이만 먹었다고 조바심 내던 아버지는 현장 주변에서 차량을 정리했다. 빛나는 형광 조끼를 입고 손을 번쩍 들어 올리면서 호루라기를 부는 게 일의 전부였다. 쉬워 보여도 같은 자리에 서 있는 게 고역이었다. 점심시간을 쪼개 부러 뜀박질하는 것도 그 때문이었다. 그쯤 친구들이 아버지는 뭐 하냐고 물으면 아버지가 없으면 교통사고가 날 거라고 했다. 친구들은 아버지를 경찰로 알고 있었다. 나는 경광봉도 휘두른다며 짐작을 부추겼다.

교통정리는 여간 성가신 일이 아니었다. 항의를 고스란히 듣고 일일이 사과까지 해야 했기 때문이다. 철거 현장에서 대화를 나눌 수 있는 사람이라곤 아버지뿐이었다. 다른 인부들은 너무 높이 있거나 기준치를 넘나드는 소음 때문에 알아들을 수 없었다. 알아듣더라도 부러 못 들은 척했다. 아버지도 그러려고 했지만 번번이 아연한 표정으로 돌아봤다. 철거가 진행될수록 차량 통제보다 항의를 듣는 일이 더 골치였다. 누구나 쉽게 할 수 있는 일이라고 했던 작업반장에게 따져 봐도 돌아오는 대답은 심드렁했다.

"누구나 욕먹을 수 있지. 당신만 예외야?"

한때 아버지는 엄마와 내게도 말끝마다 "너만 예외야?"라고 했다. 그게 현장에서 들은 말이었다는 건 나중에야 알았다.

얼얼한 얼굴을 숨기며 물러나자 작업반장은 사과할 때 쓸 수 있는 문장을 적어 둔 종이를 건네주었다. 오래전부터 여러 사람이 봐 온 탓인지 한쪽 귀퉁이가 나달나달했다. 이어지는 목소리는 소음 측정기에도 잡히지 않을 만큼 작았다. 그래서 도리어 또렷하게 남았다.

"그게 다 생각이 많아서 그래. 생각은 집에 가서 하고 여기선 일을 해야지."

지나가던 차 중에 몇몇은 기어이 창문을 내렸다. 운전자는 눈으로 먼저 아버지를 힐끗거린 다음 헛기침을 시작으로 욕지거리를 내뱉었다. 아버지는 나중에 근사한 차를 몰고 철거 현장을 지날 때면 똑같은 악담을 퍼주리라 다짐하며 버텼다. 항의는 길게 이어지지 않았다.

창문 너머로 뿌연 먼지가 떼를 지어 파고들었기 때문이
다. 어떨 땐 작업반장이 준 종이에 있는 두 번째 문장을
말하기도 전에 차가 휙 지나갔다. 아버지는 뒤에 이어
질 말을 우물거렸다. ……신속히 끝낼 수 있도록 최선
을 다하겠습니다. 언제부턴가 아버지의 다짐은 누군가
에게 사과를 받으면 일단 끝까지 들어 주겠다는 것으로
바뀌었다.

몇 달을 버틴 끝에 아버지는 물 뿌리는 일을 맡을 수
있었다. 작업반장은 철거 현장에는 항상 먼지가 일어나
니 매우 중요한 일이라고 강조했다. 먼지는 시야를 흐리
고 결국 민원이나 사고로 이어진다는 것이었다. 강조한
것에 비해 손에 쥐어지는 돈은 딱히 나아지지 않았다.
돌이켜 보면 작업반장은 교통정리를 시킬 때도 비슷하
게 말했다. 생명이 걸린 일이라고 겁부터 줬다. 그쯤 나
는 아버지가 하는 일이 뭔지 집요하게 캐물었다. 아버지
는 단호하게 잘라 답했다.

"어쨌든 아버지가 없으면 현장이 안 굴러가."

물이 뿜어지는 힘은 만만찮았다. 아버지는 자꾸 뒤
로 밀렸다. 우스워 보이지 않으려고 항상 다리에 힘을
꽉 주고 있었지만 아버지를 지켜보는 사람은 없었다. 그
래서 긴장을 풀고 힘을 느슨하게 빼는 사이 뒤로 나자빠
지기도 했다. 그 얘기를 할 때 아버지는 처음 마음가짐
이 얼마나 중요한지 얘기하다가 마지막엔 누가 보든 안

보든 열심히 해야 한다고 했다. 넘어지는 바람에 호스가 요동치면 인부들 작업복이 젖었다. 그제야 아버지 쪽으로 수많은 시선이 우르르 달려들었다. 이미 땀에 젖어 있어서 티가 나진 않았지만 작업반장은 그때를 놓치지 않고 쏘아붙였다. 그때 아버지는 모르는 사람과 아는 사람에게 먹는 욕이 다르다는 걸 깨달았다고 했다.

며칠 사이 아버지는 굴착기가 지나가는 자리마다 정확하게 물줄기를 뿜어낼 수 있었다. 익숙해지자 굴착기가 닿을 곳을 미리 알고 먼저 물을 뿌렸다. 아버지는 거들먹거리면서 내 명령에 따라 굴착기가 움직이는 것이라고 했다. 나는 굴착기 운전사가 쉬어야 비로소 아버지도 호스를 내려놓을 수 있다는 것을, 그래서 어떨 땐 서너 시간 동안 오줌을 참아야 한다는 것을 알았지만 모르는 척했다. 그러자 한 뼘쯤 어른이 된 기분이었다. 그사이 아버지는 오줌을 쌀 때도 정확한 방향과 적절한 세기를 고민하는 사람이 되었다. 그쯤 친구들에게 아버지는 소방관이었다.

고등학교에 들어가면서 아버지는 철거 현장 안으로 들어섰다. 역시 손에 쥐어지는 돈은 크게 달라지지 않았다. 그 대신 위험수당이 없었다. 간단하고 공정했다. 위험할수록 더 많은 돈을 버는 것. 안전해지려면 돈을 벌어야 했고 돈을 벌려면 위험해져야 했다. 그러고 보면 아버지는 높은 곳에 올라가지 않기 위해 더 높은 곳으로 올라가야만 했던 것일지도 몰랐다.

아버지는 파이프를 세워 만든 비계를 타고 올랐다. 금방이라도 떨어질 것 같다가 어느 순간 밀착되어 차근차근 멀어졌다. 두세 칸 정도까진 환호성을 지를 수 있었다. 하지만 더 높이 올라, 이제 거기가 끝이겠지 하는 순간 또 올라 우뚝 설 때는 아무 소리도 낼 수 없었다. 아버지는 끝내 따로 안전장치가 있다는 사실을 숨겼다. 그래서 시선을 뗄 수 없었다. 그동안 아버지는 여기저기 돌아다니며 막을 쳤다. 철거하는 동안 소음과 먼지를 줄여 줄 막이었다. 막이 다 쳐지고 나면 한동안 아버지를 볼 수 없었다. 바람에 따라 펄럭이는 막을 보고 있으면 마술처럼 건물과 함께 아버지가 사라져 버릴 것만 같았다. 매일 저녁 막을 뚫고 먼지를 잔뜩 뒤집어쓴 아버지가 나와도 걱정은 달라지지 않았다. 언제까지 그 안에 있어야 하느냐고 투덜거리면 아버지는 어딘가 적어 놓고 여러 번 연습한 것처럼 또박또박 말했다. 콘크리트 같은 묵직한 표정과는 달리 목소리는 먼지와 뒤엉킨 물방울 같았다.

"아무리 비워 내도 사람 하나 들어서면 순식간에 꽉 차는 거란다."

그땐 그게 철거한 건물을 두고 하는 말인지 아니면 삶이나 다른 걸 두고 하는 말인지 헷갈렸다. 공중에서 위태롭게 돌아다니는 아버지를 공중 곡예사라고 할 작정이었지만 이제 아버지를 궁금해하는 사람들은 없었다. 그 대신 나에 대해 캐물었다. 준비 중인 시험이나 앞으로의 지원 계획, 학점과 인턴 경험 같은 것들.

언젠가 아버지에게 물어봤을지도 몰랐다. 지금도 잊을 수 없는 욕설은 무엇인지, 가장 오랫동안 오줌을 참았던 건 몇 시간인지. 그러다 공중에 있으면 무섭진 않은지도 물어봤던 걸까. 대답을 이어 나가던 아버지가 학자세를 선보였던 모양이지만 그때가 도통 기억나지 않았다. 아버지가 집에만 있기 시작한 게 얼마나 됐는지도 가물가물했다. 언제부터 나와 같은 방에서 자기 시작했는지도.

아버지를 보고 있으면 그동안 철거했던 수많은 건물이 떠올랐다. 아버지가 길에서 멈칫하면 예전에 일한 현장이었다. 대개 흔적을 찾아볼 수 없을 만큼 으리으리한 건물이었고 공터로 남았거나 주차장이 된 자리도 있었다. 한번은 우중충한 건물 앞에 선 적이 있다. 자세히 보니 창문도 없었다. 아버지는 좀처럼 걸음을 이어 나가지 않았다.

"철거가 덜 된 모양이네요."

"짓다 만 거야."

무슨 사정이 있을 것이었다. 문득 아버지에게 난 의견 충돌로 철거가 중단된 건물과 이해관계 대립으로 공사가 지연된 건물 중 어디에 가까울지 궁금했다. 그러자 철거도 공사도 보류된 채 몇 년쯤 지나 흉물로 방치된 듯한 기분이었다. 처음에는 어떻게든 처리하려고 힘썼지만 어느새 익숙해져서 풍경의 일부가 되어 버린 건물.

입구에 안내문이 붙어 있었지만 아버지는 시선을 두지 않았다. 이제껏 아버지는 건물에 얽힌 사정을 듣지 않으려고 애썼다. 철거 작업에 별 도움이 되지 않기 때문이었다. 나는 내 형편을 묻지 않는 아버지를 그런 식으로 이해했다. 그러자 커다란 호스를 든 것처럼 다리에 힘이 들어갔다. 이 집으로 이사 온 날도 그랬다.

엄마는 아예 등을 돌리고 앉았다. 들썩이던 어깨는 잦아들지 않았다. 한숨을 내쉴 때만 주춤할 뿐이었다. 얼핏 보면 뭘 훔쳐 먹고 있는 사람처럼 보였고 무언가를 잘게 부수는 것도 같았다. 엄마는 서랍 안에 있던 걸 모조리 꺼내 놓고 하나씩 차곡차곡 넣었다가 다시 바닥에 늘어놓았다. 망치나 손거울이 일회용 접시와 함께 뒹굴었다. 어떻게 이 많은 물건이 고작 서랍 한 칸에 들어가 있었는지 의아했다. 그사이 엄마는 단칸방 시절로 거슬러 올라갔다. 그땐 지금의 절반도 안 되는 방에서 세 식구가 먹고살았다. 한 사람이 뒤척이거나 일어나면 모를 수 없던, 매스게임이라도 하듯 동작을 맞춰 나가야 했던 방이었다. 나는 그 시절이 제대로 떠오르지 않았다. 단칸방에 살았던 건 돌을 지나 어린이집에 들어가기 전까지였기 때문이다. 엄마는 다행이라 여겼고 아버지는 안타까워했다. 뭐가 안타깝냐고 물으면 목소리는 철거 현장 먼지처럼 뿌옜다.

"언제 또 그런 방에서 살아 보겠니."

아버지 말과는 달리 우리는 다시 그런 방에 살게 될지도 몰랐다.

아무리 예전 살림이 단출했다고 해도 고작 작은 장롱과 다섯 칸짜리 서랍장 안에 세 식구 물건이 다 들어가 있었다는 건 예의에 어긋난 농담 같았다. 하지만 서랍 한 칸에서 나온 물건이 바닥을 가득 메우는 걸 보니 아예 허튼소리는 아닌 모양이었다. 어느새 마스크, 환갑잔치 기념 수건, 양초가 나와 있었다. 모서리가 깨진 카메라와 함께 엄마는 단칸방에서 옴짝달싹하지 못한 채 서둘러 잠이 오기만을 기다리던 밤도 꺼냈다. 목소리는 부엌이 비좁아 매일 싱크대에 무릎을 부딪치는 바람에 멍이 가시지 않던 반지하 방과 주인집과 대문을 같이 쓰는 구조라 밤에 드나들 때면 발뒤꿈치에 동그랗게 뭉치던 긴장에 닿았다. 주인집은 저녁잠이 많아 그다지 늦지 않은 귀가에도 신경을 곤두세워야만 했다. 직전에 살던 집에 대해선 목소리를 슬그머니 낮췄다. 한 번 더 얼버무리다가 결국 폴짝 건너뛰었다. 엄마는 누구에게든 쏘아붙여야 하는데 먼지가 들어올까 봐 창문을 꾹 닫아 버리는 사람 같았다.

시선을 거두지 않자 엄마는 겨우 목소리를 보탰다.

"끝까지 네 아버지는 미안하다고 하지 않았어. 일곱 번째나 마지막 문장으로 말해 주길 기다렸는데."

엄마는 아버지 작업복에서 사과할 때 쓸 수 있는 문장이 적힌 종이를 봤을 것이다.

아버지에게는 하루에도 몇 번씩 사과하던 때가, 그 사과로 먹고살던 때가 있었다. 그쯤 사과에도 유행이 있고 구성이 필요하다고 생각했다. 모두에게 통하는 사과란 없다는 것도 알았다. 그때에도 엄마에게만큼은 전하지 않은 모양이었다. 엄마는 아버지가 너무 많은 사과를 하는 바람에 당신에게 할 사과를 놓쳤다고 생각했다. 한편으로는 돈 받고 하는 일에 익숙해지면 공짜로 하는 사과에는 인색해진다고도 했다.

"사과가 일인 사람이니 집에 와서는 일하고 싶지 않았을지도 모르지."

아버지가 놓쳤다고 생각하는 사과는 따로 있었다.

철거 현장에 들어서면서 아버지 몸은 긁힌 자국이나 멍으로 얼룩덜룩해졌다. 엄마가 어디서 그랬냐고 물으면 같이 일하던 사람 중 하나가 실수로 그랬을 거라고 중중거렸다. 대부분 누가 언제 그랬는지 알 수 없었지만 알았더라도 굳이 따지진 않았다. 일일이 잘잘못을 따지고 미안하다고 하기엔 시간이 촉박했기 때문이기도 했지만 아버지 생각은 다른 데에 있었다. 아버지도 실수로 누군가의 목이나 종아리에 깊고 얕은 상처를 냈을 것이었다.

"그러니 상처 준 만큼 돌려받은 셈 치고 넘어가는 게 효율적이지."

위험할수록 많은 돈을 벌고 그만큼 안전해지는 것처럼 공정하게 들렸다. 그쯤 엄마는 아버지가 용서를 구하지 않는 것도 얼마간 이해할 수 있었다. 부부란 서로 공평하게 상처를 주고받았다 치면서 늙어 가는 것일지도 몰랐다. 그래도 엄마는 이번만큼은 아버지가 꼭 사과해야 한다고 했다.

이제껏 조금씩이라도 방을 늘려 왔다. 옥탑에서 2층으로 갈 때도 있었고 월세에서 전세로 가던 날도 있었다. 그만큼 세간도 늘려 왔다. 냉장고가 두 개로 늘자 엄마는 아무리 집 안을 채워 넣어도 사람 들이는 일에 비할 바가 못 된다고 했다. 그러니 일찍일찍 집에 들어오라고. 그때 셋이 주고받았던 옹골찬 웃음이 선명하게 남아 있다. 아버지가 철거 현장 안으로 깊숙이 들어가면서, 더 높이 올라가면서 살림살이도 나아진 셈이었다. 잦은 이사가 번거로워도 견딜 만했던 것은 그 때문이었다. 전세로 갈 때만 해도 엄마는 앞으로 조금만 버티면 우리 집을 가질 수 있을 거라는 데에 의심을 섞지 않았다.

이번에는 달랐다. 처음으로 방도 줄였고 전세에서 월세로 왔다. 원래 전세로 나온 집이었는데 보증금이 모자

라서 포기하려던 찰나 주인집이 보증금을 조절하고 약
간의 월세를 받겠다고 나섰다. 아버지가 대놓고 반색하
자마자 주인집은 내친김에 그 대신 문짝 수리는 알아서
들 하고 도배와 장판도 못 해 준다고 딱 잘라 말했다. 손
본다고 나아질 것도 없는 집이었다. 방이 두 개라고는
해도 억지로 갈라놓은 것처럼 좁았다. 주인집의 조심스
러운 고백이 아니었더라도 원래 거주할 목적으로 만들
어진 집이 아니라는 건 금방 알 수 있었다. 이대로라면
다시 반지하 방으로 가야 할 날도 멀지 않을 것 같았다.
얼마나 더 많은 건물을 부숴야 집을 살지 예상해 볼 때
쯤 아버지는 돌연 철거 현장에서 내쫓겼다.

　이사하기 며칠 전 엄마는 청소라도 해 둘 생각으로
집 안에 들어섰다. 거기에는 짐이 빠졌으니 방이 넓어
보일 거란 기대도 곁들어 있었다. 하지만 현관문을 열자
마자 우리가 가진 세간살이 중 소파를 들일 수 없다는
것을 깨달았다. 전세로 살게 된 기념으로 오랫동안 벼르
다 산 인조 가죽 소파였다. 울상을 짓던 엄마 옆에서 아
버지는 혼잣말처럼 중얼거렸다.
　"철거하려면 애먹을 집이네."
　엄마는 아버지를 째려봤다. 아버지는 화장실을 기웃
거리다가 창문을 열어 봤다. 엄마도 괜히 신발장을 여닫
았다. 어떻게든 괜찮은 구석을 찾아내려는 듯 집요해 보

였다. 그나마 깔끔하다고 생각했던 싱크대마저 시트지를 덕지덕지 덧붙여 놓은 것이었다. 심통 난 엄마는 방문을 닫고 나온 아버지에게 "왜요? 또 누가 있어요?"라고 앙칼지게 물었다. 아버지는 밍밍하게 웃는 것과는 달리 진중한 목소리를 냈다.

"아직도 믿지 않는 거야?"

아버지는 나를 힐끔거렸다. 나는 괜히 장판 무늬만 보고 있었다. 지나치게 화려해서 멀미가 날 지경이었다. 계속 들여다보니 무늬 틈에 찍히거나 긁힌 자국이 많다는 것을 알 수 있었다. 그사이 엄마는 콧방귀를 뀌며 돌아섰다. 이사할 집은 아버지가 봐도 철거를 염두에 두어야 할 집인 모양이었다. 그때 예전에 아버지가 했던 말이 두서없이 떠올랐다. 그중 방이 많을수록 어렵던 목소리를 되새겨 봤다. 작은 방이 다닥다닥 붙어 있는 건물이 제일 까다롭다고 했다. 철거를 두고 했던 말일 수도, 숨어 있는 사람을 찾아내는 걸 두고 했던 말일 수도 있었다.

소파를 시작으로 냉장고가 들어오기에도 아슬아슬하다는 것을 알게 되었다. 눈짐작으로 봤을 때는 그럭저럭 될 것 같았는데 반 뼘 정도가 모자랐다. 잴 때마다 차이가 생기긴 했지만 공간이 모자라는 건 달라지지 않았다. 발을 구르던 엄마는 줄자를 들고 집 안을 돌아다녔다. 커튼도 다시 맞춰야 했고 장식장은 포기해야만 했다. 애써 마련했던 가구들이 더없이 거추장스럽게만 느껴졌다. 식탁의 치수를 재던 엄마는 방을 서성이던 내 키도 쟀다. 어느새 양말에는 먼지가 한 움큼 엉겨 붙어 있었다.

이사 날 아버지가 현관문을 뜯어낸 다음 냉장고 문까지 분해하고 나서야 겨우 냉장고가 들어올 수 있었다. 따로 기술자를 불러야 한다고 했던 인부들은 박스를 든 채 엉거주춤했다. 냉장고는 싱크대보다 한 뼘 반이나 튀어나왔다. 화장실을 갈 때마다 냉장고가 거치적거렸다. 엄마는 그때마다 아버지를 노려봤다. 그 자리에선 아버지가 어디 있든 훤히 볼 수 있었다. 거실에 늘어져 있어도 안방에서 신문을 뒤적거리고 있어도. 그쯤 아버지는 이 집에는 숨을 만한 곳이 별로 없다는 걸 깨달았다고 했다. 엄마는 언제 마지막으로 입었는지 가물가물한, 하지만 언제 또 입을지 모를 한복을 매일 거실 한복판에서 마주하는 기분이었다. 게다가 오래전 외할머니가 큰맘 먹고 맞춰 준 거라 버려야겠다는 결심은 매번 허물어졌다.

책상이 들어올 때도 애를 먹었다. 아예 못 들어올 거 같으면 엄두도 안 낼 텐데 이번에도 고작 손가락 한두 마디만큼 모자랐다. 아버지는 나사 몇 개를 풀더니 순식간에 상판을 분리했다. 책상은 무리 없이 들어왔지만 다시 조립하는 데에 오랜 시간이 걸렸다. 아버지가 엉뚱한 나사를 자꾸 반대 방향으로 돌렸기 때문이다. 조립이 끝난 책상은 어딘지 모르게 엉성했다. 한쪽으로 기운 듯했고 글씨를 쓸 때마다 삐거덕거렸다. 현관문과 냉장고 문이라고 다르지 않았다. 여닫을 때마다 뻑뻑했고 천적을 경계하는 듯한 짐승 울음소리 같은 게 났다. 평생 뜯어내고 부술 줄만 알았지 도로 붙일 줄은 모르던 아버지였다.

"원래 뭐든 한번 분해하면 처음이랑 똑같이 되돌리긴 어려운 법이지."

아버지는 그 말을 남기고 의자를 가지러 나갔다. 물난리가 났던 동네의 철거 현장에서 주워 와 쓰던 것이었다. 의자는 분해하지 않고서도 들어올 수 있었다.

이사를 끝내고 엄마는 단칸방에 세 식구가 살던 때를 증명하듯 수납에 몰두했다. 엄마 말마따나 여기 가면 아빠 얼굴, 저기 가면 내 얼굴을 마주해야 할 만큼 좁은 집이었다. 집을 줄여 오는데도 장식장과 김치냉장고를 빼곤 전에 살던 집에 있던 물건을 모조리 가져왔으니 더 협소해 보였다. 그래도 버릴 계획은 없는 듯했다. 내가 중학생이 된 후론 거들떠보지도 않던 롤러스케이트까지 알뜰하게 챙겨 와 신발장에 꾸역꾸역 쑤셔 넣었다. 구두와 운동화는 구겨진 채 겹쳐 놓을 수밖에 없었다. 앞으로 롤러스케이트를 탈 일은 없을 거라고 해도 엄마는 거기에 얽힌 사연과 두면 다 쓸모 있다는 말로 버텼다. 곤충 도감이나 배드민턴 채를 볼 때도 그랬다. 아버지가 철거 현장을 떠나야 할 때도 비슷한 말을 했다.

"있으면 언젠가 어디에든 쓸모가 있겠죠."

그 말을 전할 때 목소리의 까슬까슬한 촉감, 일순 방향을 바꾼 바람, 일그러지는 듯하다가 금세 제자리를 찾은 표정까지 빠뜨리지 않고 기억났다.

행거는 티셔츠 하나만 얹어도 무너질 것처럼 빽빽했다. 그릇은 되는대로 탑처럼 쌓아 놨다. 무너뜨리지 않으려면 위에 얹어 놓은 것부터 차례차례 써야 했다. 화장실에는 샴푸 둘 자리 하나도 마땅찮았다. 아버지가 처음 화장실을 봤을 때 엄마에게 외치듯 "그래도 화장실은 넓네."라고 했지만 따로 베란다가 없어 세탁기까지 들여놔야 한다는 건 몰랐다. 섬유 유연제와 세탁 세제는 샴푸와 함께 바닥에 부려 놓아야만 했다. 거실에는 목이 꺾인 선풍기와 크리스마스트리가 나란히 누워 있었다. 엄마는 새삼 살림의 규모를 헤아리듯 찬찬히 집 안을 둘러봤다. 시선 끝에 아버지와 내가 잡혔다. 그러고 보니 예전 집에서는 각자 방을 하나씩 차지했지만 이제 누군가는 방을 같이 써야 했다. 그때까지만 해도 당연히 엄마와 아버지가 같은 방을 쓸 줄 알았다.

엄마의 수납 방식은 모두 꺼내 놓은 다음 하나하나 다시 넣는 것이었다. 그런다고 없던 공간이 생기는 건 아니었지만 적어도 물건을 정확히 파악해 구체적인 목표를 정할 순 있었다. 여전히 식탁 위엔 자리를 찾지 못한 냄비와 프라이팬이 겹쳐 있었고 주전자는 소파 위에 누워 있었다. 아버지와 나는 소파 옆에 쭈그리고 앉았다. 며칠이 지나도 집 안은 이사 온 날과 다르지 않았다. 누가 들여다봤다면 도둑이 들쑤시고 갔다고 생각할지도 몰랐다.

일주일쯤 지났을 때 엄마는 밖에서 책 한 권을 들고 왔다. 앉은자리에서 절반쯤 훑어보더니 바닥에 놓아 두었던 액자를 만지작거렸다. 아버지가 가져온 액자였다.

'완벽은 뺄 것이 없을 때 완성된다.'

액자 속 글씨는 수상해 보였다. 여기저기 삐뚤어진 구석이 많은 데다 글자 사이 간격도 제멋대로였다. 큼직하게 쓴 '완벽'과는 달리 '없을'부터는 확연하게 작아졌다. 작은 글씨를 보려고 가까이 다가갔을 때 액자 테두리에 입혀진 금박이 거의 벗겨져 있다는 걸 알았다.

철거 회사에서 쫓겨날 때 아버지가 떼어 온 것이라곤 액자뿐이었다. 사무실에 들어서면 가장 먼저 눈에 띄던 액자였다. 사장이 바뀌고 인부들이 여러 번 물갈이되면서 처음에 누가 달아 놓은 건지 아는 사람은 없었다. 아버지가 액자를 떼어 내려고 덤빌 때 사장과 인부들이 한꺼번에 달려들었다. 연장을 든 아버지는 사무실을 철거하려는 사람처럼 보였기 때문이다. 예전에 쫓겨난 인부들처럼 출입문이라도 박살 낼 줄 알았던 아버지는 고작 액자 하나만 떼어 내고 돌아섰을 뿐이었다. 절뚝거리며 멀어지는 뒷모습을 보던 몇몇 인부들은 머쓱한 목소리를 주고받았다.

"여전히 뭐 떼어 내는 솜씨 하난 깔끔하네."

연립 작업이 끝나면 다음 달부터 터미널 철거에 투입될 예정이었던 아버지는 한동안 집 안에만 틀어박혀 있었다. 아버지 없인 안 굴러간다던 철거 현장은 예정보다 빨리 터미널을 해체했다. 아버지는 가끔 터미널이 사라진 자리를 어슬렁댔다. 걸음마다 잊고 있었던 작업 요령을 하나씩 떠올렸다.

철거 일은 덩치 큰 젊은이들 여럿이 몰려와도 오래 해 온 사람 하나를 당해 낼 수 없었다. 무작정 힘만 가지고 부수기만 하면 되는 게 아니라 요령이 있어야 했기 때문이다. 혈기 왕성한 청년들은 팔씨름도 질 것 같은 비리비리한 아저씨가 장롱을 번쩍 들어 올리고 꿈쩍도 하지 않던 벽을 허무는 것을 끝내 이해할 수 없었다. 이기려 들지 말고 한 몸이 되어야 한다고 해도 달라지지 않았다. 처음부터 밀어붙이고 달려들 게 아니라 일단 한동안 현장 밖에서 교통정리를 하거나 물을 뿌려야 한다는 것도 받아들일 수 없긴 마찬가지였다. 그래야 현장 돌아가는 박자도 익히고 굴착기와의 호흡도 착착 맞아 다치지 않았다. 그쯤이면 위에서 떨어지는 문짝도 리듬을 타면서 유연하게 피할 수 있었다. 나중엔 현장에서 나오는 소음에도 일정한 규칙이 있다는 것을 깨달았다.

막을 친 후 건물에 들어서면 일단 바닥부터 뚫었다. 계단으로 옮기는 것보다 아래로 던지는 게 빠르기 때문이었다. 던지면 그걸로 끝이었다. 미련을 두고 잘 떨어졌는지 내려다보다가는 위에서 내려오는 널빤지에 머리를 맞을 수도 있었다. 엄마는 아버지가 뒤도 안 돌아보는 성격인 건 다 그런 이유 때문이라고 했다. 그 모습이 처음에는 야망 있는 남자처럼 보였지만 어느새 쓸데없는 집념만 강한 남자로, 나중엔 고리타분한 남자로 보였다. 엄마는 누구나 그런 순간이 있다고 했다. 어떻게 받아들이느냐에 따라 위기가 될 수도, 기회가 될 수도 있다고.

작업반장이 전해 준 말에 따르면 언제부턴가 작업 속도가 부쩍 느려졌다고 했다. 아버지가 소음을 꿰뚫는 목소리로 자주 "스톱!"을 외쳤기 때문이다. 이유는 매번 똑같았다. 누군가 건물 안에 있다는 것이었다. 이따금 철거를 방해하려는 사람들이 외부인 출입 금지 위반을 노리고 현장에 숨어들곤 했다. 보상금에 불만을 품은 철거민이나 일을 따내지 못한 업체에서 보낸 사람들이었다. 그들은 때때로 안전 수칙에 어긋난 장면을 찍어 가기도 했다. 그럼 철거는 더뎌질 수밖에 없었고 그동안 임금도 묶였다. 작업반장이 곤란해지는 건 말할 것도 없었다. 그래서 처음 몇 번은 다 같이 건물 안을 샅샅이 뒤졌다. 그때마다 아무것도 나오지 않았다. 작업반장은 아버지가 쉬려고 꼼수를 부리는 게 아닌가 싶어 눈을 부라렸다. 인부들 시선에도 잔뜩 날이 섰다. 다음 달에 새로운 현장에 투입되기로 입을 맞춘 인부들이 많았다. 작업이 늘어지면 현장 배정을 못 받아 공치는 날이 생길 수밖에 없었다. 아버지는 고양이라도 한 마리 나오길 바랐지만 그런 적은 없었다.

그날 아버지는 3층쯤에 있었다. 겨우 뜯어낸 문짝을 던지려는 순간이었다. 이번에야말로 분명 누군가 있는 것을 봤다. 머리가 짧은 여자였는데 왜소한 몸집으로 봐선 아이일 수도 있었다. 아이는 아버지를 보자마자 걸음을 재게 놀렸다. 슬리퍼를 바닥에 끄는 소리가 빨라졌다. 그러자 일정한 리듬을 품은 소음 사이에 불협화음이 끼어들었다. 아직 문짝이 남아 있는 방 안으로 숨어드는 것까지 보고 외쳤다.

"스톱! 스톱!"

그때 불이 꺼졌다. 철거하다 보면 전기가 끊기는 일은 빈번했다. 그럴 땐 움직이지 말고 가만히 있어야 했다. 톱처럼 날카로운 도구에 다치거나 까닥하다간 추락할 수도 있었다. 내게 해 준 얘기를 아버지도 모를 리 없었다. 문제는 문짝을 들고 있었다는 것이었다. 어디에 내던질 수도 없었고 내려놓을 자리는커녕 딛고 선 바닥도 제대로 보이지 않았다. 한 걸음만 내딛어도 허공일 것만 같았다. 잘 버티던 아버지가 비틀거리자 순식간에 몸이 한쪽으로 기울어졌다. 그사이 반대쪽에서 문 열리는 소리가 날카롭게 몸을 그었다. 아이가 나온 게 분명했다. 이어서 귓가에 감돌던 소리가 이지러졌다. 아이의 슬리퍼가 반쯤 벗겨진 듯했다. 아버지는 서둘러 균형을 잡아야겠다고 생각했지만 이내 문짝과 함께 바닥으로 떨어졌다. 아버지는 숨어 있던 아이가 등 뒤로 지나간 것 같다고 했다. 아버지가 바닥에 널브러지자마자 전기가 들어왔다. 아버지는 문짝을 감싼 채 학 자세를 하고 있었다.

허리에 문제가 생겼지만 크게 다치진 않았다. 아버지는 그게 다 학 자세 덕분이라고 했다. 의사는 수술 후에도 서너 달은 무리하지 말아야 한다고 힘주어 말했다. 아버지는 작업반장에게 물리치료를 받으면서 며칠 쉬면 다시 일할 수 있다고 전했다. 하지만 그날 이후 아버지는 다시 철거 현장으로 돌아가지 못했다. 안전 수칙을 준수했는지 조사하는 과정에서 엉뚱하게 아버지가 폐자재를 빼돌렸다는 누명을 썼기 때문이다. 자꾸 헛것을 보는 거나 그 때문에 고의로 작업을 늦추려고 했다는 사실이 누명을 촘촘하게 엮었다. 망가진 거라고 해도 현장에서 나온 의자나 주전자 같은 걸 가져간 것도 사실이었다. 아버지는 그동안 작업반장이 전선이나 스테인리스 같은 건 따로 챙겨 왔다는 걸 알고 있었다. 구리와 철근까지 합치면 건물 하나를 철거할 때마다 생기는 부수입이 쏠쏠했을 것이었다. 고시원을 철거할 때는 매트리스와 방문 손잡이만 따로 빼내 업자에게 넘기기도 했다. 콘크리트만 남을 때까지 전부 뜯어내야 했으니 그사이 따로 챙기는 일은 어렵지 않았을 것이었다. 그렇게 얻은 돈으로 다른 인부에게 술을 사거나 웃돈을 쥐여 줘서 여태 별 탈은 없었다. 그중 전기가 나갔을 때 무슨 소리를 들었다거나 아이를 봤다는 인부는 없었다.

철거 현장에서 나온 아버지는 작업화부터 벗어 던졌다. 묵직한 작업화에서 빠져나왔는데도 걸음은 뒤틀리기만 했다. 표정은 손잡이가 떨어져 나간 문짝 같았다. 보상에 대한 책임은 고스란히 아버지에게 넘어왔다.

면접을 마치고 오니 손잡이가 있어야 할 자리에 구멍만 뚫려 있었다. 언젠가 면접에서 "손잡이가 없는 문이 있다면 어떻게 열겠습니까?"라는 질문을 받았던 기억이 떠올랐다. 그땐 그 질문에 제대로 답하지 못해 떨어진 줄 알았다. 이제 와선 어떤 대답을 했어도 떨어졌을 거란 생각이 들었다.

진짜 구멍이 있는 건가 싶어 눈을 대고 안을 들여다봤다. 그래도 미심쩍어 손까지 넣었다 뺐다. 그때 다른 방에서 아버지가 손잡이를 들고 나왔다. 발자국을 남기려고 애쓰는 것 같은 걸음이었다. 아버지 뒤로 방이 휜

히 드러났다. 문짝이 아예 뜯겨 나갔다. 여전히 뭐 떼어
내는 솜씨 하난 깔끔했다. 아무 소리 안 하면 콘크리트
만 남을 때까지 집 안을 뜯어낼 것 같았다. 그게 아버지
가 할 수 있는 유일한 일일지도 몰랐다.

"이게 대체 무슨……."

아버지 뒤로 엄마가 뭉그적거리며 나왔다. 한 손에는
그 책이 들려 있었다.

"어때? 넓어 보이지?"

목소리 한쪽이 부풀어 올랐다. 그러고 보니 바닥에
부려 놓았던 짐도 싹 사라졌다. 내다 버린 건 아닌 듯했
다. 소파 아래 웅크리고 있는 상자가 눈에 들어왔다. 엄
마 시선이 따라붙었다.

"집이 좁은 게 아냐. 버려진 공간을 못 찾았을 뿐이지."

70페이지쯤에 밑줄 친 문장이었다.

소파 한쪽 귀퉁이는 찢겨 있었다. 억지로 들여오는
바람에 생긴 자국이었다. 아버지는 소파에 앉을 때마다
그 자리에 손가락을 넣었다. 찢긴 자국은 점점 넓어졌지
만 아버지는 처음부터 그랬다고 우겼다. 엄마가 예전이
살기 좋았다고 했을 때도 비슷한 소리를 했다. 사실 처
음부터 살기 어려웠다고. 예전에 아버지가 뭐든 나중엔
다 거기서 거기라고 했던 말이 체념과 무기력에 가깝다
고 생각해 왔다. 이제는 미래에 대한 희망이나 기대 같
은 것일지도 모른다는 생각이 들었다.

눈에 안 보이니 그 많던 짐도 원래 없었던 것 같았다. 엄마는 개수대 아래를 보여 줬다. 한 칸을 둘로 나누던 선반을 넷으로 늘려 공간을 활용했다. 눕혀 놓았던 프라이팬도 세워 놓으니 그 옆에 믹서를 놓을 수 있었다. 내친김에 엄마는 옷장과 서랍장까지 활짝 열어젖혔다. 플라스틱으로 만든 칸막이 덕분에 흐트러지지 않은 속옷과 양말이 보였다. 티셔츠도 돌돌 말아 세워 놓으니 한 칸에 꽤 많이 들어갔다. 한눈에 보여 꺼내기도 수월해 보였다. 서랍 한 칸에 한 계절이 모두 들어가 있었다. 미처 다 훑어보기도 전에 엄마는 신발장을 가리켰다. 슈즈 렉을 쓰니 겨우 서너 켤레 끼워 넣을 자리에 여덟 켤레는 거뜬히 들어가고도 남았다. 남은 공간에는 제자리를 찾지 못하던 우산이 꽂혀 있었다. 화장실에도 탄탄해 보이는 선반이 달려 있었다. 이제야 섬유 유연제와 샴푸는 서로 다른 자리에 있었다.

마지막으로 손잡이를 떼어 낸 방문 앞에 섰다. 어깨로 밀치자 문이 스르륵 열렸다. 방 안에는 아침에 아버지와 내가 자고 일어난 자리가 그대로 남아 있었다. 엄마가 슬쩍 등을 떠밀었다. 아버지와 함께 어기적어기적 방 안으로 들어섰다. 같은 물건은 한곳에 보관하는 것에 이은 수납의 두 번째 기준은 너저분한 잡동사니는 눈에 안 보이는 곳으로 치우는 것이었다. 종일 비계에 매달려 있다가 이제 막 바닥을 딛는 사람처럼 휘청거렸다.

다음 날 방에서 나올 때 무심결에 손잡이가 있던 자리에 손을 뻗었다. 아무것도 잡히는 게 없었다. 허공에서 우물쭈물하던 손을 들어 올려 기지개를 켰다. 순간 남아 있던 방문 하나도 사라졌다는 것을 깨달았다. 그때 뭔가 쩍 하면서 갈라지는 소리가 들렸다. 소리가 나는 쪽으로 고개를 틀어 보니 아버지가 싱크대를 만지작거리고 있었다. 아버지는 귀퉁이로 사뿐사뿐 걸어왔다. 철거 현장에서 널브러져 있는 폐기물을 피해 걸어오던 걸음이 그랬다. 불쑥 아버지가 또 뭘 떼어 낼지 알 수 없어 다리가 덜덜거렸다.

"일어났니?"

엄마 표정은 겨우 다 수납했다고 생각했는데 갑자기 튀어나온 다리미를 발견했을 때처럼 찌그러졌다. 옆구리에는 상자를 끼고 있었다. 엄마가 어젯밤 읽다 만 페이지에는 상자를 재활용한 수납 예시가 있었다. 나는 그 부분만 읽어 보려다 처음으로 돌아가 결국 거의 끝까지 읽었다.

책에 따르면 가끔 찾는 공구는 맨 아래 칸에, 자주 쓰는 조리 도구는 손을 뻗으면 닿을 자리에 놓아야 했다. 그래야 애써 정리해 놓은 물건이 쉽게 무너지지 않았다. 초보자라면 알아보기 쉽게 투명한 수납함이나 구멍이 뚫린 바구니를 이용하는 게 좋다고 덧붙여져 있었다. 이름표를 붙이는 것도 효과적인 방법이었다. 끝내 수납이 안 되는 물건은 분명 필요 없는 것일 테니 과감히 버리라고 조언했다. 수납의 기초는 버리기에 있었다. 그다음 단락부터 1년 동안 한 번도 쓰지 않는 물건은 미련 없이 내놓으라는 문장이 지나치다 싶은 정도로 자주 반복되었다. '버리는 건 실패한 과거를 인정하는 게 아니라 나은 미래를 위한 행동이다.'나 '들이는 것보다 포기가 삶을 더 아름답고 풍요롭게 해 준다.'는 문장에 이르렀을 땐 책 제목을 다시 한번 훑어봤다.

드라이버를 챙긴 아버지는 다시 싱크대 쪽으로 갔다. 엄마는 바닥에 주저앉아 상자를 만지작거리며 말했다.

"상부장을 떼어 내는 것만으로도 주방이 환해지고 수납공간도 더 생긴다는구나."

버릴 건 벌써 내놓기 시작한 모양이었다. 이유를 따져 묻지 않아도 될 정도로 기준을 만족하는 것들이었다. 낡고 녹슨 기구나 한쪽 손잡이가 떨어져 나간 냄비, 유행 지난 청바지 같은. 개중에는 멀쩡해 보이는 것도 많았다. 책에서는 아픈 기억만 불러일으키는 물건도 미련 없이 버리라고 했다. 버릴 방법조차 고민하지 말고 내놓으라고.

상자를 든 엄마는 뭐 넣어 둘 게 없을지 찾는 것처럼 집 안을 휘둘러봤다. 시선은 잠깐 나를 지나쳤다. 엄마와 눈짓을 나눈 아버지는 아예 내 쪽으로 몸을 틀었다.

언젠가 엄마가 현장에서 쫓겨난 아버지를 향해 악다

구니를 써 가며 묻는 걸 엿들은 적이 있다. 왜 자꾸 사람
이 있었다고 하느냐고. 진짜 있었더라도 못 본 척 넘어
갈 순 없었던 거냐고. 아버지 목소리는 반듯했다.

"사람을 철거할 순 없잖아."

그때 엄마의 대답은 뭐였더라.

상부장을 떼어 낸 아버지는 나를 향해 통통거리며 걸
어왔다. 엄마가 뒤를 따랐다. 수납만으로는 버틸 수 없
어 무언가 더 내놓기로 한 모양이었다. 아무리 비워도
사람 하나로 꽉 차고 아무리 채워도 사람 들이는 일에
비할 순 없었다. 책에서 말하는 버리기 좋은 시기는 고
민 중인 바로 지금이었다. 그 문장에는 밑줄이 여러 번
그어져 있었다. 망설여진다면 이미 버리고 싶은 마음이
있는 거니 버리고, 그래도 머뭇거려질 때는 일단 버려 보
면 생각이 달라질 거라고 했다. 특히 하나면 충분할 물
건이 둘 이상이거나 없는 게 조금이라도 더 나을 물건이
라면 무조건 버리라고 했다.

걸음 사이 아버지 목소리가 번졌다. 예전처럼 소음
사이를 꿰뚫을 정도로 선명한 목소리였다. 작업반장이
사과할 때 써먹으라고 준 종이에 적힌 문장 중 하나일지
도 모르겠다. 중간쯤에 있던, 어쩌면 엄마가 기다렸던
일곱 번째나 마지막 문장. 예전처럼 너만 예외냐고 물으
면 뭐라고 대답해야 할지 알 수 없었다. 기회일 수도 있
을까. 어쩌면 위기일지도 몰랐다. 내 목소리는 가닿지

않는 듯했다. 여전히 아버지는 작업에 도움이 되지 않는 소리는 들으려고 하지 않았다. 나는 천천히 다리를 교차하고 손을 뻗었다. 다리 사이 공간이 점점 좁혀졌다.

　* 액자 속 문구는 생텍쥐페리의 말을 참고했습니다.
　* 수납과 관련된 내용은 『일주일 안에 80퍼센트 버리는 기술』(학산문화사, 2018), 『까사마미식 수납법』(동아일보사, 2011), 『미니멀 라이프 수납법』(즐거운상상, 2017), 『돈 들이지 않는 수납·정리 살림 아이디어 300』(마음상자, 2015)을 참고했습니다.

회
전
의
자

"라면 한 박스를 이고 가는데 글쎄, 나무들이 울면서 통째로 떠내려오더라. 우우거리면서 쓸려 가는데 별안간 네 생각이 나지 뭐니. 너도 거기서 울고 있을 것만 같아서."

목소리는 빗소리와 뒤엉켰다.

엄마는 전화 걸 때마다 나름대로 그럴듯한 이유를 댔다. 내가 사는 도시에 버스 사고가 났다는데 혹시 내가 타고 있었던 것은 아닌가 해서, 오랜만에 외삼촌이 놀러 왔는데 한참 동안 내 애기만 하다가 가서, 청소하는데 오래전 내가 잃어버렸다고 속상해하던 머리핀이 나와서. 언젠가 밖에 바람이 부는데 그게 내가 엄마를 부르는 소리 같아서 전화한 적도 있었다.

얼마 전엔 어릴 때 내가 비 좀 많이 내리게 해 달라고 소원을 빌었던 일이 생각났다는 게 이유였다. 지금은 새로 길이 뚫렸지만 그땐 마을로 들어가려면 배를 타야 했다. 가뭄이라도 들면 바닥이 드러나 선착장이 멀어졌다. 멀어진 만큼 흙길을 걸어야 마을에 닿았다. 비가 내리면 수위가 올라 배는 더 멀리 가닿을 수 있었다. 장마가 끝나 갈 즘에는 마을 입구까지 배가 들어왔다. 아마 흙먼지를 뒤집어쓰면서 걷는 게 끔찍해 소원을 빌었던 모양이었다. 사뿐사뿐 신중하게 걸어도 온몸에 흙먼지가 들러붙었다.

"그래서 지금 어디서 지내고 있어?"

"별수 있니. 컨테이너 박스에 있지. 안이 찜통이라 오래 들어가 있지도 못해. 그래도 없는 것보다야 낫지 않겠니."

"아버진?"

"이 더위에도 네 아비는 잘도 잔다. 사방에서 난리가 나도 좀처럼 일어나는 법이 없어. 집이 물에 잠긴 것도 꿈인 줄 알 거야."

엄마는 얼마간 뜸을 들이다가 목소리를 이어 붙였다.

"사람 안 다친 게 다행이지. 거긴 별일 없지?"

연립 안은 연일 건조할 뿐이었다. 어느 날은 계란말이를 하려는데 맛소금이 없었다. 소금이라곤 굵은 것뿐이었다. 된장이며 고추장에 간장까지 살뜰하게 챙겨 주던 엄마가 굳이 가방 안에 욱여넣어 둔 소금이었다. 마트까지 가려면 차를 타고 한참 나가야 했다. 그 때문에 주말에 필요한 것을 한꺼번에 사 오는 편이었다. 맛소금 하나 사자고 차를 몰고 나서는 건 내키지 않았다. 하는 수 없이 굵은 소금을 꺼내 손가락 끝으로 잘게 부수었다. 이내 손끝이 아렸다. 그사이 소금은 꾸둑꾸둑 말라 있었다. 조금만 더 힘을 주면 푸석푸석한 손도 낙엽처럼 바스러질 것 같았다. 그때를 떠올리자 물기가 도는 엄마의 목소리를 빈 병에 담아 두었다가 필요할 때마다 꺼내 쓰고 싶었다.

"별일은 무슨."

"언제고 한번 들러. 한창 복구 중이긴 한데 예전 모습이 온전히 남아 있을지 모르겠다. 변해도 너무 변했어. 네가 집이라도 못 찾으면 어쩌니."

때늦은 장마가 휘몰아쳤다. 엄마는 이제 길이 아닌 곳으로 다닐 수밖에 없다고 했다. 다니다 보니 이젠 그게 길인 것 같다고. 나중엔 딛고 선 바닥이 동네 어디쯤인지도 알 수 없었다. 개집을 밟고 있을 때도 있었다. 마땅한 대답을 찾는 동안에도 엄마는 계속 중얼거렸다. 십수 년 동안 멀쩡했던 밭은 흙탕물이 휩쓸자 금세 누더기가 되었고 대문이 종이처럼 찢겨 나가고 사람 하나 곤두박질치는 건 정말이지 순식간이더라고. 당장 시외버스마저 끊길지도 모른다는 얘기는 틈틈이 끼어들었다.

"길이 있어야 버스도 다니지 않겠니."

목소리 뒤로 빗소리가 끊어지지 않았다. 하루도 빠짐없이 비가 내렸다고 했다. 내릴 때마다 앞을 내다볼 수 없을 정도로 빽빽한 비였다. 강물이 울부짖으며 사납게 불어났다. 전기가 끊어지더니 녹물이 나오던 수도마저 막혔다. 일단 마을에서 가장 높은 곳에 있는 초등학교 체육관으로 피신했다. 그때도 아버지는 구석에 웅크린 채 곤하게 잤다고 했다. 급한 대로 대충 챙겨 나온 세간 사이에서 아버지는 도드라지지 않았다. 그저 국자나 도마인 것 같았다.

비가 그치길 기다리는 것밖에는 아무것도 할 수 없었던 날이 길게 이어졌다. 다음 날 누군가 라면 두 봉지를 들고 두리번거리는 사이 부탄가스만 들고 나온 집과 냄비만 달랑 옆구리에 끼고 나온 집이 모여 앉았다. 라면이 끓는 사이 주머니에 있는 거라곤 수저뿐인 총각이 끼어드는 식으로 버텼다. 노파는 어슬렁거리다가 국물을 얻어 마시고 비누를 조금 잘라 주었다. 치약을 만지작거리던 사내는 다른 무리를 기웃거리다 과자 봉지가 부스럭거리는 쪽으로 방향을 틀었다. 집집마다 챙겨 나온 게 제각각이었다. 금방 돌아올 줄 알고 담배만 쑤셔 넣고 나온 남자도 있었고 겨우 행주만 손에 쥐고 나온 며느리도 있었다. 반대편에는 용케 혈압 약을 챙겨 가슴을 쓸어내리는 아저씨도 있었다. 몇몇은 미리 알고 있기라고 한 사람처럼 딱 하나만 야무지게 품에 안고 나왔다. 그 사람 앞에선 결혼 예물을 들고 나온 여자도 시무룩해졌다.

"하긴 그게 중요하다면 제일 중요하지."

엄마 목소리는 반쯤 물에 잠겼다. 수화기를 고쳐 드는 동안 젖은 머리는 거의 말랐다. 건성으로 띄엄띄엄 듣던 나는 대답처럼 여기는 너무 건조하다고 했다. 그게 장마 얘기 좀 그만하라는 말처럼 들렸을지도 몰랐다. 늦기 전에 사과해야 하는가 싶어 머뭇거리는 사이 엄마는 벌써 머리가 다 말랐냐고 되물었다. 엄마가 젖은 옷 사이에서 그나마 덜 축축한 걸 고를 때 나는 가습기를 작동시킬 것이었다. 바닥에 물을 흘려 나중에 닦아야지 하다 보면 그새 온데간데없이 사라졌을 때도 있었다. 바닥엔 아무 자국도 남아 있지 않았다. 나도 바닥에 누워 있으면 흔적 없이 허공에 붕 떠 버릴 것만 같았다.

"아침에 널어놓은 팬티는 해가 져도 마르질 않아. 좀 마르는가 싶으면 또 비야."

어제는 공용 세탁기에 밀어 넣었던 빨래를 도로 빼냈다. 동전이 들어가지 않았다. 허리를 굽혀 보니 투입구 안쪽으로 꾸역꾸역 채워진 동전들이 보였다. 다른 세탁기 사정도 마찬가지였다. 아무도 동전을 거둬 가지 않는 모양이었다. 옆에 선 소녀도 비슷한 처지인 듯했다. 동전을 들고 우물쭈물하던 소녀는 내 쪽으로 시선을 틀었다. 나는 한쪽 손에서 동전을 보여 주며 어쩔 수 없다는 듯 어깨를 으쓱했다. 그대로 시선이 멀어지기 전 손 위의 동전을 공처럼 굴렸다. 소녀는 한 발자국 다가왔다. 유연하게 굴리던 동전을 손가락 사이에 끼었다. 나는 동전을 놓치지 않으려는 듯 주먹을 쥐었다. 소녀의 시선은 주먹에 고정되어 있었다. 꽃잎이 벌어지는 것처럼 느릿느릿 손가락을 폈다. 엄지손가락까지 펼친 다음 물결처럼 손을 흔들었다. 손바닥 안에는 아무것도 없었다. 소녀는 뒷걸음질 치더니 이내 돌아서서 뛰쳐나갔다. 너무 큰 슬리퍼를 신고 있는 바람에 뒤뚱거리며 나아가느라 걸음이 더뎠다. 흔들리던 내 손은 잘 가라는 인사처럼 보였다.

소녀를 따라가던 시선을 다시 세탁기 쪽으로 향했다. 세탁기 안은 세제 찌꺼기가 말라붙어 있었다. 섬유 유연제를 판매하는 자판기도 비어 있었다. 연립 내 사람 중 절반쯤, 어쩌면 그보다 많은 사람이 증발하듯 떠났다. 그 자리를 철거될지도 모른다는 소문이 메웠다. 버틴다고 나아질 건 없었지만 버티는 것 말고 뾰족한 수가 없었다. 순간 숨겨 뒀던 동전이 바닥으로 떨어졌다. 동전이 굴러간 자리를 떠올려 보니 엄마 목소리가 안개처럼 스멀스멀 몰려왔다.

"젖은 팬티를 입는 것과 더러운 팬티를 입는 것 중 뭐가 더 나쁠까."

엄마는 세탁기를 들여놓기에도 마땅찮은 방에 사는

걸 안쓰러워했다. 안쓰러움은 그러길래 왜 아직도 그 몹쓸 방에 혼자 남아 있냐는 책망으로 이어졌다. 전화기 너머로 폭우가 쏟아지는 소리가 짙어졌다. 엄마 목소리에는 빗소리에 묻히지 않겠다는 안간힘이 배어 있었다. 나는 이젠 가만히 있어도 뿌옇게 솟아오르는 흙먼지와 거리 곳곳에 퍼석하게 말라 버린 들개의 배설물을 전하고 싶었다. 눈물은 뺨으로 흐르기도 전에 말라 버린다는 것도. 겨우 눈물이라고 발음하자 엄마는 요즘 자꾸 눈물이 흐른다고 말했다.

"그런데 닦아 보면 빗물인 거 있지."

어느새 손가락 사이에 동전이 위태롭게 걸쳐 있었다.

*

나무 꼭대기에 걸려 있는 건 훌라후프였다. 멀리서 봤을 땐 그저 가지들이 동그랗게 휘어진 줄 알았다. 가까이 가 보니 훌라후프만 걸린 게 아니었다. 카디건, 책가방, 줄넘기, 수세미, 고무장갑, 동화책 같은 것들이 열매처럼 주렁주렁 매달려 있었다. 마치 커다란 크리스마스트리가 휘우듬하게 서 있는 것처럼 보였다. 양말이라도 하나 더 얹었다간 그대로 무너질 것만 같았다. 그사이 악취는 조금도 잦아들지 않았다. 그렇다고 콧속으로 깊숙이 파고드는 것도 아니었다. 힘껏 숨을 내쉬어도 빠

져나가지 않은 채 코끝에 단단히 버티고 있었다. 지린내
와 구린내가 뒤섞이자 그 가운데를 날카로운 소독약 냄
새가 뚫고 지나갔다. 그 자리를 음식이 부패한 듯한 시
큼한 냄새가 성실하게 채웠다. 동네 어디서든 눈에 띄는
양산보단 마스크부터 챙겼어야 했다.

땀이 흐를 때마다 손수건을 꺼내다가 아예 한 손에
쥐고 걸었다. 어기죽거리며 무른 땅은 밟을 때마다 구두
굽이 푹푹 들어갔다. 숨을 고르며 왔던 길을 돌아보면
땅에 뚫린 구멍이 보였다. 똑바로 걷고 있다고 생각했는
데 구멍은 일정하지 않고 여기저기 흩어져 있었다. 맞게
가고 있는지 알 수 없었다. 우체통이 보여서 중간쯤 왔
다고 생각했지만 이내 틀렸다는 걸 깨달았다. 누가 짓이
겨 놓은 듯한 우체통은 원래 있었던 자리에서 한참 떠밀
려 나온 것 같았다. 어느 방향으로 얼마나 떠밀렸는지
아는 사람은 없었다. 길이 뚫리고 나서도 관광객들이 있
어 폐쇄되지 않았다던 선착장도 오래전 떠내려갔는지
자취를 찾을 수 없었다.

겨우 나무 근처까지 다다랐을 때 꼿꼿하게 서 있던
여자 둘은 동시에 움찔했다. 눈이 마주치자 한꺼번에
마스크를 내렸다. 아무래도 쌍둥이 같아 보였다. 이 동
네에 쌍둥이가 살고 있었나 싶었지만 떠나온 시간을 생
각해 보면 그사이 쌍둥이가 아니라 기네스북에 오른 할
머니가 이사 왔다고 해도 이상할 게 없었다. 둘은 번들

거리는 얼굴 위로 흐르는 땀을 목에 건 수건으로 연방 닦았다. 굴착기가 장마에 쓸려 내려온 토사물을 거둬 내는 중이었다. 둘의 시선은 정확하게 굴착기 움직임을 좇았다. 아무리 흙을 퍼내도 흙뿐이었다.

엄마 말이 맞았다. 어렴풋이 알던 길은 모조리 사라 졌다. 동네를 떠난 날부터 조급히 지워 내려고 애쓰던 길이었다. 흙더미에 파묻혀 있으니 어디가 어딘지 분간 할 수 없었다. 그나마 선명하게 기억하던 이층집은 가까 이 와 보니 1층 전체가 매몰되어 있었다. 내가 딛고 있는 곳은 장독대나 화단쯤일 듯했다. 앞에는 비닐하우스가 있었을 것이다. 집이 떠내려온 게 아니라면.

굴착기가 멈추자 먼 곳에 시선을 뒀다. 엄마가 일러 준 쪽이 어디쯤인지 가늠해 봤다. 그때 여자 하나가 내 앞을 지나쳐 부리나케 달려갔다. 자원봉사자가 다가와 여자에게 뭔가 건네주었다. 너무 멀어 제대로 알아볼 수 없었다. 괜찮냐고 묻는 목소리만이 또렷했다.

"종일 인형 탈 뒤집어쓰고 일한 적도 있는데요, 뭐."

자원봉사자가 무심한 표정을 남기고 멀어지는 동안 남은 여자는 발을 동동거렸다. 바닥을 보니 둘이 섰던 자리가 움푹 파여 있었다. 달려갔던 여자가 돌아와 아 까 그 자리에 섰다.

"뭐니?"

"숟가락. 다음엔 언니 차례야."

여자는 뒤에 놓인 바구니에 숟가락을 던져 놓았다. 둘은 마스크를 고쳐 쓰고 자세를 바로잡았다. 바구니에는 숟가락과 더럽혀져서 제목을 알 수 없는 비디오테이프와 아령이 뒤섞여 있었다. 밑에는 언뜻 장난감 자동차와 파리채도 보였다. 깊숙한 자리까지 짐작해 보는 사이 언니가 달려 나갔다. 그제야 동생은 몸을 늘어뜨리고 내 쪽을 힐끔거렸다.

"이래 봬도 은수저죠. 아버지가 무슨 상을 받으셔서 받아 온 건데 아끼고 아끼다가 결국 저걸로 밥 한번 못 드셨어요. 그깟 숟가락 아낄 게 뭐 있다고."

동생은 아예 나를 향해 몸을 틀었다. 나는 뒤로 조금 물러났다.

"나오라는 건 안 나오고 쓸데없는 것만 나오네요."

그게 꼭 내 탓인 것처럼 들리는 목소리였다.

언니가 받아 온 건 슬리퍼 한 짝이었다. 둘은 마주 보며 고개를 기울였다. 슬리퍼를 이리저리 뒤집어 보고 흙을 털어 낼 때까지도 그랬다. 더는 볼 것도 없는지 바구니 안에 던져두었다. 나는 바구니 쪽을 힐끔거렸다.

"누구 건지 모르겠어요."

시선을 느꼈는지 둘 중 하나가 부러 설명해 줬다. 마스크를 쓰고 있어서 누가 얘기했는지 알 수 없었다. 둘은 목에 건 수건으로 땀을 훔치고 굴착기를 노려볼 뿐이었다. 종일, 어쩌면 며칠 전부터 그러고 있었던 것일지도 몰랐다. 동네에 토사물을 퍼내는 굴착기는 몇 대 보이지 않았다. 엄마에게 우리 집은 언제 순서가 돌아오냐고 물었었다. 아직 한참 멀었다고 했다. 엄마 탓도 아닌데 왜 뒤로 밀렸냐고 따지듯 물었다. 엄마는 그게 다 순서가 있는 거라고 얼버무렸다.

어느새 지붕 끄트머리가 보이자 둘은 손을 맞잡았다.

"언니, 이제 곧 나올 거 같아."

주변을 휘둘러봤다. 서 있는 나무라곤 훌라후프가 걸린 나무뿐이었다. 고개를 들어 멀리 내다봐야 범람한 강물이 비껴간 자리에서 꼿꼿하게 버틴 나무를 볼 수 있었다. 풀은 죄다 쓰러졌지만 나무만은 제 알 바 아니라는 듯 유난히 싱싱하고 푸르렀다. 그사이 길이 아닌 곳으로, 어쩌면 길이었을지도 모를 곳으로 연신 방역차가 돌아다녔다. 방역차가 사라지자 동생과 언니가 동시에 마스크를 내렸다. 마스크 안쪽이 때에 절어 거뭇했다. 순간 온몸이 노곤해졌다. 엄마 말마따나 멀다면 멀지만 오고자 마음먹으면 못 올 것도 없었다. 다만 이런 식으로 오게 될 줄은 몰랐다.

지붕이 더 드러났다. 이제 둘은 숨도 아끼는 것 같았다. 아무리 둘러봐도 신호등 쪽으로 가 보는 수밖에 없을 듯싶었다. 신호등이 떠밀리지 않고 그 자리에서 꺾이기만 했길 바랐다. 일정한 간격으로 파란불이 점멸하는 걸 보니 아예 망가지진 않은 모양이었다.

걸음을 옮기기 전 인사처럼 물었다.

"근데 뭐가 더 나올 게 있어요?"

다시 마스크를 쓰고 하는 대답인데도 선명하게 꽂혔다.

"아버지요."

엄마가 얘기했던 굴착기가 들어가는 순서란 그런 것일지도 모르겠다.

컨테이너 박스는 다닥다닥 붙어 있었다. 문이란 문은 죄다 열려 있었다. 문 옆에 바투 세워진 선반에는 빈틈없이 신발이 채워져 있었다. 한 칸에 두세 개씩 쑤셔 넣기도 했다. 그 앞으로 흙을 뒤집어쓴 세간들이 무질서하게 늘어서 있었다. 구석에는 책장이나 장롱 문짝이 위태롭게 쌓여 있었다. 바퀴 없는 자전거나 리어카도 비스듬히 세워져 있었다. 기다리다 보면 언젠가 바퀴 하나쯤 건져 낼 수 있을지도 몰랐다.

엄마 이름을 들을 땐 고개를 갸우뚱하던 아줌마가 내 이름을 대자 단번에 알아챘다. 나를 훑어보던 표정도 밝아졌다.

"그러고 보니 옛날 얼굴 그대로구나."

아줌마에 대한 기억은 이어지지 않았다. 어느 동네를 지나다 마주쳐도 이상하지 않을 얼굴과 목소리였다. 어물거리다 괜히 멋쩍어 꾸벅 인사를 건네자 끝에서부터 여덟 번째 컨테이너 박스라고 일러 줬다. 모두 똑같이 생겨서 몇 번이나 헤아려야 했다. 하나하나 손으로 짚어 가며 겨우 찾았을 땐 진짜 여덟 번째가 맞는지 다시 세어 봤다. 아무리 봐도 앞에 늘어선 세간이 사뭇 낯설었다. 집에 분홍색 냄비도 있었나. 저 밥상은 원래 있었던 건가. 내가 없는 사이 바꿨을지도 몰랐다. 하긴 그사이 새로 사고 버린 게 얼마나 많을까. 그래도 이 낡아 빠진 앉은뱅이책상이야말로 누가 쓰던 거지.

주저하던 시선은 조금씩 안쪽으로 파고들었다. 시선 끝에 발이 보였다. 단정하게 겹쳐진 가늘고 거무스름한 발. 분명 아버지의 것이었다. 아버지 앞에선 잘못한 것도 없는데 고개를 숙이고 있을 때가 많아 이따금 얼굴보다 발이 익숙했다. 아버지는 땀자국이 선명한 티셔츠를 입고 누워 있었다. 시선을 떼지 않은 채 안으로 들어섰다. 열기가 몰려와 얼굴을 잡아 뜯는 것 같았다. 잊고 있었던 악취도 슬금슬금 기어 왔다. 간간이 가느다란 바람이 불어 악취가 더 부푸는 듯했다. 그 바람에 자꾸 문이 닫히려고 들썩였다. 벗어 놓은 구두를 문 앞에 받쳐 놓았다. 이제 흔들리는가 싶어도 문은 닫히지 않았다.

깊숙이 들어설수록 바깥보다 더 후텁지근했다. 구석에서 선풍기가 툴툴거리며 돌아가고 있었지만 꿉꿉한 공기를 몰아내진 못했다. 선풍기는 아버지 쪽으로 고정되어 있었다. 어느새 선풍기 바람이 아버지를 지나 종아리에 끼얹어졌다. 언제부턴가 닫혀 있던 문이 벌컥 열렸다.

"언제 왔어?"

"방금. 찾느라 혼났네."

"말이나 하고 오지. 마중이라도 나가게."

"길 엇갈리기 딱 좋겠던데, 뭐. 어디로 해서 왔는지도 도통 모르겠네."

"글쎄…… 과수원 뒤로 돌아온 게 아닐까 싶어. 반장네 집 파묻힌 게 저쪽에 있으니. 것도 확실하진 않아. 그저 묘지 위로 걸어온 게 아니길 바랄 뿐."

하긴 담이 무너지고 대문이 뜯겨 나갈 정도였다고 하니. 나는 싱겁게 웃었다.

"그러면서 마중은 무슨."

목소리에 한숨이 섞였다.

"언제 비가 왔냐 싶게 하늘이 맑아."

엄마는 수건으로 몸을 툭툭 털어 내며 허망한 표정을 내비쳤다. 선풍기를 엄마 쪽으로 돌리자 엄마는 됐다며 손사래를 쳤다. 선풍기 바람은 엄마와 아버지 사이로 흘러갔다.

"이렇게 비가 올 줄 누가 알았겠니."

엉거주춤하는 사이 엄마는 누렁이 얘기를 꺼냈다. 목줄을 풀어 놓지 않아 개집에 물이 들어찰 때까지 꼼짝없이 묶여 있었다고 했다. 엄마는 어릴 때 내가 자주 봤던 개라고 했지만 도통 떠오르지 않았다. 몇 번인가 집에서 키우자고 울고불고 떼도 썼다는데 기억은 선명해지지 않았다.

문 쪽에 자리를 잡고 앉았다. 금세 목 밑으로 굵은 땀이 고였다. 그동안 아버지는 잠자코 누워만 있었다. 순간 입을 우물거리는 듯했다. 잠꼬대라도 하는가 싶어 아버지 쪽으로 몸을 기울였다. 옆에 바싹 붙어 보니 코 고는 소리가 치솟다가 가라앉았다. 매미 울음소리와 선풍기 소리를 빼면 거의 유일한 소리였다. 그러고 보니 온 동네 사람들이 우르르 몰려와 있는데도 말소리가 들리지 않았다. 서로 마주쳐도 고개만 까딱할 뿐 말 섞는 사람이 드물다고 했다. 엄마는 보상 얘기가 돌기 시작하면서부터라고 귀띔해 줬다. 누가 더 피해를 입었는지에 대한 기준이 제각각이었다. 이만하면 다행이라는 안도와는 달리 남들보다 사정이 낫다고 말하는 사람은 없었다. 똑같이 방 한 칸이 주저앉은 집끼리도 싸움이 붙었다. 우리는 이 집이 전부지만 그쪽은 더 있지 않냐고 따지는 식이었다. 그럼 빚내서 겨우 얻은 집이라고 맞섰다.

컨테이너 박스 안에 있는 거라곤 부탄가스와 라면이 전부였다. 눈여겨보니 대접 서너 개와 모기향이 눈에 들어왔다. 그 옆에 보급받은 티셔츠와 우비도 보였다. 엄마는 옷이 더러워지면 그걸 입으라고 가리켰다. 그러면서 컵라면 세 개를 바닥에 부려 놓았다. 방금 배당받아 온 듯했다.

"챙겨 온 건 이게 다야?"

"챙겨 나올 틈이나 있었나. 자던 네 아버지가 벌떡 일어나서 나온 것만 해도 하늘이 도왔지. 신발도 어쩜 그렇게 한 짝씩만 건져 내는지. 뭐 하나 제대로 신을 수가 있나."

그러고 보니 신발이 많기는 해도 짝이 맞는 건 별로 없었다. 그래도 하나쯤은 짝이 맞지 않을까 싶어 선반을 살펴보는데 일순 밖이 소란스러웠다. 고개를 빼고 내다보니 자원봉사자들이 몰려와 시퍼런 방수 천을 펼쳐 놓았다. 무심코 보면 흙바닥에 호수가 생긴 것처럼 보였다. 뒤따라오던 이들은 들고 온 물건을 방수 천 위에 쏟아부었다. 퉁퉁 불어 터진 책과 깨지거나 깨지지 않은 그릇, 반쯤 열린 여행 가방, 한쪽 팔이 없는 인형들이 우수수 떨어졌다. 어디에 그렇게 숨어 있었나 싶게 사방에서 사람들이 몰려나왔다. 몇몇은 신발을 짝짝이로 신고 나왔다. 그래서인지 걸음은 한쪽으로 기울거나 뒤틀렸다. 서두르는 바람에 한 무리는 바닥에 나뒹굴기도 했다. 그들은 방수 천을 둘러싸고 자기네 거라고 짐작되는 물건을 챙겨 갔다. 그사이 낯익은 얼굴은 없었다. 엄마가 끼어 있어도 못 알아볼 것 같았다. 엄마도 한쪽 발엔 슬리퍼를 한쪽 발엔 아버지 운동화를 꿰어 신고 나섰다. 나도 구두를 신고 따랐다. 몇 발자국 디뎠을 때 컨테이너 박스 문이 닫혔다. 문이 닫히는 소리는 웅성거리는 소리에 묻혔다.

물건을 사이에 두고 더러 실랑이가 벌어졌다. 목소리에는 돌연 생기가 돌았다. 동네에 하나뿐인 초등학교 체육복이 나왔을 땐 서너 사람이 들러붙어 자기 애 거라고 우겼다. 결국 손자를 데려와 억지로 입혀 본 할아버지가 가져갔다. 몸에 죄어서 표정이 우글쭈글해지던 아이는 아무 소리 없이 냉큼 컨테이너 박스로 들어갔다. 열한 번째나 열두 번째쯤이었다. 여자는 삿대질을 섞어가며 따졌다. 할아버지도 지지 않고 앙칼진 목소리를 침처럼 뱉었다.

"그만큼 챙겨 나왔으면 양보 좀 하쇼. 우리는 겨우 몸만 빠져나왔다니까."

엄마는 엔간한 소란에는 아랑곳하지 않았다. 단지 한번 더 팔을 걷어붙이고 무언가 열심히 찾을 뿐이었다. 건너편에선 남자가 자식이 받아 온 개근상장을 찾아내곤 울먹였다. 상장은 코팅해 놓은 덕분에 말짱했다. 옆에서 이럴 줄 알았으면 우리 집도 코팅해 놓는 건데 하는 목소리가 들렸다. 그 위로 팔아먹을 땐 방수라더니 방수는 무슨 하는 목소리가 겹쳤다. 성한 물건은 거의 보이지 않았다. 누군가는 개중에 버튼이 몇 개 빠지고 안테나까지 부러진 라디오나 깨진 안경이라도 챙겼다. 찌그러진 구석을 확인하려는 기색도 없었다.

결국 엄마는 우리 집 물건을 하나도 찾지 못했다. 나

까지 거들었는데도 별 도움이 되지 않았다. 엄마는 넌 눈썰미도 없다며 나무랐지만 아무리 눈을 씻고 찾아봐도 알 수 없었다.

"이번에도 없네. 왜 챙길 생각을 못 했지."

"뭘? 통장? 아니면 금덩어리라도 두고 나온 거야?"

"알고 보면 집 안에서 제일 값나가는 건데."

"그러니까 그게 뭔데?"

"앨범 말이다, 앨범. 그걸 들고 나왔어야지! 여기 와 보니 엉뚱한 것만 손에 있지 뭐니."

엄마가 말했던, 그거 하나 챙겨 나온 사람 앞에선 결혼예물을 들고 나온 여자도 시무룩해졌다던 게 앨범인 모양이었다. 급하게 연립에서 빠져나와야 한다면 뭘 들고 나와야 할지 떠올려 봤다. 다 하찮아 보이다가도 어느 것 하나 버릴 수 없었다.

"앨범이라도 있으면 시간을 보내는 게 훨씬 나을 텐데."

누군가는 종일 컨테이너 박스 안에서 앨범을 넘기며 시간을 견디고 있을지도 모르겠다.

쓸 만한 물건은 다 찾아간 듯했다. 남은 거라곤 날개 없는 선풍기나 전구가 빠진 스탠드, 분침만 남은 탁상시계 같은 것뿐이었다. 중학생쯤 되었을 법한 남자애는 자세를 낮추더니 탁상시계를 낚아채 갔다. 시곗바늘이 빠졌다고 얘기해 줘도 오랫동안 기다려 온 것처럼 주저하지 않았다. 딱히 뭘 찾고 있었던 것도 아닌데 괜히 몸이

늘어졌다. 엄마는 그나마 여기 모인 사람들은 나은 편이
라고 했다. 눈짓으로 묻자 가족 중 누군가 매몰된 사람
들은 이 시간에 여기에 남아 있지 않다고 덧붙였다. 알
아들었다는 뜻으로 고개를 주억거리며 일어나 터덜터
덜 걸음을 옮겼다. 그러고 보니 아까 본 여자 둘은 쌍둥
이가 아니었을지도 모른다는 생각이 들었다. 장마가 휩
쓸고 간 자리에 남은 사람들은 죄다 비슷한 얼굴을 하고
있었다.

　문을 열어 보니 아버지는 여전히 꼼짝하지 않고 있었
다. 파리가 아버지 콧등을 지나 눈썹 쪽으로 부지런히
기어가고 있었다.

　"애, 애! 여기 우리 거 하나 찾았다!"

　엄마 목소리가 뒤통수를 잡아당겼다. 돌아보니 멀리
엄마가 달려오고 있었다. 손으로 차양을 만들자 뭔가를
굴리면서 오고 있다는 걸 깨달았다. 분명 우리 집에 있
던 것이었다. 다른 건 몰라도 그것만은 한눈에 알아볼
수 있었다.

　회전의자는 플라스틱 서랍장 위에 올려놓았다. 서랍
장은 군데군데 깨져 있었지만 제 모양은 갖추고 있었다.
한쪽 귀퉁이가 넓게 벌어져 안에 든 것이 다 보일 지경인
데도 그랬다. 온전하다 싶은 쪽도 자세히 보면 긁힌 자
국이 자글자글했다. 언젠가 임시로 쓰려고 급하게 사 온

것이었지만 몇 년째 방 한쪽을 차지하고 있었다. 아래 칸은 아예 비어 있었다. 물살에 휩쓸리면서 서랍이 빠져 나간 듯했다. 안쪽은 한낮에도 어둠이 가시지 않았다. 위에 얹힌 회전의자가 어둠을 조밀하게 만드는 것 같았다. 한쪽 바퀴가 빠져 있으니 아무도 거들떠보지 않았을 것이었다. 그래도 엄마에겐 놓치지 말고 꼭 챙겨야 할 무언가였다. 그제야 부서지고 망가져 쓸 수 없는 걸 망설임 없이 챙겼던 사람들의 사정을 짐작해 볼 수 있었다.

회전의자는 여차하면 바닥으로 고꾸라질 것처럼 아슬아슬했지만 세 사람이 자려면 어쩔 수 없었다. 컨테이너 박스는 세 사람이 눕자 딱 맞아떨어졌다. 누운 자리를 빼면 발 디딜 곳도 마땅찮았다. 가운데 누운 나는 다리를 구부려야만 했다. 엄마는 턱짓으로 서랍장 아래를 가리켰다. 그 속으로 뻗으라는 얘기 같았지만 나는 몸을 더 옹송그렸다. 그 바람에 엄마는 누운 자세를 바꿔야 했다. 엄마가 뒤척이자 덩달아 나도 들썩였다. 리듬을 익히면 서로 닿지 않고 자세를 바꿀 수 있을 듯했지만 번번이 허벅지나 팔뚝이 부대꼈다. 그때마다 끈적끈적하고 넓은 이파리가 몸을 옭아매는 듯했다. 누운 자세가 그대로인 건 아버지뿐이었다.

한밤중에도 열기는 좀처럼 가시지 않았다. 자다가 목덜미에 땀을 닦는 횟수가 잦아졌다. 얕은 잠에서 빠져나와 게슴츠레 눈을 떠 보면 누군가가 회전의자에 앉아 내려다보고 있는 것 같았다. 몸을 뒤척일 때마다 회전의자도 조금씩 돌아가는 게 분명했다. 아침에 일어나 보면 잠들기 전 봐 둔 방향과 달랐다. 차라리 밖에 두자고 하니 엄마는 비라도 맞으면 어쩌느냐고 되물었다. 이어서 목소리를 잔뜩 낮췄다. 누가 가져갈지도 모른다고. 여기선 이가 나간 그릇도 뭐만 담을 수 있다면 일단 챙기고 봐야 한다고. 저런 구닥다리 의자를 누가 탐내냐고 하려다 말았다.

엄마는 회전의자를 올려다보며 나지막한 목소리로 웅얼거렸다.

"저거라도 찾아서 얼마나 다행이니."

회전의자는 내가 대학에 합격했을 때 아버지가 사 준 것이었다. 책상은 빼놓고 달랑 의자뿐이었다. 아버지 손가락은 강철로 만들었다는 다리와 우레탄 바퀴를 가리키고 있었다.

"시내에서 제일 비싼 거야."

육중한 회전의자는 낡은 책상과 어울리지 않고 겉돌았다. 회전의자만 오려다 방 가운데에 붙여 놓은 것 같았다. 의자 높이를 제일 낮게 맞춰도 책상 안으로 들어가지 않았다. 억지로 밀어 넣으려고 하면 책상은 삐거덕거리면서 날카로운 소리를 냈다. 결국 방 한구석에 둘 수밖에 없었다. 그날부터 몸을 옹송그리고 잤다. 무심코 다리를 뻗으면 회전의자 다리에 발이 닿았다. 그때

마다 섬뜩할 정도로 차가운 손이 발을 단단히 움켜쥐는
것 같았다.

그러나 대학에 입학한 후 기숙사로 들어가는 바람에
회전의자에 앉을 기회는 거의 없었다. 가끔 집에 내려와
보면 엄마는 회전의자에 빨래를 널어놓았다. 고추나 나
물을 말릴 때도 있었다. 방문이 닫히지 않도록 받쳐 놓
는 것도 회전의자였다. 그보다 온전한 기억으로 남아 있
는 회전의자는 따로 있었다.

어느 날 내 방에서 볼썽사나운 웃음소리가 들렸다.
방학하자마자 일찌감치 집에 내려오던 길이었다. 처음
에는 웃음소리인 줄도 몰랐다. 그저 가느다랗게 귓속을
후벼 파는 어떤 소리일 뿐이었다. 방문 앞에 갈 때까지
도 소리는 끊어지지 않았다. 문은 한 뼘쯤 열려 있었다.
엄마는 회전의자에 앉아 있었다. 가만히 있다가 발로 가
볍게 바닥을 통통 튕기며 의자를 돌렸다. 발을 구를 때
마다 회전의자가 서너 바퀴쯤 돌았다. 그사이 고개를
뒤로 젖힌 엄마는 물색없이 깔깔거렸다. 한 번도 본 적
없는 짐승처럼 낯선, 따라 하려고 해도 엄두가 나지 않
던 웃음소리였다. 그래서인지 엄마가 누군가를 대신해
서 웃고 있는 듯했다. 엄마의 입을 노려봤다. 한 번쯤 입
과 웃음소리가 어긋날 것만 같았다. 한참 보고 있는데
어느 순간 회전이 멈췄다. 엄마는 발을 움직여 가며 회
전의자를 질질 끌었다. 그러더니 넓지도 않은 방 안을

곤충처럼 샅샅이 돌아다녔다. 끄트머리까지 갔다가 벽을 차고 반대편까지 미끄러져 가기를 몇 번이고 반복했다. 그때마다 구슬이 또르륵 구르듯 웃는 것도 잊지 않았다. 어느 순간 나와 눈이 마주친 엄마는 회전의자에서 일어나 후다닥 뛰쳐나갔다. 뭐라고 말 걸 틈도 없이, 신발을 제대로 꿰어 신지도 못하고. 방 한가운데서 회전의자는 오랫동안 공허하게 돌고 있었다.

"그때 내 맘대로 할 수 있는 거라곤 고작 그런 것뿐이었어."

돌아누운 엄마는 등을 들썩였다. 꼭 그때 남겨 둔 웃음이 터져 나오려는 걸 참고 있는 것 같았다. 회전의자는 찾았지만 그때처럼 타고 돌아다닐 순 없었다. 컨테이너 박스 안엔 아버지가 누워 있었고 밖은 바닥이 고르지 않았다. 그러고 보니 들썩이는 엄마 등은 우는 것처럼 보였다.

오늘 밤도 잠들긴 틀렸다. 아버지만은 아무것도 덮지 않은 채 잘만 잤다. 어쩜 이 날씨에 한 번을 안 깰까. 새벽에 화장실에 가려다 발목을 밟아도, 모기가 들끓어도 아버지는 꿈쩍도 하지 않았다. 어제는 반 시간쯤 아버지 등만 봤다. 등에는 아무 표정이 없었다. 다만 등을 보는 사람이 짐작하는 등 주인의 표정이 새겨질 뿐이었다. 구석구석 살펴보니 희미한 얼룩 몇 개가 눈에 들어왔다. 가만히 누워만 있어도 얼룩이 생기는 모양이었다. 얼룩

사이 아버지 얼굴이 떠올랐다. 시내에서 제일 비싼 거라고 으스대던 표정이었다.

밖에서 엷은 빛이 서성거렸다. 오늘부터 돌아가면서 밤새 순찰을 돌 거라고 했다. 이번 주 내내 국지성 호우가 이어질지도 모른다는 발표 때문이었다. 빛은 아버지 무릎을 훑다가 허벅지를 지나 천장으로 사라졌다. 빛을 따르던 시선은 잠든 아버지에게 머물렀다. 자세가 달라진 것도 같았지만 확실하진 않았다. 그러자 숨은 쉬시나 싶은 생각이 들었다. 아버지 코끝에 검지를 가져다 댔다. 옆에 있던 엄마가 손등을 내리쳤다. 순간 아버지 얼굴에 손이 거의 닿을 뻔했다. 다행히 얼굴과 손 사이로 바람만 조금 일렁였을 뿐이었다. 그사이에도 아버지 표정은 누가 쥐고 있는 것처럼 흔들리지 않았다.

"내버려 둬. 자는 게 일인 양반이야."

"누가 뭐래."

엄마는 돌아누웠다. 나는 머리맡에 둔 손전등을 켰다. 언제 대피해야 할지 모르니 손 닿는 자리에 두라던 손전등이었다. 천장에 커다란 무늬가 생겼다. 큰 꽃이 돋아난 것 같았다. 엄마는 몸을 바로 해서 천장을 쳐다봤다. 슬쩍 고개를 틀어 보니 그림자가 내려앉은 엄마 얼굴이 보였다. 찡그리고 있는지 웃고 있는지 가늠할 수 없었다. 느릿느릿 몸을 일으켜 세웠다.

"화장실? 또 아버지 밟지 말고."

"귀에 대고 고함을 질러도 안 깰걸."

"그래도."

"일어나 봐."

"왜?"

엄마는 뭉그적거리다 마주 보고 앉았다. 덮고 있던 차렵이불은 바닥에 깔았다. 나는 손을 펴서 앞뒤로 엄마한테 보여 줬다. 엄마는 반쯤 뜬 눈으로 손을 건너다봤다. 앞뒤로 몇 번 더 돌려 가며 빈 손바닥을 보여 줬다. 엄마는 심드렁하게 손동작을 따라 했다.

"그게 아니라 잘 보라고."

그림자가 사방으로 흩어졌다가 다시 모여들었다. 엄마 얼굴 위에 얹힌 그림자 모양이 수시로 바뀌었다. 그때마다 다른 표정이 읽혔다. 표정에 따라 컨테이너 박스가 끝도 없이 넓어졌다가 좁아졌다. 실은 다 같은 표정일지도 몰랐다.

주머니에서 동전을 꺼내 보여 줬다. 엄마는 동전과 싸우려는 사람처럼 눈을 부릅떴다. 그사이 왼쪽 엄지가 오른손 사이로 교차하면서 동전이 사라졌다. 꽃처럼 활짝 핀 왼손에는 아무것도 없었다. 내내 시치미 떼고 있던 오른손도 마찬가지였다. 엄마 눈이 휘둥그레졌다. 서둘러 엄마 귀로 오른손을 가져갔다. 오른손 뒤를 그림자가 바짝 따라붙었다. 엄마는 머리를 뒤로 뺐다. 그림자가 귓가에 닿자 그 자리에서 동전을 꺼냈다. 엄마는 귀 뒤를 더듬었다. 그래도 미심쩍은지 몇 번이고 쓸어내렸다.

"언제 숨겨 놨어?"

딴청을 피우다가 슬쩍 입가를 끌어 올리며 다시 동전을 숨겼다. 불쑥 엄마가 공용 세탁기 앞에서 만난 소녀처럼 돌아서서 뛰쳐나갈 것만 같았다. 엄마는 외려 바짝 다가오더니 주머니에서 잡히는 대로 지폐를 꺼냈다.

"이것도 숨길 수 있어?"

대답을 망설이자 엄마는 열쇠와 주민등록증도 꺼냈다. 엄마의 시선이 걷잡을 수 없이 부산해졌다. 엄마가 정말 숨기고 싶었던 건 뭘까.

그때 아버지가 몸을 뒤척였다. 이어서 회전의자가 조금 기울어졌다. 창으로 가느다란 바람이 들어왔다. 굵은 땀이 고여 있던 목덜미가 선득해졌다. 무심코 한쪽 손으로 수건을 찾던 순간 숨겨 놓았던 동전을 바닥에 떨어뜨렸다. 동전은 손전등 불빛이 닿지 않는 곳으로 굴러갔다. 언제부턴가 밖에서 서성거리던 불빛도 멀어졌다. 엄마는 풍선에서 바람 빠지는 소리를 내며 손전등을 끄고 누웠다. 마지막으로 본 표정은 물속에서 본 것처럼 흐리멍덩했다. 광대뼈와 콧등에 동전만 한 빛이 묻어 있을 뿐이었다.

나도 자리에 누웠다. 엄마는 벽에 바짝 붙어 자리를 내줬다. 천장에 돋아났던 꽃의 잔상은 잠들 때까지 남아 있었다. 멀리 종일 수해 현장에 있다가 귀가하는 사람들의 발걸음 소리가 들렸다.

여자 둘은 결국 아버지를 찾았을까.

*

빗소리는 숫제 비명 같았다. 소강상태에 접어들었던 장마가 다시 이어졌다. 보수 공사가 마무리되기 전에 물살이 급습했다. 일부 도로는 완전히 유실됐다. 띄엄띄엄 이어지던 시외버스는 운행이 중단됐다. 택시도 어지간해선 들어오려 하지 않았다. 웃돈을 얹어 준다고 해도 단호한 목소리는 달라지지 않았다. 헬기마저 접근이 어려워져 언제 구호 물품이 도착할지 알 수 없었다. 험준한 산은 금방이라도 무너져 흙더미를 쏟아 낼 것만 같았다. 연립에서처럼 할 수 있는 일이라곤 밖에 나가지 않는 것뿐이었다. 비가 잠깐 멈춘 사이 나갔던 사람들이 돌아오지 못했다는 소문이 돌았다. 하나둘 세워지던 전신주 중 일부는 다시 쓰러졌다고 했다. 소식을 전하던 자원봉사자는 목소리를 가다듬었다.

"쓰러진 전신주 근처엔 얼씬도 하지 마세요! 전기가 흐를지도 모르니."

종일 인형 탈을 쓰고 있던 것과 다를 바 없는 얼굴이었다. 물크러진 목소리는 절반쯤 빗소리에 떠밀려 갔다.

굵직한 빗줄기는 더 촘촘해졌다.

하릴없이 고개를 내밀면 멀리 알록달록한 지붕들만 비죽 보였다. 흙탕물 위 꽃잎을 띄워 놓은 듯했다. 지붕 개량 사업이 끝난 지 몇 달도 지나지 않았다고 했다. 큰 길에 있던 버스 정류장은 마을 한가운데에 통째로 처박혔다. 마을 회관도 반쯤 부서져 속살이 드러났다. 그 옆으로 정갈하게 심었을 과실수가 제멋대로 흩어졌다. 이대로 이틀만 더 내리면 나무에 훌라후프가 걸렸던 자리만큼 다시 물이 찰 것이었다. 그 시간 동안에도 아버지의 잠은 끈질기게 이어졌다. 빗소리가 잠을 재촉하는지도 몰랐다. 그러고 보니 아버지는 보급된 새 옷으로 갈아입고 있었다.

라면도 생수도 거의 바닥났다. 엄마는 그릇들을 죄다 내놓고 빗물을 받았다. 밥공기부터 가득 찼다. 나도 쉴 새 없이 빗물을 받아 대야에 부어 놓았다. 어느새 누가 대야를 훔쳐 갈까 봐 곁눈질하면서 틈틈이 컨테이너 박스 안을 노려봤다. 어떨 땐 아버지가 빗소리에 장단을 맞추는 듯 고개를 까닥이는 것도 같았다. 함지에 물이 가득 차자 엄마는 주전자에 옮겨 담아 끓였다. 물이 미지근해지면 물병에 담았다. 물병은 한구석에 차곡차곡 모아 두었다. 엄마는 아버지 머리맡에도 하나 뒀다. 고개를 까딱거리는 아버지를 봤을지도 몰랐다.

늦은 오후쯤 구호 물품을 나눠 준다는 소식이 전해

졌다. 엄마는 무릎까지 오는 고무장화를 신었다. 아무리 야물게 신어도 헐렁한 고무장화가 펄럭였다. 이제 온전히 서 있는 전신주가 거의 없다는 얘기가 이어졌다.

엄마를 따라나섰다.

"아버지랑 있어."

"같이 가."

"하나는 붙어 있어야지."

컨테이너 박스마다 샛노란 우비를 입은 사람들이 공처럼 튀어나왔다. 긴 줄을 허리에 묶고 일렬로 늘어섰다. 이내 앞사람 구령에 맞춰 한 걸음씩 내디뎠다. 배웅이라도 나가 보려고 했지만 우비도 우산도 보이지 않았다. 들고 왔던 양산이 떠올라 뒤적이다 포장도 뜯지 않은 우비를 발견했다. 아버지 몫으로 남겨 둔 것이었다. 그거라도 입으려는데 무리는 금세 빗줄기에 스며들었다. 적절하지 않은 시간에 예의 없이 문을 두드리는 소리처럼, 때로는 악의적으로 발을 쿵쿵 구르는 소리처럼 빗소리가 이어졌다. 물병 옆에 몸을 웅크렸다. 폭우는 시간까지 휩쓸어 가는 듯했다.

얼마나 지났을까. 누군가 손가락으로 뺨을 꾹꾹 눌렀다. 엄마가 돌아온 걸까. 컵라면이라도 넉넉하게 받아 왔을까. 아슴푸레 눈을 떴을 땐 사방이 어둑했다. 올려다보니 천장에서 물이 떨어지고 있었다. 어느새 얼굴은 흠뻑 젖어 있었다. 손전등부터 찾아 켰다. 천장에 돋아난 꽃잎 사이로 물이 뚝뚝 떨어지고 있었다. 되는대로 빈 그릇을 찾아 아래에 받쳐 놓았다.

창문을 열어 보니 빗줄기는 조금도 잦아들지 않았다. 빗소리 사이로 다급한 발걸음 소리가 꽂혔다. 목소리가 멀리서부터 성큼성큼 다가왔다. 누군가가 컨테이너 박스 사이를 돌며 말을 전하는 것 같았다. 목소리가 가까 워질수록 받쳐 놓은 그릇에도 빗방울이 빠르게 고였다. 그릇을 비워야 할 때쯤 문이 열렸다. 반도 열리지 않은 데다가 굵고 단단해진 어둠 때문에 밖에 선 사람을 알아볼 수 없었다. 목소리만 억세게 달려들었다.

"중요한 것만 들고 당장 나오세요. 빨리요! 빨리!"

컨테이너 박스 안을 휘둘러봤다. 무엇부터 챙겨야 할지 알 수 없었다. 허둥대며 이리저리 돌아다녔다. 서랍장 위에 위태롭게 얹힌 회전의자부터 바닥에 부려 놓았다. 짐작보다 훨씬 무거워 거의 끌어안다시피 한 채 뒤뚱거리다가 겨우 내려놓았다. 그때 바퀴가 아버지 팔목을 건드렸다. 아버지는 분명 움찔했다. 밖엔 벌써 떠날 채비를 서두르는 사람들로 북적였다. 그래도 아버지는 남의 일인 듯 일어나지 않았다.

대충이나마 짐을 꾸렸을 때까지도 엄마는 돌아오지 않았다. 우비가 보이지 않아 급한 대로 양산을 꺼냈다. 양산이라도 쓰고 찾으러 나가 볼 심산이었다. 창을 여니 빗물이 덩어리째 들이닥쳤다. 누군가 밖에서 컨테이너 박스 안으로 물을 한 바가지씩 퍼붓는 것 같았다. 무작정 양산부터 펼쳤다. 눈앞이 양산에 새겨진 조잡한 꽃무늬로 가득 찼다. 차렵이불도 서랍장도 부탄가스도 아버지도 죄다 꽃무늬가 덮였다. 어디를 둘러봐도 온통 꽃뿐이었다. 문 쪽으로 몸을 옮겼다. 발밑에서 찰박거리는 소리가 울렸다. 바닥에 고인 물은 이미 발등을 덮었다. 아버지를 보니 귀밑까지 물이 차올랐다. 빗물이 떨어지던 자리에 받쳐 놓았던 그릇은 둥둥 떠 있었다. 물결을 따라 세간도 이리저리 떠돌았다. 올려다보면 온통 꽃인데 바닥은 싯누런 물이 입을 쫙 벌리고 있었다.

엄마는 어디쯤 왔을까.

문부터 열어야 했지만 밖에서 누가 잡아당기고 있는 것처럼 열리지 않았다. 한 손으로는 안 될 것 같아 양산을 집어 던졌다. 양산은 아버지 얼굴을 가렸다. 숨을 가다듬고 두 손으로 힘껏 문을 당겼다. 문은 틈을 내주지 않았다. 다시 한번 이를 악물고 힘을 썼다. 신음이 절로 나왔다. 별안간 겨드랑이 밑에서 우비를 입은 팔이 쑥 뻗어 나왔다. 팔목에는 멍 자국이 선명했다. 문고리를 잡은 손 위에 다른 손이 겹쳤다. 호흡을 가다듬고 한번 더 손잡이를 당겼다. 그제야 문이 스르륵 열렸다. 일순 흙탕물이 한꺼번에 쏟아져 들어왔다. 뒤에 선 사람은 돌아볼 틈도 없이 휩쓸려 갔다. 숟가락과 슬리퍼와 어디에 있었는지 모를 거울과 뒤섞여 가뭇없이 사라졌다.

겨우 몸을 틀었을 때 컨테이너 박스가 포효하며 통째로 움직이기 시작했다. 허우적거리다가 재빨리 옆구리를 스쳐 가는 회전의자에 올라탔다. 그대로 컨테이너 박스를 빠져나왔다.

밖은 앞을 가늠하지 못할 정도로 캄캄했다. 손을 내밀어 봐도 잡히는 건 빗물뿐이었다. 회전의자를 타고 무작정 떠내려가는 수밖에 없었다. 다리를 뻗어 이리저리 휘저어 봐도 소용없었다. 방향은 조금도 달라지지 않았다. 그사이 회전의자는 정신없이 돌았다. 시선이 제멋대로 바뀌는 바람에 어디까지 떠내려 왔는지도 알 수 없었다. 겨우 조금 떨어진 곳에 신호등이 보였다. 동네에 들어오던 날 봤던 신호등인지도 몰랐다. 불빛이 깜빡이는 듯했지만 물에 잠겨 흐릿했다. 무슨 색인지도 짐작할 수 없었다. 고개를 뒤로 젖히자 두꺼운 울음이 쏟아졌다. 눈물과 빗물이 뒤범벅된 데다 땀까지 섞였다. 불쑥 엄마가 회전의자를 타면서 냈던 소리는 웃음이 아니었을지도 모른다는 생각이 들었다. 목소리를 내 봤지만 빗소리에 맥없이 흐무러졌다. 주변에는 동그랗게 뭉쳐진 울음소리가 둥둥 떠다녔다. 얼마 내려가지 않아 얼핏 라면한 박스를 이고 올라오는 엄마가 보였다. 순간 나무 하나가 스쳐 지나갔다. 한 번 더 소리를 내질렀지만 목소리는 빗소리와 뒤엉켰다.

벨롱

윤이 편지에 쓴 악취는 사실이었다. 여자는 곧이곧대로 듣지 않고 그 나이 때 흔히 하는 과장이라고만 생각했다. 겨우 엄지손톱만 한 벌레를 보고 와선 팔뚝보다 크다고 하거나 공작 시간에 손가락 끝을 살짝 베였을 뿐인데도 피가 여기저기 튀었다는 식으로. 모두 사실이라고 생각하고 보니 편지는 다르게 읽혔다. 투정이 적당히 섞여 있던 문장은 원망으로, 원망은 어느 순간 간절한 구조 요청으로 변했다.

악취는 큰길에 들어설 때부터 끈덕지게 달라붙었다. 택시 기사는 미리 알았는지 좌회전하자마자 창문을 닫았다. 바람을 쐬던 여자는 괜히 심통이 나서 창문을 열었지만 얼마 지나지 않아 닫을 수밖에 없었다. 코끝을 쥐고 흔들어 대는 것처럼 어질해지는 냄새였다. 택시 기사는 그럴 줄 알았다는 듯이 룸 미러로 여자를 힐끗거리고 나서 피식 웃었다. 눈이 마주친 여자는 창밖으로 시선을 보냈다. 멀리 짓뭉개 놓은 것처럼 바다가 희미하게 보였다. 택시는 빠르게 달리고 있었지만 바다는 조금도 가까워지지 않았다. 마을이 보이자 여자는 이제 냄새가 좀 가셨을까 싶어서 슬쩍 창문을 내렸다. 택시 기사는 속력을 줄이면서 타이르는 목소리로 말했다. 목소리 끝에는 관광객을 대하는 듯한 깍듯함이 묻어났다.

"이 구역 전체가 그래요."

여자는 창문을 닫고 시트 안으로 깊이 파고들었다. 택시 기사는 라디오를 끄고선 큼큼거렸다. 그 전까지 여자는 라디오가 켜져 있는 줄도 몰랐다.

"이제 어딜 가나 냄새가 날지도 모르죠."

딱히 여자에게 하는 말 같지는 않았지만 어딘지 모르게 물어봐 주길 바라는 듯했다. 늦게 물으면 이상해 보일 것 같아 여자는 조금 서둘렀다. 그 바람에 얼마쯤 못마땅하다는 말투처럼 들렸다.

"왜요?"

"사람들이 득시글거리니까요."

택시 기사는 창밖으로 턱짓을 했다. 곳곳에 공사가 한창이었다. 공사장 입구마다 굵직한 글씨로 리조트 이름이 박혀 있었다. 여자가 이름을 보려고 고개를 돌리면 택시 옆으로 트럭이 지나갔다. 그때마다 먼지가 일어 시야가 흐려졌다. 이어서 택시까지 조금 기우뚱거리는 느낌이 들었다. 그리고 보니 창문을 열었을 때 파도 소리라고 생각했던 게 공사장에서 나오는 소음이었을지도 모른다는 데에 생각이 닿았다. 도처에 펜션이 늘어나고 있다는 게 그냥 떠본 얘기는 아니었던 모양이다.

작년까지만 해도 노파는 집을 개조해서 펜션으로 꾸며 놓으면 어떻겠냐고 물어 왔다. 동네에는 이미 그런 식으로 수입을 얻고 있는 집이 꽤 있다고도 덧붙였다. 한번은 얼마간 간드러진 목소리로 휴가 때마다 돈 들여 가며 놀러 가지 말고 펜션으로 오면 되지 않겠냐고도 했다. 여자는 얼버무리면서 혀 밑에 맴돌던 말을 간신히 눌러 삼켰다. 몇 년째 휴가다운 휴가는 없었다. 고작 하루나 반나절 쉬는 게 전부였다. 그나마도 월요일이나 금요일에 잡으려고 하면 주변에서 눈치를 줬다. 언제부턴가 여자도 누군가 휴가를 내려고 하면 몰래 흘겨보곤 했다. 휴가가 있다고 한들 남자와 맞추기도 어려울뿐더러 섬으로 내려오면 그게 휴가일까. 게다가 노파가 펜션까지 하고 있다면 꼼짝없이 일을 도와야 할 게 빤했다. 노파는 모르는 척하며 버티는 여자를 향해 도시 사람들은 눈치가 빠르다는데 넌 왜 그 모양이냐고 성을 냈다. 여자는 누가 눈치 없는 건지 헷갈렸다.

"자꾸 사람들이 내려오니까 넘쳐 나는 오물을 다 처

리하지 못하는 거죠. 하수처리장만 그런가, 쓰레기는 또 어떻고!"

택시 기사는 여자도 그런 사람 중 하나가 아니냐고 쏘아붙이는 것 같았다. 하수처리장 얘기를 듣고 나니 악취에 대한 윤곽이 잡혔다. 택시 기사는 다시 라디오를 켰다. 끈적끈적한 노래가 흘러나왔다. 여자는 처음 들어 보는 노래였다. 어느새 택시 기사는 노래를 따라 흥얼거리기 시작했다. 끝날 듯하면서도 계속 이어지는 노래였다. 노래가 끝나면 도착할 수 있을까. 노파의 집은 하수처리장과 그리 멀지 않은 곳에 있었다.

택시는 예상보다 일찍 도착했다. 그래도 여자는 어쩐지 같은 자리를 맴돌다가 겨우 목적지에 내려 줬다는 의심을 지울 수 없었다. 여자는 택시 기사가 카드 결제기에 카드를 꽂는 사이 호흡을 가다듬었다. 카드를 받고 나서도 한동안 택시 안에 버티고 있었다. 잊고 있던 악취 때문이었다. 택시 기사가 고개를 틀어 여자의 표정을 살피는 사이 여자는 호흡을 참고 택시에서 내렸다.

그악스러운 파도 소리와 날 선 악취가 여자를 단단히 움켜쥐었다. 등 뒤에서 볶아치는 바람 때문에 더 옴짝달싹할 수 없었다. 바다 쪽을 보면 나아질까 싶어 시선을 돌렸다. 바닷물은 얼룩덜룩했다. 한쪽에는 선을 그어 놓은 듯 누런 자국도 선명했다. 자국을 지워 내듯 바람이 사나워지자 잊고 있던 악취가 몰려왔다. 악취가 다리를 붙들어 놓은 것처럼 여자는 걸음을 뗄 수 없었다. 나아가야겠다고 생각했지만 그때마다 뭔가 앞에서 단단히 버티고 있었다. 택시 기사 말로는 얼룩이 보이는 쪽에서 제대로 처리되지 않은 하수가 흘러나오고 있다고 했다. 당장은 어쩔 수 없는 일이라고도 덧붙였다. 시설을 보완하려면 적어도 삼사 년이 필요했다. 그동안에도 하수는 계속 쏟아질 것이었다. 이대로라면 더 늘어날 게 분명했다. 악취는 말할 것도 없었다. 택시 기사는 이번에도 마치 여자 때문이라는 듯이 말했다. 여자는 아무 대꾸도 하지 않았다.

여자는 막 걸음마를 배운 아이처럼 비틀거리면서 겨우 걸음을 이어 나갔다. 잠깐 윤의 첫걸음마가 떠올라 빙긋 웃었지만 표정은 금세 가라앉았다. 길마다 구정물이 고여 있었다. 구정물마다 악취도 한 움큼씩 뭉쳐 있었다. 거의 웅덩이처럼 보이는 구정물을 아슬아슬하게 뛰어넘는 동안 생각은 견고해졌다.

윤을 계속 여기에 내버려 둘 순 없었다. 노파도 병원에 들어갔다고 했다. 일하는 동안 노파가 윤을 잘 돌봐줄 거라는 남자의 말은 통하지 않게 된 셈이었다. 그래서인지 남자는 노파의 입원 소식을 뒤늦게 알렸다. 그나마도 여자가 캐물어서 겨우 말해 준 것이었다. 캐묻지 않았다면 언제 알려 줬을지 알 수 없었다. 어쩌면 이미 윤도 노파처럼 병에 걸렸을지 몰랐다. 남자는 여자에게 숨기는 게 많았다. 여자가 윤의 안부를 물을 때도 야무지게 말해 주는 법이 없었다. 도리어 잘 지내고 있으니 그만 좀 물어보라고 고함을 지를 때도 잦았다. 그때마다 여자는 마지막으로 아토피에 대해 물으려다 말았다.

남자가 아토피를 핑계 삼아 윤을 데리고 노파의 집으로 들어간 지 반년쯤 지났다. 여자는 남자의 표정을 구석구석 살펴봤지만 별다른 방법이 없다는 데에 동의할 수밖에 없었다. 그때까지만 해도 여자는 윤을 포기했다고 생각하지 않았다. 돌이켜 보면 포기하지 않을 거라고 다짐하는 것부터가 포기의 시작이었다. 이제껏 많은 것들이 그런 식이었다. 바쁘더라도 아침밥은 꼭 차려 먹어야지, 주말은 윤과 함께 시간을 보내야지, 윤의 전화는 놓치지 말아야지, 일부러라도 남자 앞에서는 웃어야지 했던 다짐들은 어느새 남의 일처럼 멀어졌다. 아침은 시리얼에서 대충 밖에서 때우는 걸로 바뀌었다가 생략하는 걸로 굳어졌다. 주말은 밀린 잠을 보충하는 것만으로도 모자랐고 회사에 나가 봐야 할 때도 있었다. 모두 출근한다는데 여자만 빠질 순 없었다. 휴일에 나올 필요까진 없다고 했지만 휴일에 처리해야 할 업무 중 일부는 여자가 맡는 일이었다. 윤의 전화는 꼭 바쁠 때만 걸려왔고 밖에서 돌아오면 남자에게 나눠 줄 웃음은 남아 있지 않았다.

동네는 생각보다 많이 달라져 있었다. 네댓 번쯤 와

봤으니 금방 찾을 거란 기대는 악취 뒤로 슬그머니 숨었다. 노파 말마따나 펜션이 많이 들어선 탓일지도 몰랐다. 그러고 보니 낮게 웅크리고 있던 집들 중 몇몇은 허리를 세운 듯 우뚝 솟아 있었다. 예전엔 이층집만 되어도 웃자란 풀처럼 어디서든 눈에 띄었는데 이제 3층짜리 건물도 심심찮게 눈에 들어왔다. 얼핏 보면 돌담과 구분할 수 없던 낡은 대문은 알록달록한 색으로 덧칠되어 있었다. 벽에도 빠짐없이 벽화가 그려져 있었다. 빈틈을 남기면 안 된다는 각오로 그린 듯 구석구석까지 무늬로 빼곡했다. 여자는 큼지막한 꽃이나 익살스럽게 웃는 얼굴 앞에서 멈칫했지만 이내 걸음을 서둘렀다. 악취는 벽이나 바닥에까지 단단하게 뒤엉켜 있었다.

그새 길이 새로 뚫렸거나 넓어진 듯했다. 횟집도 제법 많이 들어섰다. 대부분 도시에서도 볼 법한 이름이라 무성의하게 지었다는 인상이 들었다. 물소리만 요란할 뿐 정작 횟집 수족관에는 물고기가 별로 없었다. 점심시간이 가까워 오는데도 안쪽은 텅 비었고 불을 켜지 않아 어두침침하거나 아예 문을 걸어 둔 횟집도 있었다. 하긴 이런 악취 속에서 회를 먹고 싶진 않을 것이었다. 오는 동안 한 사람도 만나지 못했던 것도 그 때문일지 몰랐다. 어른들은 일하러 나가고 아이들은 학교에 있을 시간이라고 해도 이상할 정도로 사람이 없었다. 이쯤 걸었으면 어슬렁거리는 고양이라도 한 마리 나타나야 하지 않나 싶었다. 언젠가 남자는 이제 동네 여자들도 바깥일을 하러 나선다고 했다. 그래서 더더욱 일을 찾기 어렵다고도. 그때 여자는 이제 그런 핑계 지겹다고 했지만 헛소리는 아닌 듯했다.

노파의 집은 새로 들어선 횟집과 펜션 사이에 끼어 있었다. 일부러 작정하고 찾지 않는 이상 모르고 지나칠 만큼 눈에 띄지 않았다. 얼핏 보면 건물 사이에 난 구멍처럼 보였다. 3층짜리 펜션 때문인지 지붕은 대부분 그늘로 뒤덮여 있었다. 마지막으로 왔을 때만 해도 동네 어귀에서 한눈에 들어오던 집이었다. 가까이 와서 보니 노파의 집까지 벽화가 그려져 있었다. 그다지 정교하지 않은 바닷속 풍경이었다. 그나마도 군데군데 칠이 벗겨져 있었다. 남아 있는 색도 대부분 바랬다. 벽화 때문인지 노파의 집은 횟집에 딸린 창고로 보였다. 여자는 집 주변을 두어 바퀴 돌았다. 벽화가 담장과 대문에 걸쳐 그려져 있는 바람에 도통 대문을 찾을 수 없었기 때문이다. 몇 번을 더듬거리고 나서야 겨우 대문을 찾았다. 고래가 그려진 자리였다. 고래는 몇 걸음 떨어져서 바라봐야 알아볼 정도로 큼지막했다. 고래 배가 열리는 걸 보면서도 여자는 이게 정말 대문이 맞는지 긴가민가했다. 대문이 열리자 마당에 가느다란 햇빛이 그어졌다. 집 안으로 들어서자 진짜 고래 배 속으로 들어선 기분이 들었다. 어두웠고, 무엇보다 소화되지 못한 음식물에서 나는 것 같은 시큼한 냄새가 풍겼다. 여자는 괜히 헛기침을 여러 번 뱉었다. 누가 있을지도 모른다는 생각 탓이었다. 집 안은 헛기침 소리까지 빨아들이듯 조용했다. 남자는 일거리를 찾아 나갔을 테고 노파는 병원에 있을 것이었다. 그리고 윤은 곧 돌아올 것이었다. 여자는 급한 대로 간단한 짐만 챙겨 윤을 데리고 떠날 생각이었다.

덜 닫힌 대문 사이로 악취가 들어와 몸을 부풀렸다. 노파는 악취가 자신을 병들게 했다는 것에 대해 조금도 의심하지 않는 눈치였다. 윤의 아토피가 나아지지 않는 이유도 비슷하다고 생각했다. 편지 내용을 미루어 짐작해 보면 나아지기는커녕 더 심해진 모양이었다. 이러다간 결국 온몸을 휘감을지도 몰랐다. 악취가 아니라면 아무것도 설명할 수 없었고 악취라면 뭐든 가능했다. 그래도 남자는 계속 섬에 있겠다고 고집을 부렸다. 여자는 고집스러운 남자를 두고 자기 주관이 뚜렷한 사람이라고 생각하던 때도 있었다. 하지만 식성이 좋아 아무거나 잘 먹는 모습이 무식하게 식탐만 잔뜩 오른 사람으로 보이기 시작했던 것처럼, 친구들과의 돈독한 관계가 결국 가정에 소홀한 데 대한 구차한 변명으로 변질됐던 것처럼 생각이 틀어졌다. 세심하게 챙겨 주던 모습은 어느새 애 취급하는 것처럼 느껴졌다. 마땅한 취미가 없는 것조차 그저 게을러 보였다. 한적한 길에서도 신호는 꼭 지키던 것마저 고지식하게 보이자 여자는 어리둥절해졌다. 남자가 달라졌는지 여자가 달라졌는지 헷갈렸기 때문이다.

대문을 닫으려는데 시커먼 얼굴 하나가 불쑥 들어왔다. 여자가 뒤로 물러나는 사이 무릎과 가슴이 차례차례 마당으로 들어섰다. 사내의 몸집과 그림자가 합쳐지자 온 집 안을 뒤덮을 것처럼 거대해졌다. 그때까지도 얼굴은 제대로 알아볼 수 없었다. 여자가 얼굴을 알아보려 애쓰는 사이 목소리가 먼저 달려들었다. 도시 말투를 쓰려고 노력하는 게 역력한 억양이었다.

"여긴 아무나 막 들어오는 데가 아닙니다."

이어서 사내는 여자 같은 사람을 잘 안다는 듯 혀를 찼다. 뒤따라 나오는 목소리는 조금 전보다 가라앉았다. 여러 번 연습한 것처럼 매끄러운 목소리였다.

"그쪽이야 가서 이 동네에 냄새가 난다고 떠들어 대면 그뿐이지만 그걸로 여기 있는 사람들은 밥벌이를 못합니다. 이제 누가 여기로 놀러 오겠습니까?"

어느새 사내는 햇빛이 일렁이는 마루 쪽으로 자리를 옮겼다. 그다음 깨진 자리를 피해 짐을 부리듯 걸터앉았다. 그러자 사내는 함지나 빗자루처럼 집의 일부처럼 보였다. 노파의 집에 자주 드나드는 사람 같았다. 서서히 그림자가 걷히고 사내의 몸집이 고스란히 드러났다. 생각보다 왜소했다. 여자가 자리를 옮기자 얼굴도 확실해졌다. 어디선가 본 듯한 얼굴이었다.

"여기 사람들은 아무 죄가 없습니다."

동네 사람이면 한 번쯤 마주쳤을 법도 했다. 그때마다 여자는 노파나 남자와 함께였다. 이제껏 동네 사람을 혼자 마주한 적은 없었다. 사내도 비슷한 생각을 하는지 고개를 기울였다. 어디서 봤던 얼굴인지 생각하느라 미간을 좁혔다. 여자는 노파 이름을 떠올려 보다가 포기하고 그 대신 남자 이름을 기억해 냈다. 이름은 입안에서 맴돌다가 누가 억지로 밀어낸 것처럼 튀어나왔다. 사내 표정이 얼마간 밝아졌다. 그쯤 사내는 자세를 고쳐 앉았다.

"어두워서 몰라봤네요. 미리 전화라도 하고 오시죠. 이 댁 사람들은 죄다 밖에 있을 텐데. 할머닌 병원에, 아들은……."

"알아요."

여자는 매몰차게 들릴 수 있다고 생각하면서도 돌연 말을 끊었다. 일부러 전화하지 않고 온 거란 얘기는 숨겼다. 그 대신 두리번거리면서 윤의 방을 찾았다. 큰방은 세간으로 뒤엉켜 있으니 안쪽 방을 썼을 것이었다. 짐작과는 달리 방은 비어 있었다. 구석에 이불이 반듯하게 개켜져 있고 문갑 위에는 드라이어와 함께 깨끗한 수건이 올라가 있을 뿐이었다. 기어이 민박이라도 친 모양이었다. 그동안 윤이 어디서 숙제를 하고 잠을 잤을지 알 수 없었다. 당장 입힐 속옷과 겉옷부터 찾아야 했다. 노파는 집에 들어올 리 없었고 허탕 친 게 아니라면 남자도 해 질 무렵 들어올 게 분명한데도 여자는 조바심이 났다. 사내에게 속마음을 들키지 않으려고 걸음과 표정에도 신경을 썼다.

윤의 물건을 찾은 건 마루에 나와 있는 서랍장에서였다. 마룻바닥에서 올라오는 한기가 사뭇 날카로웠다. 여자가 서랍을 열어 보는 동안 사내는 마당을 서성거렸다. 할 말이 있는 사람처럼 보였지만 딱히 말을 거는 건 아니었다. 간간이 몰아 내쉬는 숨소리만이 집 안을 메웠다가 사라질 뿐이었다. 여자는 성가시다는 듯 마지막 서랍을 거칠게 열었다. 속옷 옆에는 몇 장 쓰지도 않은 노트가 서너 권 있었다. 윤의 글씨는 같이 있을 때보다 더 엉망이었다. 어떻게 보면 단단히 화가 난 것 같은 글씨였다. 편지와는 딴판이었다. 여자는 되는대로 노트를 쑤셔 넣다가 집에서 기다리는 것보다 학교 앞에서 바로 데려가는 게 낫겠다는 생각이 들었다. 다시 노트를 봤지만 좀처럼 학교 이름을 알아볼 수 없었다. 윤의 이름마저 수수께끼처럼 보였다. 사내라면 윤이 다니는 학교를 알지도 몰랐다.

부리나케 마당으로 나섰지만 사내는 없었다. 그림자만 번져 놓고 도망친 것처럼 마당은 어둑했다. 대문마저 굳게 닫혀서 어둠이 한층 짙었다. 그새 밖으로 나간 모양이었다. 혹시 몰라 후다닥 대문을 열어젖혔다. 지나가던 아이가 제자리에서 껑충 뛰어오르다가 슬금슬금 물러났다. 벽화 때문에 아이에게는 여자가 고래 배 속을 뚫고 나온 것처럼 보일 것이었다. 아이는 여자가 빼앗을 듯이 책가방을 꽉 안았다. 얼굴은 윤보다 더 어려 보였고, 다시 보면 그 또래처럼 보이기도 했다. 벌써 학교가 끝날 시간인가. 여자가 물어보기도 전에 아이는 도망치듯 달아났다. 여자는 제자리에서 아이를 향해 고개를 돌렸다. 멀리 사내의 모습이 보였다. 사내는 갈매기가 낚아채 가도 이상하지 않을 정도로 작았다. 여자는 힘껏 사내를 불렀다. 파도 소리에 묻혀 알아듣지 못할 거라는 예상과 달리 사내는 한 번에 돌아섰다. 꼭 여자가 부르기를 기다린 사람처럼 보일 정도였다. 여자는 돌아선 사내의 모습이 예전의 노파인 것만 같아서 머뭇거렸다.

며칠 머물 작정으로 신혼집에 올라온 노파는 다음 날 섬으로 내려가겠다고 했다. 남자가 일어서는 노파를 말렸지만 오후 비행기표라도 끊으라고 성화였다. 여자는 공기 질이 좋지 않아서 그런지 너무 높은 아파트가 문제인지 알 수 없었다. 어쩌면 입맛에 맞지 않는 음식 때문일지도 몰랐다. 어설프게 섬에서 먹는 음식을 흉내낸 게 잘못일 수도 있었다. 혹시 집을 공동 명의로 한 게 맘에 들지 않는 건가 싶은 생각마저 들었다. 돌아선 노파가 전하는 목소리는 짐작을 한참 벗어나 있었다.

"여긴 너무 조용하구나. 그래서 숨이 막힐 것 같아서 그런다."

소음이 없는 것도 이유가 될 거라고는 생각하지 못했던 여자는 몇 번이나 되물었다. 공단과 멀지 않아 딱히 조용하다고 할 수 없는, 그만큼 더 저렴한 아파트 단지였다. 나중에야 노파가 아침저녁으로 휘몰아치는 파도 소리에 몸을 맡기며 바람이 출렁이는 대로 살아왔다는 것을 깨달았다. 섬에 비하면 아무 소리도 들리지 않는 거나 마찬가지였고 바람도 물렁하게 느껴지는 아파트에서는 오래 버티기 힘들 만도 했다. 그때 여자는 섬에 있으면 노파가 끝내 건강할 줄 알았다. 노파가 병에 걸렸을 때 동네에는 이미 비슷한 처지의 노인이 많았다. 대부분 악취가 원인이라는 데에 입을 모았다. 아무리 바닷물이 밀려왔다가 다시 쓸려 내려가도 악취는 조금도 잦아들지 않았다. 여자는 언제부턴가 바닷물 색깔도 예전 같지 않았다는 말을 흘려들었다.

펜션에 방이 남아돌기 시작한 건 그때부터였다. 개조한 비용은 고스란히 빚으로 남았다. 손님이라곤 악취를 모르고 내려온 관광객뿐이었다. 그중 다시 올라가기가 힘들거나 다른 지역에 방을 구하지 못한 사람들이 어쩔 수 없이 펜션에 들어섰다. 소문은 금세 부풀어 최근에는 방송국에서도 내려왔던 모양이다. 처음에는 동네 사람들이 서로 나서서 인터뷰했다. 그중 음식 정보 프로그램 같은 데에 나올 거라고 기대하는 사람도 있었다. 하지만 이제 인터뷰하는 사람이 있으면 월요일이나 금요일에 휴가를 내려는 사람처럼 눈치를 줬다. 방송국에서는 원인을 찾아내 금방이라도 동네를 원래대로 되돌려 줄 것처럼 나섰지만 외려 소문만 더 키운 꼴이 됐다. 화면은 모자이크로 덮였고 동네 이름도 가려졌지만 사람들은 금세 어딘지 알아챘다. 그때도 노파는 중얼거렸다. 도시 사람들은 눈치가 빠르다더니.

그때부터 동네 사람들은 대놓고 낯선 사람을 몰아냈다. 그들은 괜히 동네만 들쑤셔 놓을 뿐이었다. 오랜만에 관광객인가 싶으면 관광객으로 위장한 기자일 때도 여러 번이었다. 그러자 모르는 얼굴만 보이면 일단 방송국에서 나온 사람은 아닌지 의심부터 했다. 사내가 여자를 착각한 것도 무리는 아니었다.

사내는 윤의 글씨를 한참 내려다보더니 고개를 들고선 한쪽을 가리켰다. 그쯤 학교로 보이는 건물이 보였다. 국기 게양대가 아니었다면 끝내 낡은 펜션처럼 보였을지도 몰랐다. 내친김에 여자는 학교가 언제 끝나는지도 물었다. 그사이 이쯤이면 끝나고도 남을 시간이라는 생각과 남자가 일을 마치고 돌아오는 시간과 맞물리면 어쩌나 싶은 걱정을 오갔다.

"오늘은 학교에 아무도 없을 겁니다. 선생님이라도 뵈시려고요?"

"그럼 애들은 어디에 있나요?"

사내가 서너 번이나 대답해 줬지만 여자는 한 번 더 되물었다. 처음에는 외국어처럼 들렸고 두 번째는 사투리처럼 들렸다. 사내 뒤로 얼룩덜룩한 바다가 보이자 어쩌면 모종의 암호일지도 모른다는 생각이 들었다. 그새 사내는 펜션에 들어가 빳빳한 관광 지도를 들고 나오더니 한쪽 귀퉁이를 가리켰다. 여자는 노파의 집이 지도 어디쯤인지 알 수 없었다. 그래서 사내가 가리키는 곳이 여기서 얼마나 먼 거리인지도 떠올리기 어려웠다. 그래도 선생님이 아이들을 데리고 갈 정도면 그다지 멀지는 않을 거란 생각이 들었다. 지도를 가까이 들여다보던 여자는 자신이 어느새 악취에 무뎌져 있다는 것을 깨달았다. 그사이 사내가 동네 초입에 세워져 있던 택시를 발견하고 손짓으로 불렀다. 택시는 미끄러지듯 사내 쪽으로 움직였다. 여자는 택시를 한눈에 알아봤다. 택시 기사는 여태 동네를 벗어나지 않고 있었던 모양이다. 택시가 오는 동안 사내는 여자를 힐끔거렸다. 표정을 살피는가 싶더니 한참 동안 여자의 단화를 내려다보고 있었다. 마치 신발은 제대로 신고 다니는 건지 궁금한 사람처럼 보였다. 여자가 실은 윤 때문에 내려왔다고 한 순간부터 사내는 틈틈이 여자를 힐끔거렸다. 눈이 마주친 여자는 그동안 동네에 몰래 하수를 버려 온 사람이라도 된 것처럼 얼굴이 달아올랐다.

여자가 올라타자 택시 기사는 빙긋 웃었다. 마치 여자가 다시 동네를 빠져나올 걸 미리 알았다는 듯한 웃음이었다. 괜히 멋쩍어진 여자는 입가를 실룩거렸다. 택시 기사는 이 동네에 손님을 내려 줄 때마다 얼마간 기다리게 된다고 했다. 여자는 허리를 곧추세웠다.

"외지 사람이라면 열에 예닐곱 명은 곧 되돌아 나오니까요."

여자는 모든 걸 손쉽게 악취 탓으로 돌렸다.

택시 기사는 목적지를 묻고는 알았다는 듯 휘파람을 불었다. 여자는 사내가 일러 준 곳을 말하려고 안간힘을 썼던 게 무색했다. 안간힘을 쓸수록 입술이 비틀리고 혀가 제멋대로 굴러다니는 기분이었다. 발음하면서도 이게 맞는지 알 수 없어 망설였다. 택시 기사가 못 알아들을 것을 대비해 여러 번 말할 준비까지 했다. 어쩌면 말할 때마다 모두 다른 발음처럼 들릴지도 몰라 조마조마했다. 하지만 택시 기사는 되묻지 않았다. 입술을 달싹이던 여자는 한숨을 내쉬고 엉덩이를 들썩였다. 창밖을 내다보니 사내는 보이지 않았다. 왜 그런 곳으로 체험 학습을 떠났는지 알 수 없었다. 여자가 중얼거리는 소리를 들었는지 택시 기사가 대답했다. 그곳으로 체험 학습을 떠나는 아이들이 제법 있는 모양이었다.

"아이들에겐 물건을 사고파는 체험도 필요한 법이죠."

언젠가 윤은 얼마나 많은 체험을 해 봐야 어른이 되

는지 물었다. 학교에서 노인 체험 학습을 마치고 돌아온 후였다. 윤은 시야가 뿌옇게 흐려지는 안경을 쓰고 팔다리에 무거운 모래주머니를 찬 채 계단을 오르내렸다고 종알거렸다. 여자가 대답을 고민하는 동안 윤은 귓속을 후비적거렸다. 한동안 귀마개를 하고 있어서 간지러운 모양이었다. 체험관 담당자는 아이들에게 귀마개를 하고 듣는 소리가 노인이 들을 수 있는 소리라고 설명해 줬다. 그러니 제대로 못 알아들으시더라도 우리가 이해해야 한다고. 윤은 여자를 꾸짖는 것처럼 전했다. 그동안 윤은 소방관이나 경찰 같은 직업 체험부터 농촌 체험과 어촌 체험까지 두루두루 거쳐 왔다. 더는 체험할 게 없을 거라고 생각했지만 매번 또 다른 체험이 계획되어 있었다. 다음 달에는 지진을 체험해 볼 차례였다.

남자와 여자는 섬에 내려가는 일을 두고도 체험 학습이라고 못 박았다. 뻗대던 윤은 조금 반기는 눈치였다. 윤이 체험 학습에 갖는 불만은 모든 아이들이 한꺼번에 하는, 그래서 누구라도 해 볼 수 있는 시시한 체험이라는 점이었기 때문이다. 섬에서 사는 일은 윤에게만 부여된 특별한 체험 학습 같은 것이었다. 어쩌면 윤은 섬에 머무는 시간이 어른이 되기 위한 과정 중 하나라고 생각할지도 몰랐다. 어떤 면에선 그리 틀린 얘기도 아니었다.

남자가 끝에 덧붙인 말에 윤의 마음은 완전히 기울어진 듯했다.

"섬에 가면 네 방도 따로 있어."

섬으로 떠나기 전날까지 윤을 보내는 일이 적절한 방향인지 판단할 수 없었다. 시답잖은 일로 윤을 내모는 것처럼 느껴지다가도 이내 버림받는 건 여자 쪽이라는 생각이 들었다. 그땐 아토피가 좋아질 수 있다는 데라도 기대를 걸었다. 새로 바꾼 연고는 처음엔 조금씩 호전을 보이는 것 같았지만 결국 제자리였다. 때마침 학교에서 왕따 사건에 이어 아이들끼리 목을 조르는 사건이 터지기도 했다. 가해자 아이의 엄마가 뒤늦게 도착한 탓에 갈등은 더 불거졌다. 윤은 가해자도 피해자도 아니었고 둘 중 어느 누구와도 알지 못했다. 몇 번이나 물었지만 그런 일이 있었는지도 몰랐다. 다른 학년에서 벌어진 일이니 모를 수도 있었다. 하지만 그 일로 윤의 반 학부모 중 몇몇은 전학까지 고려했다. 아이들에게는 어릴 때부터 면학 분위기가 중요하다는 게 이유였다. 그러자 아이를 학교에 남겨 두는 여자는 교육에 무심한 사람처럼 보였다. 윤이 떠나고 며칠 지나지 않아 집으로 성범죄자 신상 정보 고지서가 도착하기도 했다. 그때 여자는 얼마쯤 안도했다. 윤을 섬으로 보낸 건 위험한 환경에서 키우지 않기 위한 최선의 조치였다고 다독였다. 이내 생각은 빗나갔다. 결국 이유는 남자와 여자의 관계로 돌아왔다. 원인은 이따금 남자였고 그만큼 여자일 때도 있었다.

남자는 네 일이 더 소중하니까 쉽게 얘기하는 거 아

니냐며 따지고 싶었을 수도 있었다. 차라리 그런 식으로 얘기해 줬다면 여자는 편했을지 몰랐다. 그럼 섬으로 올 일도 없었을 것이다. 하지만 남자는 아무 말도 하지 않았다. 그때 여자는 남자 발등에 돋아난 몇 가닥의 털을 힐끗대고 있었다. 연애할 때 남자는 여자에게 맨발을 보여 주는 것조차 조심스러워했다. 하지만 언제부턴가 여자 앞에서 속옷 차림으로도 잘만 돌아다녔다. 시간이 흐르고 겨우 입을 뗀 남자는 변한 것은 도리어 여자라고 했다. 여자는 무엇이 달라졌는지 떠올려 보려고 했지만 마땅한 게 없었다. 남자는 자신이 대체 뭐가 달라졌냐고 따지듯 물었다. 질문이 여자의 머릿속에 맴도는 동안 남자는 아랫입술을 깨물고 있었다. 그때부터 다시 입을 열지 않았다. 목소리를 높이며 쏘아보고 으르렁거릴 때는 몰랐다. 도리어 오가는 말이 없어지자 관계가 완전히 어긋났다는 것을 깨닫게 되었다. 윤과의 관계마저 그렇게 되도록 내버려 둘 순 없었다.

여자가 윤을 데려와야겠다는 결심을 굳힌 건 엉뚱한 순간이었다. 윤이 떠나고 나서 계절이 막 바뀌던 때였다. 그동안 몇 번의 전화 통화가 전부였다. 편지를 보내오기도 했지만 여자는 학교에서 내 준 숙제라는 것을 쉽게 알아차렸다. 윤은 그마저도 편지를 써 보는 체험 학습이라고 생각할지 몰랐다. 어쩌면 남자에게 몇 통의 편지를 써야 어른이 되는 거냐고 물어봤을 수도 있었다.

어느 날 여자는 왜 자꾸 그런 걸 묻느냐고 되물었다. 윤은 얼마간 갈팡질팡하는가 싶더니 어른이 되면 혼자 있을 수 있기 때문이라고 했다.

편지는 바다를 건너와서 그런지 눅눅하고 차가웠다. 다 읽고 나선 휴가 때 섬에 가 볼 생각이었지만 언제나 그렇듯 휴가는 지구 반대편에 사는 개 이름처럼 낯설게만 느껴졌다. 편지를 받은 다음 날 여자는 예전처럼 출근하려고 역으로 향했다. 그때 선생님이 일러 준 예문처럼 읽히는 편지 속 윤의 문장이 떠올랐다. 예문이 아니라 윤이 생각해서 쓴 거라면 두고두고 미안할 만큼 애틋한 문장이었다. 지하철은 정해진 시간보다 늦게 들어섰다. 전력 공급에 문제가 생겼는지 안쪽 불은 꺼져 있었다. 여자는 더 늦어질까 봐 초조해졌다. 같이 일하는 사람들은 사소한 실수뿐 아니라 지각마저도 애한테 정신이 팔려서 그런 거라고 단정 지었다. 애를 시댁에 보냈다고 하면 또 뭐라고 수군거릴지 알 수 없었다. 여자에게 유리한 쪽이 아닌 것만은 분명했다. 지하철이 완전히 멈춰 설 때까지 마음은 달라지지 않았다. 출입문이 열리고 나서야 여자는 생각을 고쳤다. 비집고 들어갈 틈이 없을 정도로 사람이 꽉 차서 빛이 보이지 않았던 것이었다. 이번 지하철을 놓치면 지각할 게 분명했지만 여자는 돌아섰다. 아무리 많은 체험을 해도 끝내 어른이 되지 못할 거라는 생각에 휩싸였다. 설사 어른이 된다고 해도 온전히 혼자 있을 순 없다고. 그날 여자는 눈을 감은 채 오랫동안 제자리에 있었다.

택시 기사는 눈을 감고 있는 여자를 견디지 못하는 듯했다. 피로가 몰려온 여자가 조금이라도 눈을 붙이고 있으면 우렁찬 목소리로 외쳤다.

"잠은 나중에 자고 저기 좀 보세요. 언제 또 볼지 모르잖아요."

그때마다 차창 밖으로 이름 모를 커다란 나무나 너무 멀어서 얘기해 주기 전까지는 알아볼 수 없었던 타조가 보였다. 어느새 창문도 활짝 열려 있었다. 공기가 확연히 달랐다. 세 번째로 선잠에서 깼을 때 여자는 잠을 포기했다. 그때부턴 택시 기사가 하는 얘기에 적당히 맞장구쳤다. 언제부턴가 섬에서도 도시처럼 차가 밀리기 시작했다는 얘기나 하루에 몇 명이나 섬에 오는지에 대한 얘기였다. 목적지에 거의 도착했을 때도 여자는 "아 그렇군요." 하면서 시큰둥하게 받아쳤다. 그래서 택시 기사가 택시를 세웠을 때 여자는 자신의 반응에 화가 난 거라고 생각했다. 택시 기사가 몇 번쯤 발음하고 나서야 여기가 사내가 말해 준 곳이라는 걸 깨달았다. 여자는 카드를 받아 들고 나서려다가 물었다.

"여기서도 기다리실 거예요?"

"아뇨. 여기서 내리는 손님들은 죄다 한참 걸리더라고요. 금방 나오는 손님을 못 봤어요."

여자는 그 말이 시간이 걸리더라도 윤을 꼭 찾으라는 애기처럼 들렸다. 몇 가지 더 물으니 택시 기사는 무심한 목소리였지만 부족할 것 없이 대답해 줬다. 문이 닫히자 택시는 꾸물대지 않고 곧바로 떠났다.

사방을 둘러본 여자는 돌아서서 천천히 거닐었다. 한쪽 손에 들려 있는 윤의 짐이 거치적거려 걸음을 방해했다. 막상 도착하고 보니 윤을 금방 찾을지 자신할 수 없었다. 생각보다 많은 사람으로 북적였기 때문이다. 한꺼번에 웅성거리는 소리는 또 다른 파도 소리처럼 들렸다. 여기서 무언가 사려고 하면 결국 그건 살 수 없었다. 대부분 생각지도 못했던 물건을 사 들고 왔다. 물건을 이리저리 보다 보면 그동안 왜 안 사고 버텼는지 의아할 정도로 꼭 필요해 보였다. 어떨 땐 그 물건 없이 지내 온 시간이 거짓말처럼 느껴질 정도였다. 평생 쓸 일이 없을 것 같았던 물건에도 곧잘 지갑을 열게 되었다. 벨롱장은 그런 시장이라고 했다.

벨롱장 뒤로 보이는 바다는 여러 색을 품고 있었다. 노파의 동네처럼 선을 그은 듯 확연히 달라지는 자리는 없었다. 띄엄띄엄 보면 분명 다른 색인데 어디서부터 달라지는지 찾아낼 순 없었다. 능청스러운 바다는 시선이 흐르는 동안 슬그머니 표정을 바꾸곤 시치미를 뗐다. 벨롱장은 바닷가 귀퉁이에 색종이를 오려 붙여 놓은 것 같았다. 그동안 섬에서 보지 못했던 원색이 모두 모여 있었다. 딱히 규칙을 찾아볼 순 없었지만 그렇다고 충돌하거나 부딪혀 깨지진 않았다. 곳곳에 화려한 파라솔이 꽂혀 있었고 그 아래에서 사람들은 저마다 빨갛거나 노란 옷을 입고 손을 번쩍 들어 흔들었다. 와서 구경하라는 뜻일 것이었다. 어지러운 무늬의 셔츠를 입은 청년이 손짓을 보낼 땐 마치 여자를 향한 것처럼 보였다. 여자는 주위를 훑어봤다. 여자 말곤 아무도 없었다. 파도 소리가 여자를 부드럽게 감싸며 걸음을 재촉했다. 바닥이 고르고 바싹 말라 있어서 걸음은 시원스럽게 이어졌다. 걸음마다 들쩍지근한 냄새가 퍼졌다.

벨롱장에 들어서자 악기 소리가 또렷해졌다. 처음엔 무슨 악기인지 알 수 없었다. 음색이 파도 소리를 적당히 끌어당기고 맴돌다가 어느새 뒤로 숨었다. 파도 소리는 자리를 내주는가 싶다가도 다시 성큼 다가왔고 이내 멀찌감치 떨어졌다. 두 소리는 서로 장난치듯 휘돌다가 하나로 합쳐지고 다시 분리되어 모르는 척 돌아서기를 반복했다. 근처에 다다라서야 우쿨렐레와 젬베가 낸 소리라는 걸 알 수 있었다. 박자가 맞아떨어지는 소리는 아니었다. 하지만 파도 소리에 덮이자 모든 소리가 일정한 리듬을 품은 것처럼 들렸다. 웅성거리는 소리와 가격을 흥정하는 소리, 향초나 동전 지갑이 만들어진 사연을 또박또박 일러 주는 소리가 서로 포개져 멀리 번져 나갔다. 맞은편에는 작은 드럼을 치는 사람도 있었다.

밀짚모자를 깊이 눌러쓰고 있어 나이를 헤아릴 순 없었다. 아이들을 빼면 여기 사람들 대부분이 그랬다.

"혹시 아이들이 오지 않았나요?"

냉장고 자석을 크기별로 붙여 놓던 아줌마는 뭘 그런 걸 다 물어보냐는 듯이 곁눈질했다. 외지 사람인지 아닌지 가늠해 보는 것 같았다. 정리하는 손길은 조금도 늦춰지지 않았다.

"사방팔방 다 아이들이죠."

그다지 날 선 목소리는 아니었지만 여자는 어딘지 모르게 혼나는 심정이었다. 아줌마 말대로 아이들은 어디에나 있었다. 나이도 성별도 몸집이나 목소리도 제각각이었지만 모아 놓고 보면 서로 어울리는 구석이 있었다. 여자는 목소리에 힘을 주고 다시 물었다. 대답이 없으면 냉장고 자석을 열 개쯤 사겠다고 할 생각이었다.

"그러니까 몰려다니는 아이들이요. 체험 학습을 왔다고 하던데요."

"원래 애들은 자기들끼리 몰려다녀요."

무슨 말이라도 더 해야겠다고 생각했지만 관광객처럼 보이는 연인이 들어서는 바람에 뒤로 물러날 수밖에 없었다. 인솔 교사를 따라 줄을 맞춰 이동하면서 구경하고 있을 거란 생각은 빗나갔다. 문득 섬으로 떠나기 전 남자가 윤에게 했던 말이 떠올랐다. 섬에 가면 지금처럼 계획표에 맞춰 움직이는 일 따윈 없을 거야. 윤은 거실을 빙글빙글 돌면서 만세를 부르다가 여자와 눈이 마주치곤 금세 책상 앞에 앉았다. 여자는 어릴 때부터 규칙적인 생활을 해야 한다는 쪽이었고 남자는 어릴 때만이라도 자유롭게 해 주자는 쪽이었다. 윤이 남자를 선택한 것은 그 때문이었을까.

따지고 보면 윤이 남자를 선택할 만한 이유는 많았다. 때마다 예방 접종 일정에 맞춰 병원에 데려가고 게임을 하고 싶다는 윤을 억지로 학원으로 내모는 일은 여자가 맡았다. 남자는 윤과 놀이터에서 놀아 주거나 같이 텔레비전을 볼 때가 많았다. 여자와 윤 사이에 짜증이나 인상을 구긴 얼굴이 오가는 것과 달리 남자와는 말랑말랑한 웃음이 가득한 것도 그 때문이었다. 여자 몰래 게임기를 사 준 것도 남자였다. 마트에 가서도 남자는 뭐든 사 주자고 했고 여자는 뾰족한 억양으로 "안 돼!"를 몇 번이나 반복해야만 했다. 남자는 그깟 만 원쯤이라고 생각했고 여자는 대출 이자와 매년 늘어나는 교육비를 떠올리면 만 원도 허투루 쓸 수 없었다. 그러니 회사를 그만두고 윤에게만 매달릴 형편도 아니었다. 남자가 벌어 오는 것만으로는 감당하기에 벅찼다. 딱히 불만이었던 건 아니었다. 그래도 최소한 같이 아끼는 정도는 됐으면 했다. 여자의 바람과는 달리 남자는 회사를 그만두는 일마저 상의하지 않고 결정했다. 나중에야 무턱대고 나온 게 아니라 내몰리는 상황이 아니었을까 싶은 짐작이 들었다. 여자는 그 짐작마저 발을 동동 구르면서 했다.

윤을 보며 청소와 빨래까지 챙기려니 집에서도 늘 발을 동동 구르는 게 버릇이 되었다. 그사이 남자는 늦지 않게 쓰레기통을 비우고 화장실에 물때가 끼지 않도록 신경을 썼고 어지간해선 설거지도 미루지 않았다. 하지만 "힘들면 내일 해."라고 선심 쓰듯 말할 때면 괜히 기운이 빠졌다. 내일이 되어도 결국 각자의 몫은 그대로였다. 일을 쉬는 동안만이라도 집안일을 더 맡아 줬으면 싶었지만 행주를 짜서 널어 놓으면 그걸로 끝이었다. 여자가 출퇴근하는 동안 남자가 일을 찾기 위해 힘쓰는 건 알았지만 가끔은 의심스러웠다. 일을 찾는 것도 계속 내일로 미루고 있을지도 몰랐다. 인맥 관리를 위해 억지로 나간다던 술자리도 실은 일을 얻어 내기 위한 과정이 아닐지도 모른다는 생각이 들었다.

남자는 숙제가 힘들어 낑낑대는 윤에게도 힘들면 내일 하라고 했다. 내일은 또 내일 해야 할 숙제가 있었지만 꿈지럭거리던 윤은 남자의 말에 컴퓨터 앞으로 쪼르르 달려갔다. 여자가 주방에서 나와 째려볼 때까지 윤은 꿈쩍도 하지 않았다. 여자는 차라리 그런 이유로 윤이 남자를 선택했다면 다행일 것 같았다. 적어도 나이가 들면 부모 중 누군가는 꾸중과 잔소리를 할 수밖에 없다는 걸 깨달을 테니까. 여자의 맘이 쓰이는 건 따로 있었다. 윤은 여자를 선택해도 여자가 온갖 이유를 갖다 붙여 남자에게 보내리라는 걸 알았던 게 아닐까. 자기 방이 있어서 섬에 간다는 건 그저 빈말이었을지도 몰랐다. 곧 거짓말인 걸 알았을 텐데도 윤은 여자에게 내색하지 않았다.

생각을 이어 가는 동안 벨롱장 사이사이 아이들이 불쑥 튀어나왔다. 스티커나 연필을 파는 아이도 있었고 찰흙으로 만든 기린이나 삐뚤빼뚤하게 그린 그림을 파는 아이도 있었다. 그림은 아무리 들여다봐도 무엇을 그린 건지 알 수 없었다. 아이는 어깨를 으쓱거렸다.

"1,000원은 줘야 팔 거예요."

여자가 옅게 웃자 아이는 얼굴을 붉히면서 100원은 깎아 줄 수도 있다고 덧붙였다. 순간 여자 옆을 파고든 아이는 호기롭게 자기가 사겠다고 나섰다. 택시 기사가 말해 준 체험 학습이란 게 이런 거였나 보다. 몇몇은 물건을 팔았고 나머지 아이들은 물건을 사는 역할인 모양이었다. 윤도 어딘가에서 무언가를 팔고 있을지 몰랐다. 벨롱장의 규칙은 자신이 직접 만들어서 세상에 하나밖에 없는 것을 파는 거였다. 생각해 보니 여자에게는 윤이 그랬다. 그럼 윤은 무엇을 팔고 있을까.

아이들 얼굴은 계속 여자를 지나쳐 갔다. 그럴수록 전부 같은 얼굴처럼 뭉개져 보였다. 방금 핫도그를 파는 좌판에서 본 얼굴이 액세서리를 고르는 신혼부부 사이로 엿보이기도 했다. 인솔 교사부터 찾는 게 더 빠를 듯했지만 그렇게만 보이는 사람은 없었다. 모두 다 선생님이라 해도 그럴듯했고 공장 노동자나 식당 주인이라고 봐도 그런대로 수긍할 수 있었다. 이별한 지 얼마 되지 않은 사람이나 병원에 드나들 일에 지친 환자처럼 보이는 부류도 있었다. 모두 다 비슷한 사람인 동시에 전혀 다른 사람이었다.

미적거리던 여자는 수제 쿠키를 파는 쪽으로 몸을 틀었다. 전부 토끼 모양을 한 초콜릿 쿠키였지만 자세히 보면 크기가 제각각이었다.

"맛이 다 달라요. 어떤 건 너무 진해서 쓰고 어떤 건 달콤하죠."

여자가 고개를 들자 기다렸다는 듯이 말했다. 대단한 비밀이라도 전해 주는 말투였다.

"여기서 파는 건 다 수제니까요. 큰 걸 고르셔도 값은 같아요. 그러니 빨리 사는 사람이 이득이에요."

옆에서 엽서에 원하는 글씨를 써 주고 돈을 받던 소년도 비슷한 말을 했다. 샘플로 내놓은 엽서에는 한 사람이 썼다고 보기 어려울 만큼 다양한 글씨체가 있었다. 그날그날 기분이나 날씨 혹은 주문한 사람에 따라 다다르다는 설명이 이어졌다. 여자는 윤의 이름을 써 달라고 할 생각이었다. 하지만 막상 이름 뒤에 어떤 말을 넣으면 좋을지 떠오르지 않았다. 예문을 봐도 마땅한 게

없었다. 그나마 '너는 세상이 내게 보낸 선물이야.' 정도
가 나을 것 같았다. 그게 뒤늦게나마 윤이 보낸 편지에
대한 답장이 되면 좋겠다고 생각했다. 여자가 엽서를 고
르는 사이 누군가 어깨를 두드렸다.

"저기…… 혹시 그것도 파는 건가요?"

얼굴이 검게 그을린 여인은 여자의 짐을 가리켰다.
가방은 어느샌가 반쯤 열려 있었다. 안에 든 윤의 속옷
이나 노트, 크레파스 같은 게 훤히 들여다보였다. 한쪽
에는 되는대로 쑤셔 넣은 필통과 챙이 구겨진 모자도 있
었다. 여인이 여자 쪽으로 더 다가왔다. 가만히 두면 손
을 뻗어 가방 안 물건을 집을 것만 같았다. 여자가 대답
을 서두르는 사이 전화가 왔다. 남자였다. 아무래도 사
내가 알려 준 모양이었다.

"어디야?"

여자는 대답을 삼켰다. 남자는 여자를 떠보는 것일지
도 몰랐다. 사내에게 들었다면 여자가 어디에 있는지 알
고 있을 것이었다.

"……왜 온 거야?"

남자의 목소리는 귓속을 찔러 댔다. 윤이 편지에서
말했던 낯선 아빠가 이런 것이었을까. 여자는 남자가 하
는 말을 절반만 알아들을 수 있었다. 나머지는 파도 소
리나 아이들이 경쾌하게 내지르는 웃음, 덤으로 찻잎을
얹어 주고 이렇게 줘도 괜찮겠냐고 묻는 다정한 목소리

에 묻혔다. 거기에 악기 소리까지 끼어들었다. 남자는 목소리를 꼿꼿이 세웠지만 그럴수록 깊이 파묻혔다. 여자는 전화기를 든 채로 걸음을 틀어 출구를 찾았지만 도통 보이지 않았다. 밖에서 봤을 땐 그리 큰 규모가 아니라고 생각했는데 막상 안으로 들어서니 벨롱장은 끝없이 이어진 것만 같았다. 여자는 일단 바람이 불어오는 방향으로 부지런히 걸어 나갔다. 그사이 아무도 여자와 부딪히지 않았다. 검은 얼굴의 여인과도 점점 멀어졌다. 돌아서 보니 허공에 점이 찍혀 있는 것처럼 보였다.

"……제발 그만 좀 해. 내버려 두라고."

벨롱장에서 빠져나오자마자 남자 목소리가 귀를 비틀고 잡아당기는 듯했다. 여자는 벨롱장에서 멀어질 생각으로 길을 건너 걸음을 몰아쳤다. 등대와 가까워지는 동안 남자는 아무 말도 하지 않았다. 겨우 숨소리만 거칠게 내보내고 있었다. 숨소리만은 파도 소리에도 묻히지 않고 도드라졌다.

"애는 어디에 숨겨 뒀어? 설마 학교에도 보내지 않은 거야?"

말을 내뱉고 보니 여자는 남자가 윤을 숨기고 있다는 확신이 들었다. 이어지는 질문은 얼마간 집요해졌다. 여자의 목소리가 날카로워지는 것과는 달리 남자 쪽은 도리어 수그러들었다.

"그냥 너는 거기서, 나는 여기서 지내면 되잖아. 어머니

일만으로도 머리가 터질 것 같아. 너까지 보태지 좀 마."

여자는 남자가 예전과 조금도 달라지지 않았다고 생각했다. 그러자 어서 윤을 데려가야 한다는 생각에 단단히 사로잡혔다. 남자는 병든 어머니에게 신경 쓰느라 윤을 제대로 돌보지 못할 게 분명했다. 섬에 올 때 일시적으로나마 효과가 있던 연고마저 챙기지 않았으니 이제 아토피는 얼굴까지 번지고도 남았을 것이다. 윤이 놀림감이 되도록 가만히 두고 볼 순 없었다. 쇠락해 가는 펜션과 횟집, 낯선 투숙객이 수시로 드나드는 집은 성폭력범이 사는 동네나 왕따 사건이 있던 학교보다 나쁠 수도 있었다. 악취까지 떠올리면 도시보다 조금도 나을 것 없는 환경이었다. 게다가 섬엔 윤이 기대하던 자기 방도 없었으니. 윤이 편지에 어려운 문장으로 썼던 것도 아닌데 왜 여태껏 모르고 있었을까. 어쩌면 애써 모른 척해왔던 것일까. 설마 윤은 이미 도시에서 왔다는 이유로 겉돌고 있진 않을지. 이어서 노파가 조용한 아파트를 견디지 못했던 것처럼 윤도 파도 소리를 견딜 수 없었을 거란 생각에 닿았다.

"차라리 예전에 와서 데려가지 그랬어? 아니, 끝까지 네가 맡겠다고…… 그랬다면 지금, 지금 우리는……."

여자는 걸음을 멈추고 입술을 벌렸다. 귓속에서 목소리가 웅웅거렸다.

"이제라도 데려갈 거야. 그런 줄 알아."

"……애는 거기 없다니까."

여자는 속아 줄 생각이 없었다. 그동안 그랬던 것처럼 또 거짓말일지도 몰랐다. 사실은 자기도 너무 힘들다는 고백이나 새해에는 꼭 금연하겠다는 다짐처럼. 어쩌면 평생 함께하자는 진부한, 그래서 흔들렸던 약속마저도.

윤은 벨롱장 안에 있는 게 확실했다. 여자는 다시 한 번 샅샅이 훑어봐야겠다고 결심했다. 하지만 전화를 끊고 돌아선 여자는 한참 동안 걸음을 떼지 못했다. 벨롱장이 있던 자리는 누가 오려 내고 두껍게 덧칠해 놓은 것처럼 찾을 수 없었다. 남자와 통화하면서 얼마나 멀리 걸어 나왔는지 가늠해 봤다. 바람의 방향도 바뀌지 않았고 파도 소리도 그대론데 벨롱장만 사라졌다. 여자는 비치적거리면서 조금씩 나아갔다. 벌써 끝난 걸까. 그렇다고 해도 이렇게 깨끗하게 사라질 순 없었다. 쿠키 부스러기 하나 찻잎 한 장 떨어뜨리지 않고. 여자는 택시에서 내릴 때 기사가 해 줬던 대답이 떠올랐다. 근데 시장인 건 알겠는데 벨롱은 무슨 뜻이에요? 벨롱은 여기 말로 빛이 멀리서 반짝이는 모양이란 뜻입니다. 그만큼 찰나의 순간이죠.

여자는 시선을 먼 곳에 던졌다. 혼잣말처럼 웅얼거리는 소리가 들리는 것도 같았지만 파도 소리 때문에 확실하진 않았다. 그래도 귀 기울여 보면 윤의 목소리를 골라낼 수 있을 것 같았다. 벨롱장은 그쯤일지도 몰랐다.

남자와 옥신각신하는 동안 이만큼이나 걸어온 건가 싶었지만 여자는 그럴 수도 있다는 쪽에 무게를 뒀다. 거기쯤 체험 학습을 나온 윤이 꽃잎이 그려진 책갈피나 어디에 써먹을지 알 수 없는 구슬에 시선을 빼앗기고 있을 것이었다. 이제 여자는 윤이 물건을 파는 쪽이 아니라 사는 쪽일 것만 같았다. 자신이 직접 만들어서 세상에 단하나밖에 없는 게…… 윤에겐 없을 거란 생각 때문이었다. 그 대신 그런 물건을 찾아 종종거리며 돌아다니고 있지 않을까. 그사이 딱히 무엇을 사야 할지 알 수 없지만 사고 나면 꼭 필요했다는 생각이 들 것이었다. 어쩌면 그동안 책갈피나 구슬 없이 어떻게 살아왔는지 의아할지도 몰랐다. 끝내 그것들 없이 살아온 시간이 다 거짓말처럼 느껴질 수도 있었다. 벨롱장은 그런 곳이니까.

여자는 부지런히 걸음을 옮겼다. 윤을 데리고 어서 섬을 빠져나갈 생각이 걸음보다 앞섰다. 바람이 여자 등을 가볍게 훑었다. 일단 윤을 만나야 했다. 여자를 만난 윤은 벨롱장에서 자기가 찾고 있던 게 무엇인지 깨달을지도 몰랐다. 이제 여자는 거의 뛰다시피 걸었다. 하지만 멀리서 반짝이는 빛은 어쩐지 점점 멀어지는 것만 같았다.

전
망
대

터미널이 이전하면서 거리는 서둘러 쇠락해 갔다. 버스 노선은 절반 가까이 줄었고 교차로는 신호등이 꺼져 있어도 차량 통행에 문제가 없었다. 새벽까지 이어지던 소음과 노숙자 무리를 향한 민원도 끊긴 지 오래였다.

철거 일정이 공개되었을 때만 해도 몇몇은 복합 쇼핑몰이나 공공 기관이 들어설 거라고 기대했다. 대개는 계절이 바뀌기 전 일찌감치 자리를 떴다. 종일 밤이나 쥐포를 구우면서 손님을 빼앗길까 봐 서로 으르렁거리던 노파들도, 물려받을 생각으로 일을 배우던 슈퍼 청년도, 신문과 잡지가 안 팔리자 약국 눈치를 살피며 슬쩍 멀미약까지 끼워 팔던 아줌마도 사라졌다. 남은 사람들은 그저 누군가 꾹 밟고 지나간 표정으로 터미널이 있던 자리를 기웃거릴 뿐이었다. 계획보다 일찍 철거가 끝난 자리엔 버리고 갔다고 해도 이상하지 않을 자동차 몇 대만 먼지를 뒤집어쓴 채 세워져 있었다. 그 자리에서 무심코 고개를 들어 올리면 전망대가 보였다. 그쯤 누구라도 얼마간 느슨해진 목소리를 내뱉었다.

"아직 전망대가 남아 있었지."

예전엔 도시 어디서든 전망대가 눈에 들어왔다. 길을 잃으면 전망대를 보고 방향을 짐작하기도 했다. 이젠 전망대를 떠올리는 사람은 거의 없었다. 높은 건물을 찾는 일은 어렵지 않았고, 그래서 전망도 썩 시원하지 않았기 때문이다. 시선은 아파트나 빌딩에 부딪혀 좀처럼 멀리 뻗어 나가지 못했다. 틈을 파고들어 봐도 금세 가로막혔다. 그러니 관광객이 아니라면 굳이 찾아가지 않았다. 그나마 당일치기 일정에 넣는 일은 드물었다. 도시에 둘러볼 곳이 마땅찮아 대부분 숙박까지는 고려하지 않은 채 한나절이면 떠나기 일쑤였다. 담당 부서에서 체험 프로그램이나 축제를 기획했지만 오래 이어지진 않았다. 드라마나 영화 촬영이 몇 번쯤 있었지만 모두 조기 종영하거나 흥행에 참패했다. 이 도시에서만 보고 즐길 수 있는 무언가를 찾아내야 했지만 여전히 어려운 일이었다.

전망대는 원래 유원지 한가운데에 우뚝 솟아 있었다. 관람객이 줄자 유원지는 랜드로 이름을 재정비하면서 페인트칠을 새로 하고 잔디도 깔았다. 내친김에 무리해서 바이킹도 설치했다. 나중에는 사자까지 한 마리 데려왔지만 결국 적자를 면치 못했다. 전철이 뚫린 덕분에 대도시까지 오랜 시간이 걸리지 않았고, 대도시에는 유원지보다 열 배쯤 큰 월드가 있었다. 사자의 거취가 결정되고 너절한 놀이 기구가 차례차례 해체되는 와중에도 전망대는 끝까지 버텼다. 매년 운영비만 축내는 사정을 두고 날 선 의견이 오갔지만 비용이 만만찮아서인지 아니면 도시에 전망대라도 있어야 한다는 생각 때문인지 아직 철거 쪽으로 기울어지진 않았다.

요즘 전망대를 찾는 건 터미널을 착각한 외지 사람들이었다. 대도시행 고속버스는 하루 예닐곱 대뿐이라 한 번 놓치면 느긋하게 기다려야만 했다. 신설된 터미널로 가 봐야 시간을 때울 만한 일은 많지 않았다. 고작 대합실에서 TV를 보는 게 전부였다. 터미널은 시 외곽에 자리 잡아 멀리서 보면 논밭 위에 이물질처럼 혼자 덩그러니 서 있었다. 터미널을 중심으로 시가지가 만들어질 계획이라지만 아직은 요원해 보였다. 그쯤 전망대를 떠올릴 수 있었다. 관광 안내 책자에도 전망대를 그런 식으로 소개하고 있었다. 거기엔 굵은 글씨로 당일 버스표가 있으면 입장료가 할인된다고 쓰여 있었다.

매표소 안에선 나를 그런 여객 중 한 사람으로 보는

모양이었다. 얼굴은 보이지 않아 안에 있는 사람이 남자인지 여자인지도 알 수 없었다. 카드를 받아 든 손을 봐도 짐작은 더 나아가지 못했다. 건너오는 목소리도 도움이 안 되긴 마찬가지였다. 할인받을 수 있는 버스표가 있는지 물어볼 줄 알았지만 이어지는 목소리는 예상과 달랐다.

"비가 올 것 같은데 괜찮으시겠어요?"

그제야 하늘을 올려다봤다. 어느새 빗방울이 게으르게 떨어지고 있었다. 시선 끝에 전망대가 잡혔다. 어릴 땐 까마득했는데 이제 보니 별거 아닌 듯했다. 겨우 오래전 지은 아파트 높이쯤 되려나. 비까지 내리면 방을 더 볼 수 없을지도 몰랐다. 아무리 봐도 그 방이 그 방일 거라는 짐작과 그래도 혹시 모른다는 기대가 빗방울 속에 뒤엉켰다.

시선을 틀자 귀신의 집이 있던 자리가 눈에 들어왔다. 1년에 한두 번쯤 왔던 사람이라면 가물가물하겠지만 한때 매일 드나들던 나는 모를 수 없었다. 그 자리에는 의미를 짐작 못 할 조악한 조형물이 세워져 있었다. 조형물에는 우그러진 자국이 불규칙하게 퍼져 있었다. 가장자리마다 슬어 있는 녹과 부러진 자국은 의도된 것인지 훼손된 흔적인지 헷갈렸다. 조형물 끄트머리 벤치쪽에 입구가 있었을 것이다.

귀신의 집 입구와 출구 사이에는 두 개의 문이 있었다. 검은색으로 칠해져 있어 어지간해선 눈에 들어오지 않았다. 문이라는 걸 알아도 손잡이마저 검게 칠해놓아서 어디를 잡아야 할지 머뭇거릴 수밖에 없었다. 그중 하나는 매표소 쪽으로 나 있었다. 그쪽으로 나가면 줄서 있던 사람들과 오롯이 마주쳤다. 검은 문은 외벽 일부처럼 보여 문이 아니라 벽이나 어둠을 뚫고 나온 것처럼 보이기도 했다.

나는 번번이 비틀거리는 걸음으로 때론 누가 힘껏 밀쳐 낸 것처럼 떠밀려 나왔다. 오랫동안 숨을 참고 있어서 한껏 달아오른 얼굴로 날카로운 비명도 내질렀다. 그때마다 줄지어 있던 사람들은 전염병이라도 옮을 듯이 내게서 성큼 물러났다. 그쯤 한쪽에서 나타난 담당자가 담요로 내 몸을 감싸면서 생수병을 건넸다. 그제야 파르르 떨리던 어깨가 겨우 가라앉았다. 사람들 표정을 살폈다. 아랫입술을 깨무는 사람도 있었고 눈을 감고 한숨을 쉬거나 일행에게 얼굴을 파묻는 쪽도 많았다. 어깨를 슬쩍 밀치기라도 하면 금세 울 것 같은 표정도 드문드문 끼어 있었다. 누군가는 아예 주저앉았지만 줄에서 벗어나는 사람은 없었다. 줄은 도리어 더 길고 조밀해졌다.

"여기 진짜 대박이다!"

웅성거리던 목소리가 잦아들기 전 부축을 받으며 구

석으로 갔다. 괜히 중중거리면서 걸음은 끝까지 흐트러 뜨리려고 애썼다. 몇몇 시선이 내게 따라붙었지만 그 시선들마저 이내 입구 쪽을 향했다. 때마침 무언가 부딪히는 것 같기도 하고, 어쩌면 짐승의 울음처럼 들릴 법도 한 소리가 나지막하게 깔렸다. 입장객들이 발을 동동 구르며 입구와 가까워질수록 공간은 차근차근 어두워졌다. 어느새 표정까지 지워졌다. 문이 열리면 겨우 윤곽만 알아볼 수 있었다. 그때부터 슬금슬금 비린내가 퍼졌다. 이어서 걸음을 옮길 때마다 바닥에서 냉기가 솟구쳤다. 냉기가 단단해졌을 때쯤 거울이 있었다. 그쯤 첫 비명이 터져 나왔다.

"사람들은 자기가 제일 무섭다는 걸 모르지."

귀퉁이가 깨지고 그을음이 잔뜩 묻은 거울은 담당자가 귀신의 집에서 공들인 것 중 하나였다.

나는 하루에도 몇 번씩 포기했다. 인파가 몰리는 공휴일에는 더 자주 밖으로 뛰쳐나왔다. 포기하는 횟수에 따라 돈을 받다 보니 휴가철 벌이가 제일 좋았다. 포기할 때마다 범퍼카나 회전목마로 향하던 걸음이 귀신의 집으로 향했다. 그쯤 나는 표를 끊지 않고 눈인사만으로 유원지에 입장하는 데에, 포기해서 번 돈으로 삶을 포기하지 않는 일에 우쭐해져 있었다.

귀신의 집 안 곳곳에는 포기하고 싶을 때 누르는 초록색 버튼이 있었다. 버튼은 희미하게 빛나고 있어 분위기를 망치지 않으면서도 분명히 알아볼 수 있었다. 버튼을 누르면 대기하던 담당자가 튀어나와 가장 가까운 출구로 안내했다. 일단 귀신의 집에 들어서면 중도에 포기해도 환불은 없었다. 그런데도 처음에는 버튼을 누르는 사람이 끊이지 않았다. 그때마다 억울하다거나 돈이 아깝다는 건의가 빗발쳤다. 담당자는 강시가 덜 기괴해 보이도록 분장하거나 효과음을 낮추고 조명을 약간 밝히는 정도로 프로그램을 수정할 예정이었지만 이내 생각을 고쳤다. 포기하는 사람이 많다는 소문이 돌면서 귀신의 집이 인기를 끌었기 때문이다. 나중에는 일부러 지방에서 찾아오는 사람까지 생겼다. 방송 프로그램에도 몇 번 나오자 관람객은 걷잡을 수 없이 늘어났다.

그나마 잠깐이었다. 언제 괴물이 발목을 잡아채는지, 몇 번째 문에서 드라큘라가 나오는지, 몇 번째 계단에서 바닥이 꺼지는지 알려지면서 덩달아 포기하는 사람도 줄어들었다. 새로운 아이디어를 짜던 담당자는 모처럼 버튼을 누르고 뛰쳐나오는 내게 다가왔다. 그때까지 나는 소리를 지르고 있는 줄도 모른 채 담당자의 얼굴을 구석구석 훑어봤다. 귀신인지 아닌지 분간할 수 없었다.

"딱 지금처럼만 포기해 줄 수 있어요?"

담당자는 내 대답마저 비명의 일부인 줄 알았다고 했다.

방을 구하러 다닐 때면 귀신의 집에서 포기하고 뛰쳐나올 때의 얼굴을 하고 있던 것 같았다. 후다닥 지나가는 바퀴벌레와 장롱 뒤에 숨겨진 곰팡이 자국을 봤을 땐 관에서 몸을 일으켜 세운 시체를 본 기분이었다. 수압이 낮은 수도에서 흘러나오는 수돗물을 손에 받고 있으면 드라큘라가 어깨는 움켜쥐는 듯했다. 손바닥보다 작은 창문을 두고 그래도 창문이 있어서 햇빛이 들어오고 환기도 잘된다는 목소리는 저주를 담아 주문을 외우는 목소리와 겹쳤다. 혹시 조금이라도 진심일까 봐 불현듯 섬뜩해지는 목소리.

다섯 개의 방을 봤지만 어쩐지 단 하나의 방을 계속 다른 각도로 보고 있는 듯했다. 마지막 방에 들어서자 계절이 바뀔 때마다 귀신의 집에 오던 남자가 떠올랐다. 그때마다 딱히 달라진 게 없어서인지 얼굴엔 실망한 기색이 역력했다. 한번은 다음에 와도 크게 수정된 게 없을 거라고 하자 남자의 굳은 표정이 일렁였다.

"괜찮아요. 다시 오기 전까지 다 잊어버리니까."

그땐 어리석고 한가한 사람이라고만 생각했는데 이제는 아니었다.

방을 오래 보고 있으면 마음에 든다는 뜻으로 읽힐까 봐 서둘러 나서기로 했다. 마음과는 달리 현관문이 보이지 않았다. 일을 시작한 지 얼마 되지 않아 귀신의 집 안에서 헤맬 때처럼 우왕좌왕하게 됐다. 이쪽인 것 같아서 걸음을 옮기면 아까 봤던 해골이 튀어나왔고 반대 방향으로 가면 뒤따라오던 팀과 마주쳤다. 순간 누가 먼저랄 것도 없이 소리부터 내질렀다. 그 팀에겐 내가 또 다른 귀신이었을지도 몰랐다.

뒤에 선 중개인은 햇빛, 에어컨, 세면대 같은 조건을 들먹거리며 그럼 월세가 오를 수밖에 없다고 단정 지었다. 귀신의 집에 들어가기 전 내게 안에서 본 것을 외부에 유출하지 말라고 경고하던 목소리에 가까웠다. 최소한이라고 생각했던 환경이 나를 까다롭고 유별난 사람으로 만드는 듯했다.

"집주인이라고 손해 보면서까지 방을 내놓진 않죠. 말이 좋아 집주인이지 알고 보면 다 빚이에요."

미적거리고 있으니 그나마 여자 혼자 살 거라니까 괜찮은 방만 골라서 보여 주는 거라고 덧붙였다. 고맙다고 해야 한다는 생각과 달리 입술이 제대로 벌어지지 않았다. 이보다 더 안 좋은 방도 많다고 해 봐야 달라지는 건 없었다.

사실 보여 줄 방이 하나 더 있다고 얘기할 때 중개인은 말끝을 흐렸다.

"아무한테나 안 보여 주는 방인데 특별히……."

이제껏 보여 준 방 역시 전부 조카 같아서 보여 주는 방이었거나 다른 데서는 쉽게 볼 수 없는 방이라고 소개했기 때문에 별다른 기대는 없었다. 게다가 이번엔 월세도 예산과 맞지 않아 시큰둥했다. 하지만 지은 지 10년도 안 된 분리형 원룸이라는 말에 솔깃했다. 그래도 5만 원을 초과하는 월세 생각에 좀처럼 걸음을 떼지 못했다. 내 생각을 읽은 듯 중개인은 마음에 든다면 최대한 맞춰 줄 테니 일단 보기나 하자면서 앞장섰다.

도착한 골목은 도시에서 제법 큰 축에 속하는 병원 근처였다. 어릴 때부터 여러 번 들어서 익숙한 병원이었다. 들어가 본 적은 몇 번 없지만 주변에 누군가 크게 다쳤거나 아프다면 대부분 그 병원에 입원해 있었다. 병원은 마지막으로 봤을 때랑 달라진 게 별로 없었다. 원래 흰색이었을 테지만 누르스름해진 외벽과 군데군데 균열도 여전했다. 엄마를 데리고 왔을 때만 해도 고향에 다시 내려와 병원 근처에 방을 보러 다닐 줄은 몰랐다.

"골목 안쪽이네요."

"이 정도로 골목이라고 하면 섭섭하죠."

중개인은 정말 섭섭하다는 말투였다. 중개인의 말투를 곱씹어 보면 내가 어딘지 모르게 무례했다는 자책마저 들었다. 공연히 병원 쪽으로 시선을 돌렸다.

"나이 들수록 병원 들락거리는 거 무시 못 하잖아요. 사람 일은 알 수 없는 거니까."

불길한 느낌이 들었지만 어서 방을 구해야 했으니 잠자코 있었다. 괜찮은 방만 구할 수 있다면 중개인이 무슨 말을 하든 상관없었다. 주차장은 상관없을 테니 그나마 다행이라는 얘기에도 차에 대해 말한 적이 없다는 걸 깨달았지만 입술만 비죽 내밀고 말았다. 당연히 차가 없을 사람으로 보이는 건 문제가 아니었다. 사실이기도 했고.

일을 시작하기로 한 날짜가 점점 다가오고 있었다. 몇 달간은 수습이라 월급도 제대로 못 받겠지만 일단 수습만 지나면 빠듯하게나마 생활을 꾸려 나갈 수 있을 것이었다. 금세 빌린 돈을 갚고 목돈을 모으게 될지도 몰랐다. 기대가 어긋나지 않길 바라서 일을 배우면서 돈까지 벌 수 있다는 얘기를 의심하지 않으려고 애썼는데, 그러다가도 불쑥 속고 있다는 생각이 치밀어 물었다.

"학원에서 다 배웠는데 또 배워야 해요?"

"글쎄, 다들 이렇다니까. 갑갑하네. 현장은 엄연히 달라요."

미심쩍은 듯 두리번거리자 끊어 내는 듯한 목소리가 이어졌다.

"학원에서 모든 걸 알려 주진 않죠."

밖에서 보던 것보다 훨씬 작은 규모라는 것을 알았을 때나 수습 기간이 3개월이 아니라 6개월이라는 말에도 표정이 바뀌거나 목소리가 달라지지 않도록 주의했다. 수습으로 들어오려고 줄 선 사람이 많다는 것쯤은 알고 있었다. 그들은 귀신의 집에서 포기한 사람을 봤을 때처럼 뒤로 물러나더라도 줄을 벗어나진 않을 것이었다. 이제껏 기다려 온 게 아까워서라도. 적어도 나는 중간에 포기할 일이 없을 거라고, 그런 건 지나치게 나약한 일부 사람들일 거라고 믿으면서.

중개인이 반지하로 내려가는 건 아닐지 조마조마했지만 다행히 계단을 올라갔다. 성큼성큼 오르는 발길에 눈이 다 환해지는 것 같았다. 계단은 몇 번의 비질만으로 깨끗해질 정도는 됐고 깨진 곳도 드물었다. 한쪽 벽에는 계단 청소 방문 일지가 빼곡하게 적혀 있었다. 한 주도 거르지 않은 날짜가 믿음직스러웠다. 한편으론 관리비가 터무니없이 비싸지 않을까 싶었다. 저렴한 월세방이 나왔다고 해서 점심까지 거르고 가 보면 월세의 절반만큼 관리비를 내야 하는 방이 수두룩했다. 현관문이 번호 키인 걸 보니 관리비 걱정이 짙어졌다.

문이 열리자 훈훈한 바람이 몰려와 몸을 감쌌다. 세간이 너저분하게 널려 있다는 걸 감안하면 방은 널찍한 편이었다. 가구 뒤쪽이나 싱크대 근처를 슬쩍 곁눈질해봐도 곰팡이 핀 자국은 찾아볼 수 없었다. 걸레받이가 있다거나 침대가 있는 쪽에서 주방이 보이지 않는 구조라는 점도 마음에 들었다. 수압은 세지 않았지만 신경쓰이지 않을 정도로 적당했고 전등도 LED등이었다. 한쪽 벽에 자리한 에어컨마저 듬직해 보였다. 지나가는 말로 물어보니 관리비도 다른 방과 다르지 않았다. 그제야 병원 근처라는 것도 든든했다. 중개인 말마따나 사람

일은 알 수 없으니까.

월세만 조절되면 문제없었다. 조절되지 않는다고 해도 계약하고 싶었다. 한 달에 그깟 5만 원쯤이야 어떻게든 아낄 수 있을 테고 이제 다른 방을 보고선 계약할 마음이 들지 않을 게 분명했다.

"괜찮죠? 이 정도면 횡재한 거지, 뭐."

"그러게요."

따지고 보면 5만 원은 마냥 무시할 순 없는 돈이라 마음을 가라앉히고 흥정해 봐야겠다는 생각과 달리 목소리는 한껏 들떠 있었다.

"그럼 점심 먹기 전에 가서 계약합시다."

중개인의 목소리에는 고단함이 잔뜩 묻어났다.

방을 나서면서 다시 한번 찬찬히 둘러봤다. 시선이 닿는 자리마다 온기가 피어오르는 것 같았다. 벌써 화장대를 놓을 위치까지 가늠해 봤다. 창가가 좋을 듯했다. 햇빛을 잔뜩 머금은 창문은 뒤틀린 곳 없이 반듯했다. 남향인지 따져 보면서 슬쩍 열어 봤다. 누가 대신 열어 주는 것처럼 매끄럽게 열렸다. 열린 틈으로 박하 향을 품은 공기가 서둘러 몰려왔다. 그 뒤엔 덩어리진 소리가 진득하게 들러붙었다. 어쩐지 귀신의 집 입구에서 울리던 소리와 비슷했다. 무언가 부딪치는 것 같기도 하고 어쩌면 짐승의 울음일지도 모를. 일정한 리듬 사이사이 누군가를 부르는 목소리가 끼어들었다. 발음이 뭉쳐

서 정확하게 알아들을 순 없었다. 너무 많은 이름을 한꺼번에 부르는 것도 같았고 하나의 이름을 수많은 사람이 서로 다른 억양으로 부르는 것도 같았다. 어딘가 귀신의 집이라도 있는 게 아닐까 싶어 창밖으로 고개를 내밀었다. 병원 뒤쪽에 자리한 장례식장이 보였다. 한쪽 구석에 그림자처럼 보이는 사람들이 시커멓게 무리 지어 있었다. 바람이 불자 무리의 여자가 입은 검은 치마가 펄럭였다. 순간 치마 안에 숨어 있던 선연한 꽃무늬가 드러났다. 여자는 서둘러 치맛단을 다잡았다. 그제야 박하 향이 담배 냄새였다는 걸 알아챘다. 상주는 연기가 사라지는 쪽을 집요하게 바라보고 있었다. 그 끝에 누군가 있기라고 하다는 듯이.

한 번 더 곡소리가 진하게 번졌다. 그저 숱한 목요일 중 하루일 뿐이었다.

"병원 근처니까 이 정도는 당연히……."

목소리가 어깨를 짓눌렀다. 돌아서서 어떤 표정을 지어야 할지 고민했다. 상황과 어긋나 보이지 않을 만한 표정을 고르기 힘들었다. 관람객들이 귀신의 집에서 짓던 수많은 표정과 놀라게 할 작정으로 힘껏 일그러뜨리던 귀신의 표정을 차례차례 떠올려 봤지만 소용없었다.

"그래도 방음이 얼마나 잘되는데요. 창문 열어 보기 전까진 아무 소리도 안 들렸죠?"

초록색 버튼을 힘껏 누르고 싶었다. 그러면 어디선가

담당자가 나와 빼내 줄 것만 같았다. 그땐 맘껏 비명을 지르고 얼굴이 벌게져도 괜찮았다. 몸을 뒤흔들면 뒤에서 담요로 감싸 주었고 비틀거리는 걸음이 바로잡힐 때까지 부축도 해 줄 것이었다. 겨우 현관을 열고 뛰쳐나왔을 때 밖에는 아무도 없었다. 그래도 최선을 다해 공포에 질린 표정을 짓고 몸을 떨었다. 담당자가 봤다면 보너스를 챙겨 주거나 계약 기간을 연장해 줄지도 몰랐다. 이제껏 최선을 다해 포기해 왔던 시간이 모두 가짜처럼 느껴졌다.

입장권을 받으려고 허리를 숙였다. 매표소 안에 있는 얼굴이 반쯤 보였다. 여전히 나이나 성별은 알 수 없었지만 표정은 분명해졌다. 귀신의 집 앞에 줄 서 있던 사람들의 표정에 평균을 내면 그쯤이 아닐까.

중개인을 다시 만나기까지 시간이 남았다. 전망대에 올라갔다 오면 얼추 맞을 것 같았다. 그사이 빗방울이 굵직해졌다. 서둘러 입구에 들어서자 퀴퀴한 냄새가 훅 올라왔다. 안쪽은 예전과 비슷했다. 고작 페인트를 덧칠한 자국이 달라졌을 뿐이었다. 운영자금 문제로 미루더니 결국 새로 칠하긴 칠한 모양이었다. 그마저도 조금씩 벗겨지고 있었다. 그것 말곤 일렬로 늘어선 조화나 지나치다 싶을 정도로 큼지막한 거울마저 똑같았다. 엄마가 옆에 있었다면 여전히 똑똑하다고 해 줬을까.

엄마들에겐 우리 애가 얼마나 똑똑한지 아느냐고 치켜세우면서 끼워 넣는 일화가 하나쯤 있었다. 식당에서 계산을 재빠르게 한다거나 오래전 지나가면서 했던 얘기를 정확하게 기억하고 있다는 것 같은. 어떨 땐 조미료를 바꿨는데 귀신같이 알아챘다고 자랑했다. 그 사이에서 머뭇거리던 엄마가 슬그머니 내민 얘기는 겨우 다른 그림 찾기였다.

"단 하나도 놓치는 법 없이 모두 찾아낸다니까."

그때부터 나는 뭔가 달라진 게 있으면 꼭 짚고 넘어갔다. 잡지나 신문에 나온 문제만 아니라 책장에 꽂힌 책의 순서가 바뀌었거나 라디오 안테나 각도가 달라졌으면 엄마를 불러 손가락으로 가리켰다. 외투에 꿰맨 자국이나 깨진 보도블록을 봤을 때도 그랬다. 그때마다 엄마는 온 힘을 다해 힘껏 웃어 줬다. 어느 순간 달라진 걸 모르면서도 그저 드세게 웃는 것 같았다. 그래서 몇 번쯤 어제와 똑같은 장롱이나 부엌을 두고도 달라졌다고 외쳤다. 그때도 엄마는 어김없이 입꼬리를 올렸다. 돌이켜 보면 알면서도 웃어 주었는지 아니면 예전과는 다른 웃음이었는데 눈치채지 못했는지, 그도 아니면 사실 진짜 뭔가 달라졌던 건지 헷갈렸다. 이젠 무엇으로 엄마를 웃게 만들 수 있을지 헷갈리긴 마찬가지였다.

전망대에 올라 도시를 내려다봐도 전철역 빼곤 달라진 점을 거의 찾아낼 수 없었다. 예전 같았으면 빨간색

색연필을 야무지게 쥐고 거침없이 동그라미를 쳤을 텐데. 전철이 개통되었어도 좀처럼 새로운 인구가 유입되지 않던, 그렇다고 떠나는 사람도 없던 도시였다. 늘어날 사람들을 위해 계획되었던 아파트 단지 중 상당수가 무산되었다. 그나마 세워진 아파트도 빈자리가 많아 지역 뉴스에 자주 오르내렸다. 떠났던 시간을 따져 보면 없어진 건물이나 길도 많을 것이고 새로 들어선 건 그보다 더 많을지도 몰랐다. 인공 호수를 만들었다거나 다리가 새로 놓였다고 해도 이상하지 않을 만큼 오랜 시간이 지났다.

두 바퀴째 돌면서 찾아낸 거라곤 고작 터미널이 사라진 자리뿐이었다. 그사이 하얀 얼룩처럼 보이는 건물이 수상했지만 망원경으로 보니 아까 봤던 병원이었다. 방향을 틀어 이전한 터미널이 어디쯤인지 가늠해 보려다가 이내 물러섰다. 창문에는 빗방울이 다닥다닥 들러붙기 시작했다. 빗방울이 굼뜨게 흘러내리면 그 자리를 순식간에 다른 빗방울이 메웠다. 이래서야 시원찮은 전망도 제대로 보이지 않았다. 그제야 매표소 안에서 흘러나오던 목소리가 떠올랐다.

풍경은 끊임없이 뭉개졌다. 창문에서 완전히 떨어져 나와 의자 끄트머리에 앉았다. 의자에 앉기 전 괜히 사방을 둘러봤다. 평일에 비까지 내려서 그런지 관람객은 보이지 않았다. 이제 터미널을 착각한 사람이 줄어든 탓일지도 몰랐다. 조금 더 의자 깊숙이 들어앉았다. 몸이 한 올 한 올 풀어지는 것 같았다. 이 시간에 앉아 본 게 무척 오랜만이었다. 그동안 곧추세운 허리를 조금만 늘어뜨려도 어디선가 팽팽한 목소리가 달려들어 뒤통수를 잡아당겼다. 고객을 대할 땐 자세가 기본입니다. 기본! 게으름 피우지 말고 자세 바로잡으세요!

그동안 게으르게 지낸 건 아니었다. 도리어 늘 잰걸음으로 바지런히 돌아다녔다. 허튼 시간이었다고 부를 만한 순간이 아예 없던 건 아니지만 많지 않았다. 더 부지런해야 했을까. 그럼 가장 낮은 난도의 다른 그림 찾기가 되었을지도 몰랐다. 월세에서 반전세가 되었거나 질 좋은 구두나 가방이 늘어났다거나. 그도 아니라면 화장이나 표정을 지적하는 목소리나 한 시간 일찍 출근해서 청소하는 고단함에 무뎌졌다거나. 하지만 여전히 나는 좀처럼 달라진 걸 알아챌 수 없는, 빗겨 보고 뒤집어 보다가 결국 노려보고 째려봐도 찾아낼 수 없는 별 다섯 개짜리 난도의 다른 그림 찾기인 것 같았다.

내가 바란 변화는 거창한 게 아니었다. 겨우 편의점 도시락으로 끼니를 때우면서 3,800원과 4,200원 사이에서 망설이고 싶지 않았을 뿐이다. 튀김을 싫어하면서도 결국 싸다는 이유로 손에 쥐다가 다시 음료수를 증정하는 도시락 사이에서 갈팡질팡하고 싶지 않았다. 맛있는 식당보다 값싼 식당에 반응하고 그 와중에 맛도 있었으면 좋겠다는 바람과 멀어지고 싶었다. 떨어진 지폐를 봤을 땐 저 돈이면 이번 달 공과금을 낼 수 있을지 따져 보지 않고 잃어버린 사람의 마음부터 짐작하고 싶었다. 온라인 쇼핑몰에서 버릇처럼 낮은 가격순으로 상품을 정렬해서 보지 않길, 구두 굽이 제발 이번 달까지만 버텨 주길, 다음 달이 되면 또 이번 달에도 버텨 주길 기대하지 않길 바랐다. 가전제품을 구할 때마다 꼭 필요한지 몇 번이나 따져 보다가 결국 중고 매장을 기웃거리는 사람이 내가 아니었으면 했다. 두껍기만 할 뿐 따뜻하지 않은 스웨터나 지워지지 않은 얼룩이 남아 있는 청바지도 망설이지 않고 의류 수거함에 넣고 싶었다.

그래도 곰곰이 따져 보면 달라진 게 아예 없는 건 아닌 줄 알았다. 얼마 전까지만 해도 괜찮은 방을, 누가 찾아온다고 하면 크기와 위치나 낡은 싱크대 때문에 마음 쓰이지 않을 방을 구할 정도의 보증금은 모았다고 생각했다. 그것만이 내게서 찾아낼 수 있는 유일한 다른 그림이었다. 그래서 마음에 온전히 차진 않지만 그동안 본 방 중 하나가 최선이라는 생각이 들었을 때 중개인에게 물었다.

"보증금 떼일 걱정은 없는 거죠?"

"요즘 이 정도 융자는 다 끼어 있어요. 게다가 소액 임차인이시니 마음 놓으세요."

목소리에는 헐거운 웃음이 번졌다. 마치 확신에 차서

동그라미를 쳤는데 이제 그 정도로는 다른 그림이라고 할 수 없다는 대답처럼 들렸다. 얼마나 보증금이 커야 소액이 아니냐고 물으려던 목소리를 겨우 삼켰다. 영원히 가닿을 수 없을까 봐 겁났다. 사실 보증금 보험까지 알아볼 생각이었는데.

끝까지 저울질하던 두 개의 방 중 하나는 사다리꼴 모양이었다. 사진으로 봤을 땐 당연히 각도 때문이라고 생각했는데 실제로 본 방은 사진 그대로였다. 그래서 사진이 잘못됐다고 따지기에도 애매했다. 조금만 둘러봐도 창고로밖에 못 쓸 자투리 공간에 겨우 작은 싱크대를 설치하고 억지로 화장실을 끼워 넣었다는 걸 알 수 있었다. 화장실은 계단 밑이라 천장이 기울어져 있었다. 샤워할 때마다 허리를 숙여야 할 테고 그만큼 월세가 쌌다. 다른 방 사정도 비슷했다. 기지개를 켜면 천장에 손이 닿을 듯한 방과 사다리꼴 방 중에 하나를 골라야 했다. 틈틈이 매일 곡소리를 듣는 건 견딜 만한 일인지도 따져 봤다. 어느 쪽으로도 기울어지지 못하다가 그런 방을 세놓는 사람들이 싫어졌다. 그렇게 많이 포기해 왔는데 그런 방은 포기 못 하는 나는 더 싫었다.

중개인에게는 오늘까지 고민해 본다고 하고 헤어졌다. 중개인은 저녁에 방을 볼 사람이 있으니 서둘러 달라고 했다. 이어서 3시쯤이면 볼 수 있는 방이 하나 더 있다고 했다. 이 도시에서 제일 괜찮은 방이지만 세입자가 자기 있을 때만 볼 수 있다고 해서 미처 보여 주지 못한 방이었다. 순간 나는 멈칫했다. 기대감은 어그러질수록 도리어 견고해졌다.

시간이 지나면 쉽게 다른 그림이 찾아지는 사람이 될까. 도리어 나쁜 방향으로 다른 그림을 찾아내기 쉬운 사람이 되면 어쩌지.

엄마는 다른 그림 찾기를 잘해서 우리 애가 똑똑하다는 얘기를 사람들이 대수롭지 않게 넘기면 꺼내는 이야기가 있었다.

"똑같은 그림에서는 단호하게 다른 게 없다고 말한다니까."

어느 잡지에선가 반쯤 농담 삼아 가장 높은 난도라고 나온 문제였다. 문제니까 분명 다른 그림이 있을 텐데 알고 보면 똑같은 그림이었다. 그러니 다르지 않다고 자신 있게 답할 수 있으려면 어지간한 고수가 아니고서야 힘들지 않겠냐는 의도였다. 그 문제에서 나는 색연필을 내팽개치며 달라진 건 아무것도 없다고 소리쳤다. 정답을 알고 있던 엄마는 웃는 대신 나를 끌어안았다. 정답을 모르고 내뱉은 말이었다. 그저 지쳐 있었다. 귀찮았거나 질렸을 수도, 화가 났을 수도 있었다. 나를 고작 다른 그림 찾기 하나로 소개하는 엄마에 대해, 그럼에도 딱히 내세울 게 없었던 나에 대해. 그리고 그것만으로는 똑똑하다고 할 수 없다는 걸, 똑똑해 봤자 나아질 게 없다는 걸 깨닫게 되는 과정에 대해.

다르지 않은 그림을 두고 다른 그림이 있을 거라고 넌 지시 속이는 것. 거기에 넘어가 열심히 다른 그림을 찾아보는 나. 다른 게 없는 것 같지만 야무지게 말하진 못하고 여전히 뭔가 다를 거라는 기대를 놓치지 않는 시간이 이어졌다. 그동안 엄마는 어땠을까.

근래에 엄마는 구구단을 외우고 나라 이름과 국기를 연결하는 과정을 지나 종이접기를 거쳐 다른 그림 찾기에 도착했다. 복지 회관에서 진행하는 인지 장애 예방 훈련 프로그램 중 하나였다. 등 뒤로 넘겨 보면 쉬운 문제에서도 막히는 눈치였다. 색연필은 허공에 알 수 없는 무늬를 그릴 뿐 어디에도 표시하지 못했다. 엄마는 동그라미가 네모로 바뀐 것도 알아채지 못했다. 그런 엄마가 내 얼굴에 그어진 가느다란 우울이나 무른 슬픔이 스며들었다가 마른 자리는 단번에 알아챘다. 조금 줄어든 몸무게나 언제 생겼는지 모를 멍 자국도 놓치지 않았다.

어쩌면 그때 내가 찾아내야 했던 건 그림 속 달라진 무늬가 아니라, 나뭇잎 개수가 많아지거나 적어진 게 아니라 엄마여야 했을까.

"너 요즘 포기하는 게 예전 같지 않아."

일한 지 몇 달쯤 지났을 때 담당자는 혀를 차며 닦아세웠다. 번번이 엇비슷한 방식으로 포기하는 바람에 관람객 중 눈치챈 사람이 있을지도 몰랐다. 남자 말고도 지난 관람객이 또 오지 않으리라는 보장도 없었다. 진행 순서는 잊었더라도 올 때마다 매번 마주치는 중도 포기 자는 기억에 남았을 수도 있었다. 들키면 일자리를 잃게 될 테니 새로운 방식의 포기를 고민해야 했다. 입술을 달싹이던 담당자는 말을 이어 나갔다. 목소리에서 열정 이나 노력, 절실함 같은 단어가 유난히 도드라졌다. 헛 구역질을 하거나 눈을 희번덕거리면서 쓰러지는 건 어 떨까. 대답을 망설이는 동안에도 목소리는 끊어지지 않 았다.

"……그러니까 끝까지 가 보는 게 어때? 그럼 도움이 될 것 같은데."

일 년 내내 똑같은 프로그램 때문에 시시하다는 소 문이 번질 때쯤이었다. 담당자는 구성을 새롭게 만들고 출구 근처에 귀신 하나를 더 배치했다. 분장과 특수 효 과에 돈을 들이고 음향에도 신경을 쓴 눈치였다. 덕분에 출구가 보이자 긴장을 내려놓았던 관람객들은 가장 무 서운 순간으로 마지막을 꼽았다. 담당자의 말은 그 순간 까지 경험해 보면 어떻겠냐는 뜻이었다.

그러고 보니 귀신의 집을 통과한 사람들의 표정을 본 적이 없었다. 머릿속에 남아 있는 건 줄이 줄어들길 기 다리며 기대에 차 있거나 억지로 공포를 밀어내려는, 그 래도 결국엔 해내고야 말리라는 표정뿐이었다. 그 표정이 나중에 어떤 질감으로 일그러질지 알 수 없었다. 한 번쯤 마지막 귀신까지 보는 것도 나쁘지 않았을 텐데 일을 그만두기 전까지 중간에 포기하기만 했다. 다만 분장을 말끔하게 지운 얼굴을 힐끔거리며 누가 마지막 귀신일지 짐작해 봤다. 눈여겨보니 귀신과 조금도 어울리지 않는 눈매도 있었고 정교한 분장인 줄 알았는데 진짜 흉터도 있었다. 그중에 얼마 전 뒤돌아본 관람객과 눈이 마주치는 바람에 주의를 받았던 강시가 누구였는지 궁금했다. 강시는 다음 관람객이 오기 전 빗자루로 바닥을 쓸고 분장을 수정하고 있었다. 어두워서 얼굴이 잘 보이지 않았지만 관람객이 볼 수 있는 것도 딱 그만큼이었다. 내친김에 부적과 옷매무시까지 가다듬다가 이미 지나간 관람객과 눈이 마주친 순간 비명이 쏟아졌다. 비명은 관람객이 아니라 강시 쪽에서 흘러나왔다. 담당자는 귀신의 집이 시시하다는 소문이 이때부터 시작됐다고 믿고 있었다.

돌이켜 보면 그때 진짜 알고 싶었던 건 마지막 귀신이 아니었다. 귀신들은 정규직일까. 대답이 그려지지 않자 어차피 내일도 다음 주에도 나올 텐데 굳이 오늘 다 알 필요는 없다는 생각이 들었다. 안다고 해도 달라질 게 없을 것도 같았다. 끝까지 가 볼 시간에 한 번이라도 더 포기해서 돈을 버는 게 나았다. 그러자 대답은 강고해졌다. 비명과는 어울리지 않는 목소리였다.

"끝까지 가 보면 중간에 포기하는 게 힘들어질 것 같아요."

그 생각이 틀렸다고 할 순 없었다. 돌아간다면 다른 선택을 했으리라는 확신도 없었다. 다만 어느 순간에는 다르거나 틀린 생각이 필요하다는 건 알 것 같았다.

며칠 지나지 않아 관람객을 향해 비명을 질렀던 강시가 누구였는지 알 수 있었다. 한때 강시였던 그는 전망대와 귀신의 집 출구가 맞물려 있어 양쪽에서 쏟아지는 사람들로 늘 붐비는 구역에 있었다. 종일 우스꽝스러운 인형 탈을 쓴 채였다. 그는 탈을 쓰고 있으면 중심을 잡고 서 있는 것조차 버겁다고 투덜댔다. 아이들이 꼬리를 잡아당기거나 한쪽에서 밀치기라도 하면 발끝에 힘을 주고 입술을 깨물었다. 넘어지면 누가 일으켜 세워 줄 때까지 꼼짝없이 기다려야 했고 그 누군가는 오랫동안 오지 않을 때가 많았기 때문이다. 가장 아찔한 건 담당자가 달려올 때였다. 담당자는 미소를 잃지 않으면서 나긋한 목소리에 힘을 실었다. 이럴 거면 당장 그만두라고. 손해 보면서까지 사람을 쓸 순 없다고.

아홉 번쯤 넘어졌을 때 요령이 생겼다고 했다. 비틀거리는 한이 있어도 넘어지진 않을 수 있었고 넘어지더라도 금방 일어날 수 있는 자세로 넘어졌다. 그래도 단체 관람객이 쏟아져 나오면 요령이고 뭐고 다 소용없었다. 귀신의 집을 빠져나온 관람객은 환호성을 지르거나 제자리에서 폴짝폴짝 뛰어오른다고 했다. 개중에는 일행들과 모여 손을 잡고 그를 중심으로 빙그르르 돌면서 위협하듯 소리 높여 웃었다.

"그렇게 좋을까요? 그래 봤자 귀신을 피해서 도망친 것뿐이잖아요."

그는 정문을 나서면서 중얼거렸다. 표정은 여전히 인형 탈을 쓰고 있는 것처럼, 어쩌면 아직도 자신이 강시라고 생각하는 것처럼 보였다. 그제야 내가 처음 포기했던 게 그 때문이라는 걸 깨달았다. 그의 말을 곱씹어 보니 그동안 최저임금에도 못 미쳤던 아르바이트와 벽이 얇아 방음이 전혀 되지 않았던 방을 무사히 통과해 온 게 아니라 고작 도망쳐 왔을 뿐이라는 생각에 둘러싸였다.

이제 전망대와 귀신의 집 출구 앞은 텅 비어 있었다. 입구에 비하면 몇 번 가 본 적이 없어서 그때와 뭐가 달라졌는지 꼬집어 말할 순 없었다. 다른 그림을 찾으려면 일단 원래 그림을 면밀하게 관찰해야 했다. 뭐가 달라진 그림인지 분간할 수 없다면 엉뚱하게 원래 그림에 동그라미를 칠지도 몰랐다. 도시로 내려오기 전 만난 엄마는 동그라미를 치듯 웅얼거렸다. 어릴 땐 다른 그림 찾기도 다 맞힐 정도로 똑똑했던 네가, 네가 왜 이렇게 됐을까.

빗소리가 우렁찼다.

정문으로 나서려면 전망대 출구에서 입구 쪽으로 방

향을 틀어야 했다. 딱히 볼거리도 없는 관광 코스를 따라가는 것처럼 걸음이 뒤틀렸다. 비를 피하려고 전망대에 바짝 붙어 걷느라 걸음은 더 꼬였다. 문득 그는 정말 아이들이나 단체 관람객 때문에 균형이 흔들렸던 것인지 생각해 봤다. 그가 말해 줬던 자세를 떠올려 봤지만 쉽게 그려지지 않았다. 그사이 걸음을 내디딜 때마다 빗줄기가 촘촘해졌다. 매표소 처마 아래서 비가 잦아들길 기다리며 정문으로 내려가는 길을 가늠해 봤다. 한때 매일 지나다니던 길이 익숙하기도 하고 처음 보는 길 같기도 했다. 통과하던 길일 수도, 어쩌면 도망치던 길일 수도 있는.

매표소 안에서 웅얼거리는 소리가 들렸다. 처음에는 빗소리의 일부였고 조금 지나선 오래전 으깨진 환호성 같았다. 자세를 낮추자 서서히 또렷해졌다.

"이거 받아 가시라고요."

안에서 내민 것은 전망대 입장권이었다. 입장권을 손에 쥐고 다른 그림 찾기를 하듯 훑어봤다. 보자마자 단번에 다른 부분을 찾아냈다. 입장권에는 유효기간이 찍혀 있었다. 끄트머리가 빗방울에 번져 있지만 6개월 후라는 건 어렵지 않게 알아볼 수 있었다.

"비 오는 날엔 전망이 안 보이잖아요. 그래서 나오는 입장권이에요."

그러고 보니 돈 주고 산 입장권과 색깔도 달랐다. 비에 젖을까 봐 일단 입장권을 주머니 안 깊숙이 넣었다. 귀퉁이를 만지작거리면서 6개월이라면 전망대를 한 번 더 찾아오고도 남을 시간이라고 생각했다. 맑은 날에는 달라진 도시를 쉽게 찾아낼 수 있을 듯했다. 그만큼 내가 기억하던 도시가 어땠는지 선명하게 떠올릴 수 있을지도 몰랐다. 그쯤이면 수습 기간도 거의 끝나 갈 것이었다.

"그런데 혹시……."

안쪽에서 내 이름이 더디게 흘러나왔다. 빗소리에도 발음은 정확하게 들렸다. 어떻게 아는 사이일까. 그보다 뭘 보고 알아봤을까. 도시를 떠난 건 오래전 일인데. 한 번 더 이름이 불리자 무심코 돌아섰다. 돌아서자마자 걸음을 서둘렀다. 다짐과는 달리 일 년이 지나도 전망대를 찾지 않을지도 몰랐다. 전세를 구할 만한 보증금을 모아 놓겠다거나 토익 점수를 끌어올리겠다는 다짐도 번번이 무너졌으니까. 한 달에 두 번뿐인 휴일이라면 밖으로 나서기보단 밀린 잠이나 잘 것이었다. 그때까지도 나는 가장 높은 난도의 다른 그림 찾기일지도 몰랐다. 누군가 정답이 없다고 외칠까 봐 잔뜩 웅크리고 있을 것만 같았다.

터미널 쪽으로 부리나케 걸음을 옮겼다. 어느새 어깨가 흠뻑 젖었다. 어서 도시를 벗어나고 싶었다. 버스를 놓쳐 잠깐 전망대에 들른 여객처럼. 생각과는 달리 막상 도착한 곳은 예전에 터미널이 있던 자리였다. 여전히 아무엇도 지어지지 않은 채 공터로만 남아 있다. 고개를 들어 보니 전망대가 보였다. 그쪽에서 누군가 공터를 보고 있는 듯했다. 도시가 예전과 달라진 점을 하나쯤 알아챘을까.

공터 가장자리를 걷는 사이 잦아들던 비는 완전히 그쳤다. 어깨도 반쯤 말랐다. 웅덩이를 가까스로 피했을 때 중개인에게 전화가 걸려 왔다. 다시 햇빛과 수압과 세면대 중 무엇을, 어쩌면 창문과 전망까지 포기할 수 있을지 따져 봤다. 전화를 끊고 버스 정류장으로 방향을 틀었다. 정류장은 군데군데 녹슬어 있었다. 버스라는 글씨도 거의 지워져 자국만 남아 있었다. 어디로 가든 시장이나 광장까지 나가서 갈아타야 할 것이었다. 버스는 한동안 오지 않았다. 얼마나 지났을까. 멀리 버스가 보였다. 어디로 가는 버스인지는 알 수 없었다. 일단 지갑부터 꺼내는데 바닥에 무언가 떨어졌다. 젖은 입장권이었다.

　세탁소가 허물어진 자리는 어림보다 훨씬 옹색했다. 이 안에 크고 투박했던 탈수기와 드라이클리닝 기계가, 거기에 군데군데 칠이 벗겨진 재봉틀에 다리미판까지 오밀조밀하게 들어앉아 있었다는 게 때늦은 농담 같았다. 수십 년 동안 켜켜이 쌓인 이야기까지도.

　세탁소 안부를 묻듯 한참 서성거렸다. 사방이 트여 있으니 어디가 어딘지 분간할 수 없었다. 이쯤 금고와 달력이 있던 듯했고 맞은편에 와이셔츠를 걸어뒀던 것도 같았다. 건너편에 은행나무를 보자 겨우 방이 있던 자리를 확신할 수 있었다. 원래는 방이 아니었는데 마땅한 이름이 없어 부르다 보니 어느 틈에 방이 되었다. 그 안에 들어앉아 손님이 맡기고 간 옷을 보며 다른 사람의 삶을 짐작해보는 게 하루의 전부였던 때도 있었다. 당신은 바지에 주름을 잡다가, 재봉틀에 실을 갈아 끼우다가 틈틈이 방 안을 기웃거렸다. 그러다 우렁찬 목소리로 내 이름을 부르곤 했다.

단추가 떨어진 옷을 들고 세탁소에 들어서는 사람들은 많았다. 그때마다 당신은 자세를 틀어 내게 남은 단추를 보여 줬다. 투명하거나 격자무늬가 새겨져 있고 구멍이 두 개 혹은 네 개였던, 더러 암호 같았던 단추였다.

똑같은 거로 사 오면 돼.

목소리는 매번 단단했다.

부리나케 시내에 있는 상가로 향하면서 단추 모양을 잊지 않으려고 애썼다. 하지만 단추 가게 안으로 들어서면 단단했던 목소리는 어느새 흐물흐물해졌다. 수많은 단추를 보고 있으니 금세 어질해졌다. 눈을 부릅뜨고 노려봐도 사정은 나아지지 않았다. 이건가 싶으면 구석에 더 비슷해 보이는 단추가 있었고 골똘히 들여다보면 질감이나 크기가 확연히 달랐다. 그러다 보니 결국 엉뚱한 단추를 골라 갈 때도 잦았다. 그래도 당신은 눈을 흘기며 나무라는 대신 단추를 상자 안에 넣어 뒀다. 언젠가 필요할 때가 있을 거라고, 세상에 쓸모없는 단추는 없다면서.

학교에 들어가면서 어느새 똑같거나 적어도 엇비슷한 단추를 사 갔다. 나중엔 곁눈질로 쓰윽, 훑어보는 것만으로도 충분했다. 자신감이 붙어 으스댈 때쯤 다시 오랫동안 머뭇거려야만 했다. 당신이 전하던 목소리는 평소와 사뭇 달랐다. 귓속에서 버석거렸고 입안에는 떫은맛이 맴돌았다.

맘에 드는 거로 사 와.

어떤 단추를 좋아했더라. 초록색이었나. 아니면 벨벳으로 감싸고 그 위에 인조 보석이 박힌 단추였나. 그저 검기만 해서 꼭 눈동자 같았던 단추 쪽으로도 시선이 가닿아 한참 머물렀다.

그때 당신이 단추를 달아야 했던 건 동네 여자들이 버리려고 내놓은 옷이었다. 개중에는 이미 서너 아이를 거쳐온 터라 여기저기 해진 스웨터와 무릎이 반질반질하게 닳은 바지도 끼어있었다. 넉넉잖은 형편에 어느 순간 그냥 곁에 있는 걸 손쉽게 좋아하게 되는, 그렇게 포기하고 타협하면 마음이 가벼워진다는 걸 너무 일찍 깨닫는 건 아닐지 못내 미안했다. 그래서 당신은 단추만이라도 별처럼 새로 달아 주고 싶었다.

그날 겨우 단추 하나를 골랐다. 그때부터 이따금 골라왔던 단추는 헌 옷과 잘 어울리기도 했고 막상 달아 보니 구멍이나 얼룩처럼 보일 때도 있었다. 엉뚱한 자리에 달아 달라고 떼쓰는 바람에 거추장스럽고 우스꽝스러워 보이기도 했다. 그사이 좋아하는 단추와 어울리는 단추와 꼭 필요한 단추 틈에서 견고한 균형을 깨달을 수 있었다. 이제는 좋아하는 단추를 사 오라고 했던, 단추만이라도 새로 달아 주고 싶던 애틋한 마음까지도.

이번에는 당신이 이 소설집 안에서 맘에 드는 단추를 하나쯤 만났으면 좋겠다. 예전처럼 세상에 쓸모없는 단추는 없다고 해 준다면 더없이 기쁘겠다.

소설을 쓰는 동안 얼마간 빚진 마음이 깃들었다. 소설이 아니었다면 돌보지 않았을 내면, 귀 기울이지 않았을 목소리, 무심코 지나쳤을 장면들이 많았기 때문이다. 그래서 조금 더 도톰하고 짙은 시절을 보낼 수 있었다. 소설에서 매섭고 날 선 장면을 그릴 때마저도 마음 한쪽에는 선명한 온기가 필요했다. 평생 두고두고 쓰고도 남을 온기를 전해 준 당신들에게, 흔들리고 어긋날 때마다 기꺼이 곁을 내줬던 당신들에게 애정을 담아 인사를 건넨다.

환한 눈길로 빈틈을 찾아 메워 주시고 무너진 자리마다 버팀목을 세워 주신 민음사 편집부 덕분에 첫 소설집을 잘 마칠 수 있었다. 세심하게 작품을 살펴봐 주시고 해설을 맡아 주신 임정균 평론가님과 다정한 목소리로 응원의 말을 전해 준 정세랑 작가님께도 깊은 감사의 인사를 남긴다.

이제 세탁소는 길이 되었다. 어디로든 갈 수 있고 가야만 하는.

2022년 봄
전석순

작품 해설

빛과 그림자의 세계
임정균(문학평론가)

습하고 건조한 풍경

소설이란 현실의 세계를 반영하고 재현하기 마련이다. 하지만 소설의 재현이 현실을 있는 그대로 모사하는 것은 아니다. 소설이라는 허구의 세계에서 현실과 꼭 같은 사실이란 있을 수 없고, 소설의 현실성은 사실이 아니라 사실적인 것을 통해 확보된다. 요컨대 인물과 시공간이 얼마나 구체적인가가 관건이다. 소설에서 인물은 고유명을 통해 한 사람의 고유한 인격과 개체성을 얻고, 구체적으로 명시된 시간은 선형적 시간 구조와 인과율을 통하여 사건의 개연성을 획득하며, 공간의 시각적 구상화는 장면에 박진감을 부여한다. 이것이 전통적인 소설의 규범이다.

그간 전석순이 펴낸 소설의 외양은 이러한 규범을 일탈한 듯 보인다. 『철수 사용 설명서』에서 철수는 고유명이라기보다는 평범한 20대 취준생의 대명사이고, 상황과 용도에 따라 나열된 설명서라는 형식에는 시간순이랄 게 없으며, 공간도 구체적이지 않다. 그럼에도 이 소설은 현실과 밀착된 인상을 준다. 실생활에서 필요에 따라 제품설명서를 읽을 때와 마찬가지로 순서와는 상관없이 읽어도 무방한 독서 경험을 제공하기 때문이다. 이처럼 형식 이면에 숨겨 놓은 리얼리티를 통하여 필요에 따라 소비되는 상품으로 전락한 청년의 삶을 재현해 낸 것이다. 『거의 모든 거짓말』에서도 인물은 '남자'나 '여자' 등으로만 지칭될 뿐이다. 거짓말 자격증이 존재하는 허구의 세계는 진실을 말하는 것이야말로 진정한 거짓말이라는 아이러니를 통해 허구적 진실이란 무엇인가를 역설적으로 보여 줌으로써 리얼리티를 비틀어 놓았다.

그런 점에서 소설집 『모피방』이 보여 주는 풍경은 작가가 우직하게 자신만의 소설 쓰기를 계속해 왔다는 증거인 셈이다. 이를테면 이런 풍경. 금방이라도 비가 쏟아질 것처럼 대기는 습기를 잔뜩 머금고 있다. 옅었던 운무가 이내 짙어지더니 급기야는 눈앞이 "흐리멍덩"(110쪽)해질 만큼 억수같이 비가 내린다. 풍경은 "끊임없이 뭉개"(271쪽)지고 마침내는 "완전히 으깨"(106쪽)진다. 세상은 마치 "정교하지 않은 바닷속 풍경"(226쪽)처럼 보인다. 이렇듯 "축축한"(33쪽) 풍경이 이어지지만, 어째 이 소설집 전체의 분위기는 잔뜩 메말라 있다. 시간에 마모되어 "자고 일어나면 풍경이 달라"(13쪽)지고 "군데군데 칠이 벗겨"졌으며 "색도 대부분 바랬다."(226쪽) 숫제 "황량한 풍경"(119쪽)이다.

축축함과 메마름은 어떻게 하나의 풍경 안에 혼재하는 것일까. 가려진 시야 탓일까. 습기를 머금은 눈에는 건조한 풍경마저도 젖은 듯 보이기 때문일까. 어느 쪽이든 이러한 풍경은 인물의 마음에 어린 인상일 뿐, 눈에 보이듯 선명한 것은 없다. 살펴보니 등단작 「회전의자」에서부터였다. 때늦은 장맛비가 휩쓸고 간 마을은 어째서인지 건조하고 푸석푸석한 인상을 준다. 수재민에게 마련된 임시거처의 습하고 어수선한 전경은 물에 빠진 모습이 아니라 물이 빠진 듯하다. 이러한 인상을 주조하는 것은 재난의 스펙터클이 아니라 "눈물은 뺨에 흐르기도 전에 말라 버린다"(191쪽)고 생각하는 '나'의 마음이 아닐까. 소설이란 화자에 의해 전달되는 이야기이므로 소설의 세계는 화자가 보고 듣고 경험한 것들이 어려 있는 마음의 풍경과 다름없다. 그러니 마치 윌리엄 터너의 풍경화 같은 이 인상주의 소설 속 인물들이 비(「전망대」, 「회전의자」, 「때아닌 꽃」)와 연기(「달걀」)와 스팀(「모피방」) 따위로 시야가 가려진 채 세상을 보고 있다면, 그로 인해 막막한 불안과 기대와 긴장 속에서 세상을 더듬어 볼 수밖에 없다면, 우리 역시 눈을 가리고 까닭 모를 긴장감을 느끼며 그의 문장과 문장 사이를, 습하고도 메마른 이 세계를 겨우 손으로 더듬어 나가 보는 것이다.

저마다의 자세

이러한 긴장감은 우선 규범의 일탈에서 비롯한다. 규범이 다 무엇인가. 오랫동안 반복되며 정상성의 기준이 되어 버린 관습들이 체계화된 것. 어길 때에는 눈총과 비난을 받거나 죄가 되곤 하고, 잘 따르고 지키기만 하면 아무 일도 일어나지 않는 것. 한때는 많은 사람들이 그렇게 해야 하는 이유를 알고 있는 능동적 행위였으나, 현재에는 이유와 맥락이 소거된 채 그저 맹목적으로 요구되는 것들. 이러한 규범을 지키는 것이 관성적이고 이완된 상태라면, 규범에 저항하는 것은 긴장된 상태가 아닐 수 없다.

이 긴장감에는 이러한 연원도 있다. 언젠가 전석순은 "쓰고 싶은 소설과 쓸 수 있는 소설과 써야만 하는 소설"(전석순, 「작가의 말」, 『철수 사용 설명서』, 민음사, 2011, 223쪽) 사이에서 균형을 이루고 싶다고 했다. 말하자면 그는 소설 쓰기에 대한 욕망(desire), 역량(puissance), 요구(demand)라는 각기 다른 벡터의 세 힘 사이에서 균형을 잡고자 한다. 욕망과 요구가 타자와의 관계 속에서 주체에게 가해지는 관성력의 일종이라면, 주체의 역량은 관성에 타성적일 경우 수동성을, 관성에 저항할 때 능동성을 띨 것이다. 만일 세 힘의 합력이 제로인 상태를 균형이라고 할 때 작가의 역량은 욕망과 요구의 합력에 수동적으로 제한될 수밖에 없다. 상상해 보라. 완벽한 균형을 이룬 이상적인 소설이 평온하게 정지해 있다면 오히려 이상하지 않은가. 독자는 분명 그러한 소설에 어떤 흥미와 매력도 느끼지 않을 것이다. 아닌 게 아니라 소설 쓰기의 세 척력은 틈만 나면 균형을 깨고 틀밖으로 뛰쳐나가려 한다. 균형이란 제 몸에 작용하는 힘들을 버티는 긴장 상태와 다름없다. 자칫하면 한쪽으로 기울어지기 마련인 소설 쓰기의 역학관계에서 모든 작가는 늘 그러한 힘을 견디고 있을 것이다. 그리고 그러한 긴장의 양태야말로 작가의 역량이 드러나는 자세다.

금방이라도 균형을 잃을 듯 기우뚱하게 버티고 서 있는 모습이 그 작가만의 고유한 작품 세계라고 말할 수 있다면, 소설가 전석순의 자세를 '학 자세'라고 불러 보는 건 어떨까. "누가 떠밀어도 깨지지 않을, 버리려고 달려들어도 절대 버려지지 않을 균형"(154쪽)을 잡고 서 있는 「수납의 기초」의 아버지처럼 말이다. 그는 한쪽 팔은 이불을 안고, 한쪽 다리는 직각을 이룬 채 잔다. 잠을 자기에는 이상한 그 자세를 아버지는 "학 자세"(154쪽)라고 부른다. 의식적으로 그렇게 자는 건 아니고, 저도 모르게 나오는 습관이다. 이렇듯 몸에 밴 자세는 그가 살아온 내력과 그로부터 가다듬은 삶의 태도와 무관하지 않다. 살아온 내력을 모를 때 자세는 해독할 수 없는 낯선 문자처럼 보이기도 할 것이다.

「수납의 기초」에서 아버지는 철거 현장에서 일했다.

낮은 곳에서의 일은 생활의 안전을 위협하고, 더 나은 생활을 위해서는 더 많은 임금을 주는 높고 위험한 곳으로 올라가야만 하는 아이러니한 노동의 현장. 그곳에서 안전을 지키기 위해 비계 파이프에 몸을 의지하며 익힌 것이 학 자세다. 아버지가 성실하게 더 위험한 곳으로 올라가는 동안 가족의 생활은 점차 나아졌다. 사고를 당하기 전까지는. 아버지는 3층에서 뜯어낸 문짝을 던지려다 현장에 인부가 아닌 사람이 있는 것을 발견하고 주춤하는 사이 추락하고 만다. 다행히 크게 다치지는 않았다. 떨어지는 순간에도 학 자세를 유지한 덕분이라고 아버지는 말했다. 하지만 그 사고로 인해 아버지는 해고됐고, 가족은 방을 줄여 이사하게 되었다.

무엇 하나 버리지 못하는 성정에도 어떻게든 살림을 꾸려 보려는 엄마의 자세는 어떤가. 이사 후 엄마는 수납에 몰두한다. 전에 쓰던 살림을 모두 갖고 왔으니 가뜩이나 작은 집이 더 비좁게 느껴진다. 처음에는 세간을 바닥에 부려놓은 뒤 나름의 계획을 갖고서 하나하나 수납하기 시작했다. 그런다고 없던 공간이 생기는 것은 아님을 깨달은 뒤에는 아예 '수납의 방법'쯤 되는 책을 공부해 가며 짐을 정리해 나간다. 그 책에 따르면 수납에는 여러 기준이 있다. 버려진 공간을 찾거나 눈에 보이지 않게 치우는 것 등. 하지만 "수납의 기초는 버리기"(180쪽)에 있다는 것이 그 책의 궁극적인 가르침이다.

수납은 철거와 무엇이 다른가.

　엄마의 수납 공부가 거기에 다다랐을 때 "엄마와 눈짓을 나눈 아버지는 아예 내 쪽으로 몸을 틀었다."(180쪽) 그 순간 화자인 '나'는 "사람을 철거할 순 없잖아"(181쪽)라던 아버지의 말을 떠올리고는 "천천히 다리를 교차하"(182쪽)며 학 자세와 비슷한 자세를 취한다. 이쯤 되면 이 소설은 한 사람의 자세에 깃든 내력과 삶의 태도에 관한 이야기처럼 보이지만, '나'의 자세가 점점 수납에 용이한 자세로 바뀌면서 조금 다른 면모를 띤다. 부모님은 '나'를 수납 혹은 철거의 대상으로 바라본 것일까. 부당하게 해고당한 아버지가 모종의 내적 변화를 겪으리라 추측해 보는 것도 무리는 아니다. 하지만 자신의 안전과 가족의 생활을 지키려고 근면하게 규범을 지키며 살아온 아버지의 완고한 자세는 한편으로 타인의 안전을 위해 부조리에 저항하는 단호하고 결연한 삶의 태도이기도 하다. 오히려 자신을 철거의 대상으로 바라본 것은 부모님의 시선이 아니라, 연거푸 취업의 문턱을 넘지 못한 취준생 '나'의 자격지심이 아니었을까.

　아버지의 학 자세가 위험에 능동적으로 대응하며 체득한 방어 자세라면 '나'의 자세는 수동적으로 체화한 것이다. 자세는 삶의 내력과 태도로부터 결정되기도 하지만, 다음에 올 어떤 행동이나 사태의 원인이 되기도 한다. 그렇다면 수동적인 자세를 취한 인물의 미래는 어떻게 될까. "고객을 대할 땐 자세가 기본입니다. 기본!" (272쪽)이라고 할 때의 자세는 분명 수동적이다. 「전망대」의 '나'는 "최저임금에도 못 미쳤던 아르바이트"(280쪽)를 전전하며 게으르지 않은 태도까지 요구받는다. 인지 능력에 장애가 생긴 엄마와 함께 살기 위해 오래전 떠났던 도시로 다시 돌아온 '나'는 월세방을 알아보던 중 쇠락한 유원지의 전망대 앞에 서게 된다.

'나'가 전망대에 오를 이유는 충분하다. '나'는 그 놀이공원의 귀신의 집에서 손님을 가장해 겁에 질린 얼굴로 뛰쳐나오는 호객 아르바이트를 한 적이 있다. 그렇게 "포기해서 번 돈으로 삶을 포기하지 않는 일에 우쭐해"(260쪽)지기도 했지만, 여전히 비정규직을 벗어나지는 못했다. 조건과 예산을 가늠하며 중개인이 보여 주는 방을 포기할 수밖에 없는 이유를 떠올리는 동안 "이제껏 최선을 다해 포기해 왔던 시간이 모두 가짜처럼 느껴졌다."(269쪽) 더 먼 곳을 조망할 수 있는 전망대에 오른다면 다른 게 보이지는 않을까. 어릴 적 엄마의 칭찬을 좇아 다른 그림 찾기에 몰두했던 '나'는 달라진 것을 찾는 데엔 재능이 있었다. 하지만 그 재능은 본디 엄마의 요구로부터 발생한 타자의 욕망이었고, 그런 능력만으로 생활은 좀처럼 달라지지 않았다. 전망대에 올라도 달라진 걸 발견할 수 없다. 철거와 재개발로 전에 없던 건물과 길이 생기기는 했지만, 점점 굵어지는 빗방울로 도시의 풍경은 뭉개져 보이기만 할 뿐 구체적으로 달라진 것을 찾을 수가 없다. 되려 엄마가 달라진 걸 진작 눈치채지 못한 죄책감과 함께 자신의 생활이 전과 달라진 것이 없다는 사실만을 분명하게 실감한다. 비가 그친다면 뭔가 다른 풍경을 발견하게 될까.

이해와 장해 너머

전혀 다른 수납과 철거가 어떤 관점에서는 다르지 않듯이 또 다른 관점에서는 같은 것도 달리 보일 수 있다. 인간의 지각은 자신이 점하고 있는 시공간적 위치에 제한되고, 그렇게 지각된 세계는 주관적 경험과 지평에 의해 이해되는 것이다. 세계의 풍경과 누군가의 자세(태도)를 이해하는 일은 그 자신의 관점이나 태도, 상황의 영향을 받기 마련이고, 그렇게 다다른 이해는 대상을 있는 그대로의 모습으로 바라보는 데 걸림돌이 되기도 한다는 점에서 지엽적인 판단이나 오해일 수 있다. 단지 마음의 문제라면 모르겠지만, 무언가를 달리 보거나 달리 볼 수 없는 것이 시야를 가리는 장해물의 존재 때문이라면 그건 의지와는 무관한 일이다. 이러한 테마는 이 소설집의 모든 소설에서 반복되고 있다.

「사라지다」에서 세 남매는 엄마의 거취를 두고 언쟁 중이다. 엄마가 원하는 대로 하자는 데에는 의견을 모았지만, 돌아가신 엄마가 말을 해 줄 리는 없으므로 각자의 기억에 의존할 수밖에 없는 상황이다. 문제는 세 사람이 떠올리는 엄마의 모습이 저마다 다르다는 것이다. 아버지가 돌아가신 뒤 엄마는 살던 집에 혼자 살았다. 남동생은 "아버지가 그리우니까 그랬던 거"(46쪽)라며 아버지 옆에 모셔야 한다고 말한다. 반면에 언니는 엄마가 아버지를 그리워하지 않았다고 기억한다. '나'는 언니의 말에도, 남동생의 말에도 선뜻 동의하지 못한다. 몇 차례의 만남에도 결론이 나지 않았을 때 '나'는 엄마와 옛 사진을 보며 나누었던 대화를 떠올린다. 엄마는 젊은 시절의 자신과 남편의 사진들을 보며 "그래도 결국엔 다 살아지더라"(72쪽)라고 말했다. 당시엔 다른 의미를 생각해 보지 않았으나, 사진기자인 '나'는 특집으로 사라지는 것을 뷰파인더에 담으며 살아지는 것이 결국에는 사라지는 것과 다르지 않다는 뜻밖의 앎에 도달하게 된다. 삶이란 그렇게 죽음과의 관계 속에서 사라지는 한 과정에 불과한 것일지도 모른다. 하지만 이러한 깨달음 역시 '나'의 기억과 상황에 의존한 것이고, 그 말의 주인이 이미 세상을 떠났으므로 결국 어떤 의미였는지는 수수께끼로 남을 수밖에 없다.

일인칭 화자의 이야기가 주관성, 기억, 인식의 제약 등에 의해 그 의미가 고정되지 않은 채 모호한 상태로 남아 있다면, 각각 남자와 여자로 지칭되는 부부의 이야기인 「때아닌 꽃」과 「벨룽」은 삼인칭 서술을 통해 같은 테마를 반복한다. 남자와 여자라는 지칭은 객관성과 보편성의 추구라기보다는 객관과 보편에 의문을 제기한다. 「때아닌 꽃」은 폭우를 뚫고 위독한 어머니의 임종을 지키러 간 부부의 이야기다. 어머니는 생과 사의 경계에서 어느 쪽을 향하고 있는 것인지 쉽게 가늠되지 않는다. 어머니의 죽음을 기다리는 시간이 길어지며 가족들은 저마다 자신만 간병에 헌신 중이라고 생각하고, 별거 중이던 부부는 호텔에 머무는 동안 두 사람의 관계에 대해 다른 생각을 품는다. 「벨룽」의 여자는 남자가 데려간 아이를 찾기 위해 섬을 헤매다가 벨룽장이라는 플리마켓에 온 참이다. 그곳 사람들은 "모두 다 비슷한 사람인 동시에 전혀 다른 사람"(247쪽)으로 보이고, 여자는 남자에게 걸려 온 전화를 받기 위해 조용한 곳을 찾아 걷다가 길을 잃고 만다. 혼란에 빠진 여자에게 "빛이 멀리서 반짝이는 모양"이라는 뜻의 벨룽장은 등대이자 길잡이처럼 여겨진다. 하여 그곳으로 돌아가기만 하면 아이를 찾을 수 있을 것만 같지만, "찰나의 순간"(251쪽)을 뜻하기도 하는 벨룽장은 신기루처럼 손에 잡히지 않는다.

「달걀」의 경우는 인물들이 느끼는 모호함을 넘어서 서로 다른 입장을 대립시키고, 서술방식이 다른 이야기를 통해 의도적으로 독자의 혼동을 야기하고 있다. 지하상가에서 끔찍한 화재가 있었다. 시간이 흘러 화재 현장은 말끔히 수리되었지만, 벌어진 상처는 여전히 봉합되지 않은 채로 남아 있다. 상가번영회 측은 이제 그만 과거의 기억을 씻고 일상을 회복하자고 한다. 아물지 않는 상흔을 지닌 부상자와 유가족은 오랜 시간 싸워 온 보상 문제가 흐지부지 마무리되고 사고마저 잊힐 위기에 놓이자 추모비를 건립하기로 한다. 그런데 추모비에 대한 피해자 가족들의 마음이 제각각이다. 같은 사고가 반복되는 것을 막기 위해서는 망각에 저항해야 하겠지만, 그 싸움은 왜 항상 잊고 싶어도 잊을 수 없고 그리하여 반복되는 고통 속에 살아야 하는 피해자의 몫일까.

이야기는 '나'의 아이가 친구의 목을 졸랐다는 선생의 전화를 받고 시작된다. '나'는 우리 아이가 그럴 이유가 없다면서도 선생이 남편의 상황을 알면 아이를 이해해 주지 않을까 생각한다. '나'의 남편 역시 그 화재로 "노동력 일부를 상실"(133쪽)했다. 하지만 그가 정말 견딜 수 없는 것은 후유증이나 실직이 아니라, 화재 현장에서 도움을 요청하던 누군가의 눈빛과 손길을 뿌리치고 살아남았다는 죄의식이다. 그는 자신의 피해를, 장애를 숨기고 싶다. 그런 마음을 잘 알고 있는 '나'는 추모비 건립에 회의적이다. 이들 가족이 원하는 건 적절한 보상과 함께 끔찍한 기억에서 벗어나 일상을 회복하는 것이다.

그렇다면 '나'가 학교에 들르기 전 가방을 전달하려

는 여자는 누구인가. 삼인칭으로 교차 서술되는 또 다른 이야기 속의 여자는 지하상가에 가게를 얻어 운영하고 있다. 언뜻 그녀는 '나'가 가방을 전달하려는 여자처럼 보이지만, 여러 정황상 '나'와 동일 인물로 추측된다. 하지만 상가번영회에서 추모비 건립에 반대하는 달걀 투척 시위를 위해 여자에게 달걀을 준비해 달라고 하면서 '나'와 여자가 서로 다른 인물인 것이 거의 확실해진다. 그런데 추모비를 사이에 두고 상가번영회와 유가족이 대립하는 가운데 달걀을 투척하는 마지막 장면에서 '나'가 여자에게 주려던 가방 속 내용물이 달걀임이 드러나면서 두 인물은 다시 동일인으로 보인다. 유가족 모임에서 만난 언니가 "추모비 같은 거 있어 봐야 생각만 더 나는 거지, 뭐. 이제 겨우 잊어 가는데…… 안 그래?"(145쪽)라며 '나'의 가방 속에서 달걀을 집어 던진다. '나'도 함께 달걀을 던진다. "먹고 살려면 장사가 잘되어야 하고. 남편도 하루빨리 기억에서 벗어나야 하니까. 그래도 다 잊고 없던 일처럼 여기면서 아무렇지 않게 살 순 없었다."(146쪽) '나'는 이제 "여자가 어디에 있는지"(147쪽) 알 것만 같다.

빛과 그림자의 존재론

여기서 '나'와 여자가 동일인인가 아닌가를 따지는 것

은 무의미하다. 다만, 의도적인 혼동 혹은 분열이 소설의 시각적 한계 때문이라는 것은 분명하다. 겉보기에 삶은 달걀과 날달걀을 구분할 수 없듯 눈으로 본다고 해서 달라지지는 않을 것이다. 그렇다면 시야를 가리는 것도 모자라 빛이 사라진 곳에서 우리는 무엇을 볼 수 있을까. 이 소설집의 표제작 「모피방」의 풍경은 철거 예정인 동네다. 가로등마저 꺼져버린 거리는 "이제 어디가 길이고 집인지도 분간"할 수 없고, "더 어두운 곳과 덜 어두운 곳이 있었지만 그 이상은 도통 알 수 없"(13쪽)는 풍경이다. 이 소설이 던지는 물음은 이런 것이다. 본다는 것은 무엇인가. 사물이 흡수 반사하는 빛이 망막을 통해 들어와 시신경을 거쳐 의식에 현상하는 이미지가 본다는 것임을 우리는 알고 있다. 우리가 보는 것은 사물 자체가 아니라 빛이다. 가시 세계는 빛과 어둠의 이분법으로 굴러가며 빛이 곧 존재이고 어둠은 비존재라고 말한다. 그러한 가시 세계의 규범을 따르면 빛 아닌 것을, 어둠 속에 웅크린 존재를 존재한다고 말할 수 있을까.

그런 세계에서 사람들은 하나둘 동네를 떠났다. 아버지 역시 평생의 업이었던 세탁소를 내놓았고, 아들인 '너'는 세탁소를 정리한다. 한편, '너'의 아내는 가족이 새로 이사 갈 집을 찾는다. 예산을 고려해 시세보다 싸다며 고른 집이 어째 좀 이상하다. 모피방이라 불리는 그 집은 인테리어가 되어 있지 않아 "표백제를 듬뿍 넣고 밤새 삶은 듯 희기만"(24쪽) 하다. 변기와 현관문까지 직접 달아야 하니 "도리어 비싸다는 생각"(25쪽)이 든다. 하얀빛은 공간과 공간의 경계를 지우고, '너'의 존재마저 지워 버릴 것만 같다.

세탁소에서의 철거와 모피방의 인테리어가 동시에 진행되면서 빛과 어둠의 이분법은 빛과 그림자의 존재론으로 변모한다. 「수납의 기초」의 '나'가 동일시했던 철거와 수납은 「모피방」의 '너'에게는 정반대의 과정으로 보인다. 삶의 얼룩이 가득한 옷들로 그늘진 세탁소가 비워지자 하얀빛이 빈 공간을 차지한다. '너'는 세탁소를 가득 채웠던 사물들이 시야를 가렸던 것이 아니라 그 공간을 가늠할 수 있게 해 주었음을 알게 된다. '너'는 이제 아버지의 표정을 가리던 세탁물이 인식의 장해물이 아니라 누군가의 사정을 담은 하나의 존재임을, 그것 역시 아버지의 삶을 이루고 있는 배경임을 이해한다.

우리의 눈은 빛만 받아들이지만, 본다는 행위는 단순히 외부 자극을 수용하는 것을 넘어 그것을 재구성한다. 세계는 빛의 존재론만으로는 인식할 수 없는 어둠 속 존재들로 가득하다. 빛을 등진 사물의 그림자처럼 서로 다른 농도의 음영을 가진 그 존재들은 때로 보이지 않거나, 관점에 따라 달리 보이기도 하고, 이것 아니면 저것으로 쉽게 단순화할 수 없다. 하지만 분명한 것은 우리의 마음에 그것들이 어떤 인상을 남긴다는 것이다. 그러한 그림자의 농도를 헤아리는 것은 우리 마음의 역량이 아닐까. 그렇다면 그 존재들을 그저 모호한 채로 수용하거나, 관성적으로 보이는 대로 믿는 것을 균형 잡힌 관점이라 할 수는 없을 것이다.

우리가 할 수 있는 것은 무엇일까. "힌트"는 "옷이 품은 사정까지 꿰뚫어 보"(32쪽)던 "아버지가 평소 무심코 던졌던 말"(31쪽)에 있다. 아버지는 다림질만 해보면 "눈으로만 훑어봐선 알 수 없던 주름"(33쪽)이 가득하다는 것을 안다고 말하지 않았던가. 욕망과 역량과 요구 사이에서 우리가 할 수 있는 것은 각자가 할 수 있는 역량을 다하는 것뿐이다. 때로는 현실의 부조리가 개인의 역량을 압도하여 수동적인 대응밖에는 불가능한 경우도 있을 것이다. 그럼에도 우리는 각자가 할 수 있는 것을 해야 하지 않을까. 비록 그 자세가 남들이 보기에 규범에 맞지 않거나, 우스꽝스럽더라도 할 수 있는 일을 하는 것. 그것이 전석순이 말하는 균형이다.

모피방

1판 1쇄 찍음 2022년 4월 29일
1판 1쇄 펴냄 2022년 5월 13일

지은이 전석순
발행인 박근섭, 박상준
펴낸곳 (주)민음사

출판등록 1966. 5. 19. (제16-490호)
서울특별시 강남구 도산대로1길 62(신사동) 강남출판문화센터 5층
대표전화 02-515-2000 팩시밀리 02-515-2007
www.minumsa.com
ⓒ 전석순, 2022. Printed in Seoul, Korea
ISBN 978-89-374-4287-2 (03810)

* 이 책은 2020년도 아르코문학창작기금 지원 사업에 선정되어 발간되었습니다.
* 잘못 만들어진 책은 구입처에서 교환해 드립니다.